为爱而来

Weiai Erlai

朱邵华／著

中国电影出版社

图书在版编目（CIP）数据

为爱而来 / 朱邵华著. —北京：中国电影出版社，2014. 4
ISBN 978-7-106-03887-8

Ⅰ. ①为… Ⅱ. ①朱… Ⅲ. ①自传体小说—中国—当代②随笔—作品集—中国—当代 Ⅳ. ①I217.2

中国版本图书馆CIP数据核字(2014)第066779号

责任编辑：贾　伟
封面设计：三鼎甲
版式设计：三鼎甲
责任校对：侯丽霞
责任印制：庞敬峰

为爱而来

朱邵华　著

出版发行　中国电影出版社（北京北三环东路22号）邮编100013
电话：64296664（总编室）　64216278（发行部）
64296742（读者服务部）Email : cfpygb@126.com

经　销　新华书店

印　刷　北京紫瑞利印刷有限公司

版　次　2014年5月第1版　2014年5月北京第1次印刷

规　格　开本/710 × 1000毫米　1/16
印张/14　字数/220千字

书　号　ISBN 978-7-106-03887-8/I · 0910

定　价　32.00元

献给父亲

上帝残忍地和我开了个玩笑：让我成为遗腹子；让我的母亲、我的哥哥和我，都患上了进行性肌营养不良症，让我们母子三人无可奈何地看着时间滴滴答答地带走我们行动的自由；让我辛苦了大半生的继父遭遇车祸还要瘸着伤腿，二十年来忍着伤口不能愈合的痛苦，挺直脊梁苦苦支撑着，以避免这个家在风雨飘摇中坍塌……

但即使是这样，我也始终坚信，我到世间是享受爱来的。

感谢上苍为我保留了一根会动的指头，用来记录这点点滴滴，我的生活，我的感恩，以此证明，这个世界，我曾来过，以此证明，我用一生期待，你的爱。

目录

CONTENTS

散　文

爱

代　序

人从悲哀中落落大方地走出来，仍有着幸福的笑容，就是一种远见。

有一次跟竹子聊天，说起他写文章的初衷，他那时大概就说：写的只是微不足道的私事、小事，远称不上文学，写下了，只不过对自己说“曾经认真思考了”，若有一天有人看到，也好知道“有个角落曾经发生过什么”。

可文学不就是以语言文字为工具反映客观现实并表现作家心灵世界的艺术吗？他所说的私事和小事，却为我们演绎了人生在世“时时可死、步步求生”的大命题。

竹子走得很突然，因为冬天里的一场感冒，没能等到这个春天。虽然我们都知道他已是奇迹，但总以为这天下是不散的宴席，也以为结束之前还能够好好告别，没想到他一转身就走了，仿佛还促狭地笑了一下“我先走了，你们慢慢玩”。

这个极寒冷的冬天里，我们集体陷入了失去亲人的悲哀。

竹子和我们相伴走过了将近十年，已是家人。

他是我们曾经那个“大家庭”的灵魂人物，如果没有他，也许我们不会那么相爱。

这十年，对很多年轻的朋友来说是很重要的十年，从女孩到女人，从男孩到男人，跋涉了千山万水，有了不知从何说起的千言万语，疲惫的时候、困顿的时候、沮丧的时候，回头看看竹子明快的笑容，总觉得没有什么是过不去的。

生命中真正能打动我们的人，并非出于怜悯或慈悲，而是具有那种被称之为“人格魅力”的能量。

他无力的身躯里是无比健康、无比强大的心理和心态，在长达二三十年的困室拘禁下，依然如此阳光；他长期身处贫困的生活环境，却不潦倒，依然有着发光发亮的笑声，懂得善待每一个人、每一件事；他装萌耍宝下是清晰的洞透力，有着极强的理解能力和沟通能力，每一个遇到的人，都被他生动的性情所打动。

他无欲无求，直到生命尽头，可以接纳任何东西，又可以笑看常人的任何烦恼，仿佛一个树洞，对其他人不可言说的，都可以对他说；他又像是智者，活在平常生活之外，一两句话便可以清晰一个问题，人家大隐于市，他是大隐于肉身。

他可以很神奇地与许多人一路并行，如影随形。

很多女生对他说过柔情蜜意的话，很多男生对他许过情深义重的诺言，所有的情话傻话都可以对他说，满怀的爱意都可以向他表，因为他永远不会找你兑现。

他让我们相信了自己纯洁无瑕的爱心。

他让我们在回想曾经的那个无物质世界里那么心无城府地相亲相爱过时，有了实实在在的念想和触痛。

这本《为爱而来》，分两大部分内容。

前半部分，是竹子以继父朱邦月为主角的自传体小说《隐忍的生活》（原名《只想做个好人》），记录了父亲恩重如山的爱。

后半部分，是竹子平时的随笔，有些刊登在报纸上，有些发表在文学网站上，有些是日常的博客，写了对希望、对梦想、对快乐、对幸福的认识，写了一路上无数朋友的支撑，细述种种不求回报的爱。

“感谢”这个词在竹子文中一再被提及，他清晰地记录着每一份帮助，不厌其烦地提到每一个应该感谢的人，但书的篇幅无法装载那么多名字，我们也深信每一双伸出的手并不是为了镌刻自己的名字，所以只是从文章整体性考虑随机选了一部分。

在整理文稿过程中，我们本以为这是件令人悲伤的事，但却常常被竹子的文字所逗乐，他的智趣、他的豁达、他的光明，让人开怀一笑，仿佛他在一旁摇着头说：干嘛这么苦大仇深的，来，笑一个。

会问自己：为什么？为什么我没有那么充沛的爱？

爱，如今的我们已不敢说出口。但苦难深重的竹子却大声宣布“为爱而来”，他说“爱与被爱都是无上荣耀”。

有一本书上说，有些负有使命的灵魂，投生时会特意选择去承受肉体上的苦难，以此获得杰出的灵魂体验，他们的一生会有相当于别人很多生的收获，以此加速完成灵魂的进化。

我们深信，竹子有着卓有远见的灵魂。

我们也因此深信，生命由各种部分组成，面对什么不是我们所能选择的，但我们可以决定面对的态度，这是每个人力所能及的。

自救，是深信自己值得过更好的日子；感恩，是确信自己在过着更好的日子。这种行之有效的生存能力，难道不值得我们反思吗？

后来发生了很多事，媒体的关注和社会的荣誉蜂拥而至，应接不暇，我们既为竹子和他的家人高兴，却也担心他们疲于应付，不再拥有平静的生活，但就像竹子所说，所有的发生都是有意义的，如果能够让多一些人看到这种存在，心生慈悲，并珍惜自己的拥有，这是对社会最好的回馈。

在竹子详实的记录中，无论是一路相随的朋友，无论是一闪而过的善意之举，还是张海迪、白岩松等公众人物，都以爱的面目纷纷呈现，每一个人的援助使爱的力量像雪球一样越滚越大，让一个悲剧变成感动中国的伟迹。这一切，让读到的人真真切切地看到这世间充满爱，为爱而来，这是竹子的锦愿，也是人类共同的锦愿。

我们衷心地祝愿你可以遇到这本书，并认真阅读它。

那些事，看到了，感受到了，由经他的心原原本本地表露出来……以何种方式、何种形态到达你的心，产生一些什么启发，看各人的福报，每个人的心像一个容器，装点什么都是属于你自己的东西。

愿爱与您同在！

“此刻天涯”社团

2013 年秋天

朱邦月：2009 年“感动中国”十大人物之一，第二届“全国道德模范”。自传小说已被拍成电影《为爱而来》。

小说

隐忍的生活

（原名《只想做个好人》）

引 子

我 1938 年出生，现在是 2007 年，我六十九岁了。按农村习俗，做大寿讨彩头避忌讳，做“九”（久）不做“十”（死），我的七十大寿应该今年做，可是……

我生日是农历正月十八，紧挨着元宵节。既然没有人给我做大寿，我就凑合着元宵节一块过，吃元宵、看电视里播放的元宵灯会焰火晚会，那喜洋洋一团热闹，全当是全国人民在为我庆生。

人生可真是快，不知不觉我也站在七十的门槛上了。人生七十古来稀，还有多少日子可过，那全在老天爷手上，我也不用去想，没事的时候就想把自己这一辈子从头到尾捋一捋，看有没有做过什么后悔的对不起人的事，趁着还来得及，该补偿的补偿，该还债的还债，免得以后到了天国无法交差。

第一章
记忆深处的烙印

1

我能想起的事，也就七八岁时的光景，再往前便混沌一片模糊不清了。七八岁应该上学了，家里虽然穷，但还是用五十斤谷子抵一年的学费送我去念私塾。正规学校那时只在城里有，我们管那叫“洋学堂”，我们村子里只有私塾，教书先生是一个白胡子老头，听说以前中过秀才，清朝早没了，他还留着小辫子穿马褂，那模样怪怪的，挺吓唬人，平时我们村大人小孩见了他都得恭敬地停下来喊“先生”。第一天上学新鲜，所以印象深，先生在黑板上写的两个字“天、地”，我到现在也没忘。第二天学的什么就想不起来了，再后来就学什么“人之初，性本善”……记不住，打手心，我就不喜欢了。我爱漫山遍野跑，抓蛐蛐，捉泥鳅，斗蟋蟀，那多自由自在呵。

我性子野，那是因为打小就没人管。我父亲在我出生几个月时就死了，说是病死的，什么病，怎么得的，也许有人告诉过我也许没人说，反正我是怎么想也想不起来了，倒是爷爷的一番话不用想也记得清清楚楚。我爷爷说我们姓朱的原是村里大户，后来人丁凋零，反而排在了外迁来的姓郑的姓周的后面了。这话不是爷爷乱说，要不然我们村怎么叫朱家村而不叫郑家村或者周家村？我爷爷他那辈还有四个亲兄弟，可是到了我这一辈，我的堂兄弟加起来也只有四个，真是一代不如一代。我爷爷说没准是我哪个老祖宗做了什么缺德事，结果报应在后辈身上。“孙子，你给我记住了，人不能做坏事，做了坏事是要断子绝孙的！”爷爷说这话时哭得那凄惨，直到现在还让我做噩梦。

父亲的模样我是没印象了，母亲的模样我也记不清楚了。我父亲死时我还在吃奶，我母亲把我一扔，改嫁到邻村去了。我不怪她，她还年轻，没理由守着孤老头和小屁孩儿辛苦一辈子。小时候看别人家的孩子有妈妈疼，我心里很羡慕，就借口肚子饿偷偷跑去邻村找我妈，她也管我一顿饱饭，但没给我什么好脸色。她嫁过去后又有了几个孩子，日子过得也不容易，她怕对我好了我会粘上她。她爱理不理的我也就死心了，没好意思再去找她。慢慢的，也就把她的模样给忘了。

有印象的只有我爷爷一个人。农村人结婚早，别人的爷爷正当壮年，我爷爷却满脸皱巴巴的跟核桃似的，牙也掉光了，看起来比隔壁四世同堂的郑老爷子还老。我也不知爷爷到底多少岁，光听他说清朝哪年生的。听人说我爷爷结婚不迟，但光开花不结果，一直到四十多岁才得了我父亲，还难产，我父亲一条命是用我奶奶的命换来的。我爷爷瘦得跟竹竿似的，出门的时候遇上刮大风，我都要紧紧地抓住他的手，生怕他被大风吹走了就再没有人张罗我吃饭了。爷爷整天愁眉苦脸地捧着烟袋，咳咳地抽，然后吐一口痰在地上，一副痨病样，也不知道他是怎么把我从吃奶的孩子拉扯过来的。

我们爷孙俩老的老小的小，祖上留下来的那点田也没法种，就拿去租给别人换点钱，爷爷拿着这点钱就带我去赌场。我记得爷爷常跟我说：“孙子，你给我记住了，长大以后，嫖、赌和大烟，这三件你碰也不要碰，那都是破落门户的缺德事，做了是要遭报应的！”我就不明白爷爷为什么还要老带我去赌场。问他，他也不说话，拿起烟杆子就往我身上招呼。爷爷赌得很小，不管输赢都停手，然后手里捏着筹码在赌场里逛来逛去，好像找机会赢钱似的。在赌场赌钱，赌场免费供饭。赌场的人说爷爷人老成精，把赌场当饭馆了。爷爷听了只是嘿嘿笑，不接话茬。说归说，赌场的人倒也没有往外赶我们爷孙。

我不喜欢读书，爷爷开始时不答应，他对我说：“孙子，你好好读，将来长学问了做大官，给祖宗挣脸。”我也想给祖宗挣脸面，但不知怎么的，我一坐在学堂里听先生摇头晃脑念书，就像听见蚊子嗡嗡叫，我的眼皮就直打架，头也小鸡啄米似的在桌子上“乒乒乓乓”地磕，先生不乐意，老把我抓起来打手心。那戒尺是竹板做的，“啪啪”地打在手心上，疼，我只好逃学，往山里钻。

不敢回家，也不敢待村里，不然被爷爷捉到除了打一顿还要往学堂里赶，那多不划算。往大山里钻爷爷就找不着了，等到太阳下山了我才慢吞吞地回去，免不了打，免了上学堂也好。我平时还算听话，也不知怎么了就铁了心不上学，爷爷拿我没办法，骂了句："没出息的东西，看你也就是泥腿子的命。"就不再往学堂赶我了，又不放心我一个人在山上乱跑，就让我跟人结伴上山打柴禾、学做扫帚、插秧。我倒觉得做这些比认字有意思得多。

2

日子就这样一天一天地过了。那天，那天我记得很清楚，因为那天是个特别的日子，特别得让人一辈子也忘不了。那天早上下了阵雨，后来出太阳了，天气暖融融的，有点风，风里有雨后泥土的那股腥味，爷爷和村里的老人在村头的凉亭里抽烟聊天，我在凉亭不远的地方割草，来了几个穿得像行商模样的人，到凉亭里给老人们敬烟问话，我好奇，也跑了去，站在爷爷背后假装给爷爷捶背。商人模样的人问路，也谈庄稼收成，又打听附近有没有国民党部队。老人们都摇头，说："没有国民党兵，"猛吸了两口纸烟又接着说，"乡里派壮丁倒是常有的事，娃娃去了就没见过回来的，不是在打仗吗，也不知是死是活。唉，不知这天下什么时候能太平，让老百姓不用这么提心吊胆地过日子。"几个商人模样的人互相看着笑了，说："就快了，就快了。"说着站起来向老人道了谢匆匆忙忙走了。他们走了我也回去继续割草，直到爷爷喊我回去准备午饭。

我正准备坐下烧火，就听得隆隆的声响，起初以为是老天打闷雷，但那声音不停，反倒越来越响，从远处一路过来，我感觉地在动，再一看，桌子上的碗筷、爷爷的烟杆，都在桌子上扑突突地跳。我和爷爷连忙跑出门，不光我们，全村的人都跑出来了，一个个站在家门口伸着脖子张着嘴瞪着眼睛朝村口看。虽然早上刚下过雨，但村口那里却黄尘滚滚，响声也是从那儿来的，那感觉就像是有什么怪物把地翻了个遍，边翻边往村里来。等到可以看明白了才知道不是什么怪物，是人，好多的人。前面是汽车骡马拉着大炮小钢炮还有用帆布盖着的一箱箱东西，那时不知道那些是什么，现在知道是军火；车马后面是跑步的人，都穿着黄衣裳，戴着帽子，绑着腿，背着包，扛着枪。这些车、马、人，也不知打哪儿就天兵似的突然出现，一直走了三天三夜没有断，密密麻麻排着队走，就像要下雨时搬家的蚂蚁，我这一辈子就没见过这么多的人。

我爷爷说："哦，又要改朝换代了，这回是谁坐龙椅？"改朝换代我知道，村里戏台上老演，几个人画着脸，背着旗，你一枪，我一刀，谁打赢谁坐江山。这回可和戏里有点不一样呵，这回是跑，没有打，还有他们的衣服也没有戏台上的好看。正想着，就看见早上那几个"商人"走了过来，这会他们穿的也是黄衣裳。村里老人连忙拉住他们打听怎么回事，他们说："老人家，你们解放了。"我们才知道，这些兵是解放军，是毛主席的队伍，是为了穷苦百姓解放全中国的。"解放"这词新鲜，头一次听还不知道什么意思，但不知怎么的听了就觉得说不出来的兴奋，连着几天我都在心里反复念叨。

那几个化装成商人的解放军说了一会儿话后就急匆匆往前走了，村里老人聚在一起议论开了："这支队伍以前听说过，说是土匪强盗凑一块扯旗造反，什么'共产共妻'，是强盗中的强盗，连国民政府都对付不了。怎么今天见着了，没有觉着土匪欺男霸女的狠劲，反而觉着一股亲切劲？"土匪我见过，平时躲在山里抢过路的，饿极了也下山到我们村里抢东西，都是晚上来，还用黑布蒙面，生怕白天下山时被人认到给抓到衙门去或者被村民打个半死。这解放军确实一点也不像土匪强盗，他们白天来，没蒙面，不抢东西，边跑边笑着和村民打招呼，连喝口水都客客气气："大叔，大婶，能给点水喝吗？"问村里人拿东西都给钱。三天呵，每天早、中、晚，一到做饭时间就有几个解放军拎着袋子往村里人家跑，进门就问："老乡，有没有粮食？有没有青菜？有，称来，给，这是钱。"到了最后，能吃的，包括地里的全都被他们买光了。

家里没有吃的，爷爷只好带我进城去买。路过赌场，看见赌场没开门，爷爷问怎么回事，赌场的人说新政府禁赌，不让开。爷爷说："好，禁得好。"说完转身走，走着走着，就流起眼泪来。我心想，既然是好事你还伤心什么？我没吱声。别看爷爷平时疼我，可他不顺心时看我就不顺眼，没事也冲我发火，我要再多嘴问东问西的那还不得讨他几下烟杆打？快到米铺时，爷爷用手背抹了眼泪，说："孙子，你的好日子到头了。"我想爷爷今天有点糊涂了，明明是到米铺了，怎么说成"好日子到头了"？

称完米回家，爷爷似乎一下子老了许多，老得走不动路了，搭着我的肩膀，走三步喘一口气，走走停停，到家都过了晚饭时间。我去做饭，爷爷就坐在桌子旁边一声不响地看我，看着看着，又开始流眼泪。长这么大我头一回看见爷爷这样，看起来有点呆傻又有点疯癫，有几分像隔壁家的郑老爷子。郑老爷子早些年痴呆了，谁也不认得，看人吃东西就逮着人喊爹妈，流着口水讨吃，也不管被逮着的是大人还是孩子，更糟的是拉屎拉尿也不选地方，也不脱裤子，蹲着就拉，弄得一身又脏又臭的谁也不待见。爷爷看上去比郑家老爷子还大些年纪吧？一想到这我就心惊肉跳的，做事也不顺，烧火烫到手，切菜切到手。

后来爷爷就睡着了，谁知道爷爷这一睡就再也没有醒。

3

爷爷没了，我成了孤儿了，好在我也快十二岁了，能自己照顾自己了，我上山挖竹笋、采蘑菇黑木耳、扎扫帚、摘茶叶，挑到城里走街串巷去卖。第一次卖的是扫帚，村里人都说我扎的扫帚结实耐用，可是我挑了一大挑扫帚从城东到城西绕了一大圈，一把扫帚也没有卖掉，原封不动又全都挑回头。上了渡船，船老大眼睛都瞪起来，问我怎么回事，我说没人买，船老大问，你怎么吆喝的？我说我没喊。船老大说："嗨，你得吆喝，不然人不知道你挑来卖的，还当你送货的。你喊两句我听听，要大声点。”哦，原来是要吆喝，连这都不懂就学人卖东西，臊得我脸直发烫。想试着喊两声，嘴巴张了张，可不知怎么的，声音卡在喉咙里出不来。船老大笑了，说：“第一次吧，都是这样，以后慢慢会习惯。”看我没开张，船老大也不收我渡船费。

第二天又挑了扫帚进城，这回我不像第一天那样挑了扫帚赶路似的只管低头走，这回我在小巷子里慢吞吞地转悠。好几次我鼓足劲了想吆喝一声，可气一到喉咙口，泄了，反倒把嗓子痒痒得难受。后来有个老奶奶注意到我，问我扫帚是不是卖的，我赶紧说是，老奶奶就让我拆两把给她。她给我两毛钱买两把扫帚，我给她三把扫帚，老奶奶说：“咦，你的扫帚怎么卖这么便宜？”我光笑，没说话。有人买了，我那个激动呵，别说多给她一把，我差一点想一挑全都给她了。

老奶奶这一喊，她的邻居听见了，那些阿婆大婶小媳妇都放下手中的活计从各自的家里出来，看我扫帚扎得又大又结实，两把顶别人的三把用，价钱却正好反过来，她们都乐意掏钱买两把，不，是三把。呵，我本来想解释的，可看那么多人来买，我一激动，结结巴巴的，话都说不清楚了。又想，便宜卖总归比再挑回头强吧。就便宜卖了。一挑扫帚不一会儿就卖完了，没买着的喊我明天再来，呵，我乐得嘴都合不拢了。

我兴冲冲地回头，船老大看我空了挑，就对我说：“今天都卖了？是吧，做生意哪有不吆喝的。”看他那得意样我都不好意思了，没敢告诉他我其实没有吆喝。我嘿嘿笑一笑，点点头说有人喊我明天再去。船老大笑了，说：“那你明天还得去，做生意讲究实诚，货要好，信用也得好，有这两点，人以后就认准你了。”我来得早，渡船的人不多，船老大闲着，就给我讲了好些生意经，还说好些大商人就是这么白手起家的。呵，我可没敢想当什么大商人，一挑扫帚就这块儿八毛的能养活自个儿我就知足了。过了岸后，我付了双份渡船费，说把昨天欠的给补上。船老大看我心诚，也就不推让，收了。

有经验了我也敢吆喝几声了。我以为天天都能卖得完，可哪知道更多的时候还是卖不完。一般人家里扫帚用不多，街上三天两头的又有人挑出来卖，一般人家也用不着多买着储备。我吆喝了半天卖不了几把，就挑了到店铺去，这也是主意多的船老大给我支的招。小吃店、米店、杂货店、水果店，开门做生意人来人往，一天要扫几趟地，扫帚用的量大。都说做生意的人精，一点没错，一把扫帚讨价还价，最低的只出五分钱。有时候不想再挑回去，就卖给他们，有时候觉得不甘愿，我就挑回去过些天再挑出来卖。最开心的是遇上解放军出来买，他们买得多还不跟人讨价还价，问一下价钱，觉得合适，手一挥，让挑着跟他走。有一次买了我什么东西记不清了，我一路跟着到他们库房，正好遇上一当官的，看我大冬天的穿着露脚趾的破草鞋，一问知道我没爹没娘，就送我一双胶鞋穿，呵，把我高兴的，跟宝贝似的揣在怀里，一路上不知掏出来看了多少回。回到家打了水洗了几遍脚，这才小心翼翼地试鞋。可那鞋太大了，穿在我脚上跟一船似的，不好走，我就送给隔壁的郑老爷子穿了。我爷爷没了以后，郑家没少关照我，擀了面条，包了水饺，都会端一碗让我尝尝。

扫帚体积大但分量轻，一大挑也就二十几把，可挑起来就看不见我的人了。有天我答应人帮忙上山烧炭，又想起米店要的扫帚还没送，就赶紧起个大早摸黑进城，正好和郑家老爷子的外孙和外孙媳妇在半山路上遇上。他们早年出外，按现在的说法是打工，那天得空回来探亲。天蒙蒙亮，他们没见着我，只见一大团黑糊糊的东西在路上摇摇摆摆冲他们来，他们还以为遇见鬼了，吓得大叫一声转头就跑。我早看见对面有人，虽然不远，但天黑也没看清楚是谁。在山路上遇到人是常事，我没放心上，倒是他们这一喊，把我吓一跳——我哪知道他们把我当成了鬼，我还以为这路上真遇见鬼了，平时听村里老人说的鬼故事这会跟过电影似的全在脑子里跑，我打个激灵，腿一软，一屁股坐在地上，两大捆扫帚倒下来把我压着，我吓得浑身瘫了似的没法使劲，起不来，屁股又扎在碎石头尖上，疼得我“哎哟嗨”乱叫。郑家的外孙和外孙媳妇这才明白遇见的是人不是鬼，回来把我扶起来。

挑扫帚还不算费劲，柴禾就不一样了，柴禾是论斤卖，一百斤卖六毛钱到一块钱，具体多少钱要看柴禾的干湿，买的卖的两家怎么讨价还价。不是所有的木头都可以当柴烧，比如格木，又重又硬很难砍，跟铁似的，砍了也没人要。还有一种树叫漆树，人碰了就全身起红疙瘩过敏，痒得难受，看见它得躲着点。一般都砍松木和杉木，材质松又含有油脂，容易砍也好烧。挑一挑柴从山里到城里，几十里路才卖几毛钱肩膀磨烂脚底起水泡，可真是不容易。那时候人小个子矮，图省事方便专门砍小树，现在想想，也是毁了林了，真是造孽。

4

我十五岁那年，一个在铁路打工的村民到村里替铁路工程队招收工人。他说在铁路当民工待遇不错，一日三餐有鱼有肉，食堂里由你吃，坐火车满世界跑还不用花钱。我一个人生活腻味了，早想出去外边闯荡闯荡，一看有这么好的机会，赶紧报名。可人家不要，说我年纪小、力气弱，去了吃不消。那人也是姓朱，按族谱算起来还是我远房叔叔，我就和他说："叔，我不小了，就要十六岁了。"我本来想说十八的，但寻思万一他查起来那不就露馅了，就改口说要十六了。那会儿正月还没过去，我十五岁过了没几天，说要十六倒也不算说谎。他不信，说我顶多十三，又嫌我个子小，我说："叔，别看我个子小，我可有力气了。"我左右看看，看见祠堂门口搁着一个石碾子，就走过去，吸口气，蹲下来，把石碾子抱起来一溜小跑到他面前放下。他点点头，捏捏我的胳膊，说："还真有点劲呵，好吧，看在亲戚的份上收了，不过工钱得打个折。"我连忙点头。人活着不就是求三餐温饱吗，管吃管住，还可以到处去见世面，有没有工钱我无所谓了。

当铁路民工不轻松，见山打洞，遇水架桥，全是危险的活，滚石、塌方，稍不小心就把命搭上了。有一次盖一座铁桥，桥墩造好了，钢梁架好了，眼看就完工了，谁想到就出事了。那天我正好倒班休息在宿舍和人打扑克，就听哐当当乱响，听着像是卸车皮，又有点不像，正纳闷呢，就听人喊出事了。最怕听这喊了，一听就觉得腿抽筋。我扔了扑克就跑出去，到工地一看，倒吸一口凉气，跟地震似的，桥的钢架大半都倒了，干活的人全砸在横七竖八的钢材堆里，没剩几个有气的。当时一心只顾着救人，紧张，没感觉，救完人再看，红的是血，白的是脑浆，花花绿绿的是肠子，鼻子也闻到各种各样的味了，忍不住就吐了，吐得几天不想吃饭，没法吃呀，白米饭，红烧肉，一看就想到脑浆和血。我想如果那天我不是正好遇上休息，那恐怕也在死人名单上了，越想脊背就越发冒冷汗。那时候讲阶级斗争，开始怀疑是国民党特务搞破坏在桥上做了手脚，铁道部派了专家来调查，结果不是，是设计出了问题。那时我就想，幸亏我没文化，不然依我这马虎劲，让我来设计这桥，估计也得落个同样下场。科学这东西好是好，能让火车跑，能让飞机飞，可也不好，一颗原子弹死了多少人我没看见，这纸上没画好就死了几十号人我是见识了。

在铁路干活，坐车去的地方倒不少，近的不说，远的到过天津，到过河北，到过上海，到过河南，可没机会玩，是去拉设备，拉了就走。其他时候都是跟火车钻深山老林荒郊野岭，住的是临时搭的简易房，有的是砖块木头混合搭的，有的干脆是帐篷，我住的那个帐篷有些年头了，两边的窗户和门帘几乎没了，三面通风，夏天凉快，冬天冷得够呛，晚上睡觉还可以听见狼嚎。开始时还真担心狼蹿进来把我给吃了，后来也就无所谓了。在铁路干活最让人满意的是吃，吃是真不用担心，食堂煮好了送到工地上来，大盆的肉大桶的饭，任人敞着肚子吃。伙食费当然得从工资里扣。

5

在铁路干了有四五年吧，到 1959 年，眼看就要转正了，遇上煤矿来招工，要一些技术熟练工，铁路工程队领导把我们召集起来开会，让我们报名去支援兄弟单位建设。“去了就是正式工，而且你们可以把老婆孩子一块接来。”煤矿招工的人说。我们那帮人里头有老婆孩子的人不少，这些年随工程队东奔西走，能陪在老婆孩子身边的日子没几天，现在有机会一家人聚在一块过日子，哪有不乐意的，就是不知道煤矿的生活条件怎么样。招工的人说：“条件可好了，楼上楼下，电灯电话，出门就是水泥路。”呵，这不就是领导开会时老说的什么共产主义理想？我们成天在深山老林里奋斗着，敢情人家外面早就过上了。我们一听，都愿意去。也有人怀疑：“我们也跑了不少大城市，虽然没认真玩，但走马观花也算看了，上海还有平房茅棚呢，你们就全住楼上楼下了，没骗人吧？条件那么好还招不到人，还要跑我们这深山老林里来？”煤矿的人说：“这你就不明白了，如果招的人什么都不会，得培训多长时间不说，万一操作不当还要出事故不是？你们就不一样，你们开山放炮有经验，去了就可以上岗。我们就图个省心省事，不然哪还招不到人哪。”他说的好像也在理。不去怕后悔，去了怕上当，多长个心眼的人就问铁路领导：“如果没有他说的那么好，我们还能回来不？”领导说：“能，回来一样转正。”我们那一队人就全去了。

到了煤矿一看，哪有什么楼房呀，全是茅草棚，破得晚上想看星星都不用出棚子，电灯电话更是连影子也没看见，更气人的是没有食堂也没有澡堂，吃饭得自己煮，洗澡得下河，这可是冬天啊。这条件比铁路还不如呢，摆明着是被人骗了。我们气得不行，要揍招工的人，可哪还找得着他的人？没人愿意留下来，都闹着要煤矿把我们送回去，煤矿派了个能说会道的来做思想工作：“我们现在是什么也没有，可我们有煤！煤是什么？煤就是金子！只要挖出来就可以马上卖钱，有了钱就可以马上盖楼房、安电灯、装电话，你们就可以把老婆孩子接来享福了。人活在世上才多少天，难道你们不想和老婆孩子多些时间在一起？难道你们愿意像牛郎织女那样和老婆过一辈子？要把眼光放长点，困难是暂时的，为了老婆孩子能过上好日子，就算辛苦你们也应该留下来。”他这一通话把我们分成了两拨，一拨人是不愿意再上当，坚决回铁路去了，另一拨人想既然来都来了还不如留下来赌一把。我不知道应该相信哪一边，看留下来的人多，我也就留下来了。

接下来一段日子确实不好过。说是煤矿，我们来还没见着煤，天天从山脚往地下打巷道，也不知道能不能采到煤。每天从矿井里出来一身脏糊糊的，总不能就这样钻被窝吧，也顾不上寒冬腊月脱了衣服往河里跳，扑腾几下赶紧上岸，回到宿舍累得不想动，可不能饿着呀，还得搭伙轮流做饭，买点菜还得跑十几里路进城去，轮着谁也只有硬着头皮去。那时哪有班车呀，得自己走着去。进城有新修的大马路还好走，我们住的草棚到矿井是自己踩的小道，一路上净是杂草堆，呵，里面藏的东西可多了。上下班走过，有时候蹿出只野兔，有时候跑出只獐子，有时候飞出只野鸡，那还好，一群人围着打了回去加餐。如果跑出来的是一头野猪或者一条野狗，那就麻烦了，虽然我们人多，又都拿着铁棍什么的防身，可还是怕，能不怕吗，兔子给逼急了还咬人呢。我们只能待在原地，嘴里喊着，手里的棍子在地上敲打，给自己壮胆，心里指望把它们给吓走。大多数野猪野狗看我们人多，会哼哼两声掉头跑开，可也有例外，那就轮到我们掉头跑了。最厉害的一次遇上头大公猪，不管三七二十一低头就冲人来，要被那獠牙顶到那还了得，吓得我们没命地跑。有个人以为上树就没事了，哪想到那野猪好像跟他有仇似的，放着我们不管就对付他了，疯了一样嗷嗷叫着在树下一边刨地一边撞，我们哪见过这阵势呀，没人敢上，只好一边叫树上的人坚持住，一边派人去喊武装部的人拿枪来，眼看树就要倒了，幸好武装部的人赶到给了野猪几枪。这么大头野猪抬回去杀了几大锅，不过野猪肉粗糙，别说和野兔子獐子那美味比，就是和人家里养的猪比起来味道也要差一截。老是这样遇上野猪野狗，人心里不踏实，煤矿就发动工人，先在靠山的方向挖了防火带，免得走火烧山，然后一把火把杂草都烧了。天干燥，那火烧得真是旺，在草堆里做窝的野猪野狗狐狸什么的都给赶山上去了。据说有人还看到老虎，也不知道是不是眼花看错，如果真有老虎人还不早被吃了。不管是不是看错，人都担惊受怕，万一真有虎，万一哪天又下山来，那谁要是遇上了还有命呀。这提心吊胆的日子过得让人受不了，一些人又闹着要走，煤矿派人劝，还是拦不住。

6

快到春节了，同村的人商议着要回去过春节，我寻思着放假就三天，回去也是一个人过，倒不如留下来还省几块钱路费，就没有和他们一块回去。谁想到他们去了就不来了。我们那一拨来的百来号人，到那会儿没剩下几个人了，我们村出来的就剩我一个。这些老乡真是不仗义，早先我想走，他们劝我："好马不吃回头草，回去干吗？头一回没走这第二回第三回再走，回去还不被人笑话死。"现在倒好，让我打掩护他们全跑了。我也动了回去的心，但听人说，现在再回铁路，人家不承认以前的事了，什么都要从头再做起。我寻思着这样回去，不是更要被人笑话了？就不走了。

煤矿不断地招人，来的人不停地走，来的来去的去就跟走马灯似的热闹。好在后来煤矿真的采出了煤，卖了煤有了钱，慢慢地盖了食堂盖澡堂，又选了地准备盖房子，人心这才慢慢稳下来。留下来的人都庆幸自己熬过来了，心想很快就可以把老婆孩子接来一块住了，可谁晓得又出问题了。盖房子不是要挖地基吗，可哪知道挖来挖去尽挖出白花花的死人骨头来，把人吓一跳，一打听，才明白这地方在很久以前是坟场。农村人最忌讳的就是活人和死人争地了，说那地方不干净人住了晦气，准要出事，更何况这些无主的坟没有本家香火的四时供奉，早变成厉鬼了，和它们争，那还不等于找死。煤矿本身是高危险行业，出事故是免不了的事，这下人就把出事故的人出事故之前的异常反应联系起来，说得有鼻子有眼的，说是撞鬼了。这一闹鬼，又跑了不少人，留下来的不是像我这样无牵无挂不知道应该往哪去的，就是胆子大不信邪的，还有就是读过书的。煤矿安排读过书的给我们讲课，说什么牛鬼蛇神都是封建迷信，是旧社会欺骗压迫老百姓的招。想一想，都在说鬼，可没人真见过鬼，那些所谓见鬼的，也拿不出什么真凭实据，我的胆子也慢慢壮了。

煤矿各方面条件都在慢慢变好，后面来的人就不跑了。生产正常了，煤矿就送我们这些先来的不走的人去淮南煤矿学习新技术。我琢磨着这里面有两层意思，一来淮南煤矿是老矿，无论是生产条件还是生活条件都比较好，让我们去看了是个鼓舞，也有个盼头；二来也算是对我们留下来不走的奖励，学了新技术后工种也变了，从采掘工采煤工变成了辅助工，虽然还得天天下井，但工作轻松得多。我原先是掘进工，整天抱着钻机打岩石，一个班下来两只手麻木得像中风，抖得连解扣子小便都困难。现在学的钻机维护和保养，钻机没坏就没我什么事，有时候我随便找个地躺着睡觉，有时候闲得难受就上去替他们打一会儿岩石。躺在那我想想就庆幸自己几次想走但都没走，现在总算是熬出头了。

我好玩，同村的人都跑了，我只好和一起干活的人玩。煤矿招工是自己派干部到全国各地招，招来了再统一分配，所以一个班干活的人五湖四海的都有，这点好，不像铁路多是同村回乡拉来的人，老乡观念重，一个工程队里你一帮人我一伙兵，搞不好就磨出事来。不管在铁路还是在煤矿，下班洗澡吃饭后没事了只能几人凑一块打扑克牌，我开始还以为就我们无聊呢，后来出去拉设备，去学习新技术，到处一看，人家也是凑在一块打扑克牌，好像到哪儿打扑克牌都是唯一的消遣。那时没电影院，一个月巡回放映队来放几部露天电影，看到小黑板说今天放电影，小孩高兴得跟过节似的，早早搬了板凳去占位置，不管看过没看过，也不管刮风下雨，全矿的人都去看电影。排太后面了看不清楚，就到屏幕的反面去看，呵呵，演员全成了左撇子了。早先电影还有不少，《南征北战》《小兵张嘎》《铁道游击队》《51 号兵站》什么的，还有前苏联片、南斯拉夫片，每次来放两部，有时两部都是新片子，有时一部新片子一部旧片子，很少两片都是旧片子的。后来“文化大革命”了就只有八部样板戏轮着放，不知放多少遍，不爱看了就待在家里打扑克。电视那时连听都没听说过，更别说看了。图书室倒有，可我没文化。

打扑克牌不敢赌博，不然被人捅出去了要受处分，多被抓几次那就不是处分那么简单了，是除名，再找工作，人家一看档案：“哦，会赌博？”没哪个单位愿意要。没了工作不算，做人都抬不起头，走到哪人家都在背后指指戳戳：“瞧见没，那人是赌鬼，赌得工作都丢了。”所以一般人打扑克都只是消遣。当然愿意冒风险的人也有，赌钱也赌命，玩的就是心跳。看我单身老实，老有人拉我去凑数。“怕什么，哪有那么倒霉就被抓呢？”拉我去的人都这么说，可我想到爷爷说的话心里就哆嗦，没敢去冒这个险。打扑克牌不赌钱输了没有点惩罚玩得也不带劲，多少得有点刺激不是，在铁路的时候没有家属，都是大老爷们，就罚输家洗衣服洗碗什么的当一回使唤丫头。到了煤矿，单身汉一起玩惩罚也差不多，和有了家属的在一起就不能这么玩了，人家里有老婆侍候呢，谁还稀罕你洗，人还夫妻一块上阵对付你。也不知道是什么人出的馊主意，就罚输家钻桌子，夹耳朵，粘纸条，画花脸，单腿站立……不论男女，愿赌服输，都照罚。大老爷们这样罚没什么，大姑娘小媳妇也满头满脸粘纸条画花脸钻桌子，我怎么看怎么觉得不是事。

第二章 人生何处都相逢

1

也就是因为玩牌认识了我爱人，不过那时她已经是别人的爱人。她男人我认识，是大学毕业生，在煤矿财务科当会计，我们工资都到他那领。他比我大六岁，我叫他老顾。老顾可是个能人，不但会两只手打算盘，两只脚也一样能打算盘，四架算盘在一起，啪啪啪的看得人眼花缭乱，这本事他说是他在大学时闲得无聊练出来的，呵呵，那年头人好像没有不闲的。他身体不好，说是小时候发烧把脊椎骨烧坏留下的后遗症，驼背，整个人看起来像个没长大的孩子。人倒是长得眉清目秀的，脾气又好，文化又高，可惜被病给拖累了，一直到三十二岁才说上媳妇。读书人心性高，他一直想找个身体正常的，可谈来谈去总没成。有一次单位里人给介绍一个女的，农村的，她同意和他好，但要他先解决她的户口和工作，老顾屁颠屁颠地托关系帮她户口落了工作找了，她倒好，一脚把他给踹了。在说媳妇上我也不比他好到哪去，我那时也二十六岁了，虽然身体没问题，可谈了几次对象也都没成。不是说我人笨，分不清人是真好人还是假好心，谁让帮忙我就帮忙，被人骗了也不知道；就是嫌我大手大脚乱花钱，不是过日子的主。瞧这话说的，人谁没个难处？人相信我看得起我才会找我帮忙，我能不帮忙吗？借钱不还是有，人家好意思骗我钱那是人家的事，我不伸手帮人我良心过不去。不就几块钱吗，还值得我拉下脸去跟人讨？再说钱这东西，挣了就是花的，如果什么东西都不用钱，那谁还愿意那么辛苦去挣钱？我觉得她们挺奇怪的，我拿钱给她们、给她们家人用，她们乐得嘴合不拢，怎么我自己用就不行了，我朋友用就不行了？

老顾的媳妇是后来家里找的，他爸妈看他三十好几了还没结婚着急，就在家里替他说了门亲事，等到他春节回家过节就让他们结了婚一块来。老顾开始时还不答应，因为他爸妈给他说的媳妇身体也有问题。我觉得奇怪，他自己身体不好怎么还嫌别人身体不好？我这人心里藏不住事，后来关系熟了问过他，他又是基因又是优生什么的给我说了一大通，听得我云里雾里的，但那意思明白，是想孩子好。我那时不明白他们身体不好跟孩子有什么关系，我们村里有个瘸腿的娶了哑巴，但生的孩子跑得比兔子还快，还会唱戏，看他又要说我赶紧找个借口跑了。我最怕跟人理论了，人有人的想法我有我的想法，可我嘴笨说不上大道理，和人理论都是输，输得窝囊我就发脾气和人吵得脸红脖子粗的，吵完了我又后悔，又不是什么大不了的事何必搞得两人再见面说话不是不说话也不是？心里头就告诉自己，以后看苗头不对就走开，省得和人吵架伤了和气。

虽然老顾对这门婚事不满意，但这婚他还不能不结。在农村退婚可是要被人戳着脊梁骨骂的事，他不想结可以拍拍屁股走人，随人家去说，反正他听不见，可他父母怎么办？他一贯孝顺，总不能让父母在乡亲们面前夹着尾巴做人吧。所以尽管不心甘情愿，这婚他还是结了。大年初一见的面，初二结的婚，初三就带着媳妇回煤矿，按现在说法叫“闪婚”吧？呵呵，不过现在的人是自己做主，他这是包办婚姻。

2

老顾爱人得的是一种怪病，叫什么“进行性肌营养不良症”，走路有点像鸭子，左摇右摆的，她的手也有点问题，手臂抬不高，手指伸不开，鸡爪子似的缩在一块，没力气。这两人凑到一块过日子，那真是不容易。老顾单身的时候可以吃食堂，结婚了得自己开火，这挑水劈柴拉煤买米，哪一样不是体力活？就他那身体怎么吃得消？

我有个一起干活的朋友和老顾住同一栋，那天我到朋友家去打扑克，正好看到老顾劈柴，我们也算认识，见面少不了打个招呼说两句话，我说：“老顾，你这是帮谁劈柴呢？”他说：“我还帮谁呀，帮我自个儿呢。”我这才知道他结婚了，刚搬到这住。他气喘吁吁地答应我，累得那样子活像上了岸的鱼似的看得我难受。劈柴是我的强项呀，我二话没说就撸袖子帮忙了。柴不多，三下两下的就干完了。本来这也不是什么大不了的事，可老顾非得请我吃顿饭不可，我说：“不用了，我说好了到朋友家吃的。”他倒好，喊我朋友一块来。看他诚心诚意的，我和朋友也就去了。吃饭时一聊，原来老顾的爱人和我还是同姓，呵，敢情我们五百年前还是一家人，这么一想，感觉和他们好像又亲近了些。

后来我去朋友那里玩时都会顺便帮着老顾做些体力活，老顾还是拉着我在他家吃饭，老顾爱人还送我几双她自己做的布鞋，又帮我织了件毛衣。我长那么大，除了爷爷外还没人那么关心我冷暖，慢慢的我就觉得跟他们好像是一家人似的，下班没事就过来，帮忙做些体力活，也常在他们家吃饭。

老顾爱人虽然身体不好，但人聪明肯干，平时没事就学文化，当然是老顾当老师，她也喊我一块学，说认了字以后看报纸什么的也方便。呵，我哪有兴趣看报纸呀，有时间我宁愿多打两圈扑克牌。再说报纸上的事都是国家大事，哪用得着我一小老百姓操心不是？她那时还没工作，平时在家就做家务，别看她身体不好，那一栋房子就数她家里收拾得最干净，有时候我进去都不好意思坐了，怕我的脏衣服把她家给弄脏。

3

看得出来老顾对她也慢慢有了感情了，大家坐一块聊天，没一会儿他两人叽叽咕咕说起了家乡话，那甜蜜的样子真让人受不了。可没几个月他们俩就不对劲了，他们爱面子，有什么事一般不对外人说，直到老顾的父母从老家赶来我们才知道，老顾爱人怀孕了，他们俩是为孩子闹别扭。不知道怎么的，老顾不想要孩子。换现在那可是流行，那叫“丁克”吧？呵呵，看电视看多了，也知道些新鲜事。可孩子是两个人的事呀，他不想要她想要，这矛盾就出来了，他们俩背后为要不要孩子在斗气呢。她说服不了他，就把事情写信告诉他父母，老人家一看信那还了得，这大逆不道呀，就跑来把他臭骂一顿，把他媳妇接回去，省得他动什么歪主意把孩子弄掉。

我问老顾为什么不想要孩子，他又是什么基因、遗传、概率，说了一大堆，意思是怕生下来的孩子身体也会有问题。我就不知道他怎么想的，哦，怕孩子有问题就不生孩子了？没听说这说法的。那些天他愁眉不展天天喝酒，他平时不怎么喝酒的。我觉得读书人这点不好，不就是生个孩子吗，又不是什么大不了的事，这还没生就天塌似的愁，生了以后那日子就不过了？我也不劝他，他读书人大道理比我懂得多得多，哪还用得着我来劝，我就陪他喝酒，喝的是他们自己酿的甜米酒。其实那不叫喝酒，叫吃酒才对，是连酒糟一块吃。我也不是第一次在他们家吃这酒了，不过以前是饭前一人吃一小碗或者两小碗，说是开胃，现在倒好，他拿这当饭吃，吃的时候甜滋滋的没感觉酒劲，可吃多了回去后躺在床上可难受了。我想老顾吃得比我还多，这会不知道怎么样了，想去看看他，可我头晕得厉害，感觉好像整座房子都在转，转得我就要从床上掉地上去似的，我只好抱着床架子想等到房子不转了再去，迷迷糊糊的我就睡到天亮了。下了班我问老顾怎么样，他说没事。呵，看不出他还酒量还挺不错的。

不过这东西天天当饭吃也不行，不然早晚得把身子弄坏。我也不想煮饭，就到食堂买了饭到他家和他一块吃，甜米酒还是饭前吃一碗当开胃。

有小半年了吧，他父母给他拍了封电报，说生了个七斤二两的胖小子，大人和孩子都很好，让放心，还让他给孩子起个名字。老顾收到电报后笑得嘴都合不拢，逢人就说，好像生的不是儿子是金元宝似的。我就奇怪，开始还死活不想要孩子，这会怎么又乐成这样？我就故意拿话挤兑他。他倒还有理了，说："头胎就生男孩，我能不高兴吗。"等不及的，喊我一块请假和他去把孩子接来。邻居阿婆正好也在，也笑他："没见过你这么急的，在月子里大老远地把娘儿俩接回来？也不怕出事。我可告诉你，月子没坐好女人要苦一辈子，好歹等满月了再去。"就因为头胎生男孩就高兴成这样？我摇摇头，还读书人呢，不但脸皮厚，还挺封建。

他去接的时候正好我们区在搞"红五月大会战"，加班加点拿进度。如果换在平时遇上有事或者想歇两天，有能耐的就找个相熟的医生开个病假，没能耐的就请事假，都不是什么难事，反正都得扣钱，无非是病假少扣几块钱事假多扣几块钱。可遇上大会战什么的，真生病也得带病上，真有事也得放一边，谁也别想溜。领导说今天一个班要拿下一百米，那你就得拿下一百米，完不成别想下班，最长的一次我在井下连续干了三十六个小时，一般情况下连轴干上十几二十小时那是常有的事。所以遇上大会战什么的，别看我们什么"斗志昂扬"，喊口号喊得什么"响彻云霄"，可心里其实挺不愿意的。那时候加班加点还不给算加班费，人累得跟狗熊似的钱还没多挣，谁愿意呀。领导也知道，所以什么病假事假统统不批。这情况老顾知道，他只好一个人回去了，不过我和朋友——就是老顾那个邻居——我们跟他说好了，让他尽管放心，到时我们俩总会有一个人到车站去接他一家。

4

孩子接回来了，眉清目秀，像他爸，皮肤黑，这点像他妈，粗胳膊粗腿很壮实，倒是不像他爸也不像他妈，胖乎乎的样子挺招人喜欢的。老顾看孩子那么结实他不知道多高兴，只要没事就围着孩子转，笑呵呵的。时间长了我就觉得这孩子有点怪。别人家的孩子眼睛看东西那样子，好像是对什么东西都好奇，又爱缠人，一天到晚一会儿哭一会儿闹一会儿笑，除了睡觉没安静的时候——就是睡觉也不安静，一会儿尿床一会儿要吃，能把人折腾死；老顾这孩子不一样，很少哭也很少笑，好像知道他爹妈身体不好似的，不给大人添麻烦，没事就安安静静地待着，那双眼睛盯着什么看，那眼睛里不是好奇，是……那个词怎么说的？哦，深沉，没错，是深沉，跟大人在思考问题似的，晚上也不闹，一晚上就尿一次吃一次，然后一觉到天亮——这当然是听老顾两口子说的。人见了都说奇怪，说这孩子这么小就这么明白事理，长大了可不是一般的人物。孩子他妈妈听了可高兴了，说孩子爷爷给孩子算过命，说这孩子命数好，将来是做大事的人。

孩子一岁多，老顾开始急了。孩子其他方面表现得不输人，就一样不行，不会说话。别的孩子同样年龄能说不少话了，可这孩子不行，连最简单的爸爸妈妈也不会叫，只会咿咿呀的，除了他妈别人谁也不知道他什么意思，他有事也只和他妈说。一会儿过来，咿咿呀，他妈就说口渴了是吧，要喝水是吧，拿杯子喂他一口水，他喝好水又到一边独自玩去了；一会儿过来，咿咿呀，他妈说要拉屎呀，臭臭，我们到远一点去，带他过去脱裤子，他就蹲在那拉屎；一会儿过来，咿咿呀，他妈说，哦，要抓痒痒是吧，手伸到孩子衣服里去抓痒痒……我觉得奇怪，她怎么就知道孩子想干吗，瞎猜也不可能每次都猜对。我就开玩笑说，你们不是说什么外国话吧。老顾说，什么外国话，我看是哑语。听得我直笑，他是急糊涂了，连我这没文化的都知道哑语不是用嘴巴说的，是用手比划的。

老顾早先就怕生的孩子有什么三长两短的，看孩子不说话，更吓得要命，担心孩子是哑巴，可是带到医院检查，医生说孩子声带没问题让他别着急，说有的孩子说话迟到四五岁才说话。他哪里等得住，怀疑小医院水平不行，出差的时候就带了孩子一起去，抽空上省里的大医院检查，可结果一个样，都说孩子没事，让他平时多和孩子交流就行。医生看他愁眉不展的就告诉他说，多半的哑巴声带并没问题，不说话是因为耳聋听不见所以没法模仿人发声，他孩子听得见人说话，声带也没有问题，所以不可能是哑巴。这道理其实老顾心里都明白，但他就是疑神疑鬼的不放心。他和爱人商量让她装作不明白孩子的意思，逼着孩子说话。可那孩子也有意思，你大人越急着让他说话他越是不说，干脆连咿咿呀也不说了，要做什么就过去拉一下他妈妈的衣服比个手势，他妈妈要他说出来不然不理他，他就一声不吭地站在那等，看谁的耐性大似的。当然最后都是当妈的投降。老顾可不乐意了，说："孩子不说话都是你给惯出来的，现在光比手势更像哑巴了，以后真不会说话看你怎么办。"她反过来说老顾："心急吃不了热豆腐，没听医生说孩子说话有早有迟，还是顺着孩子本性好。孩子以前还会咿咿呀的，现在一声不吭还不是你给弄的，以后孩子真成了哑巴，那也是给你逼的。"两人很少红脸，没想到为了孩子倒顶上了。

5

这孩子的事还没了，她又怀上了。老顾对孩子的态度现在又回到以前，不想要："老大不说话像哑巴，万一生的老二不听话像聋子，那这日子没法过了。"他让她去拿掉孩子。她不干："一个孩子孤零零的要玩都没个伴，怎么也得再生一个，何况这次的感觉和上次不一样，肯定是个女孩。生男孩是为了你们家传宗接代延续香火，生女孩是为了我自己。女孩是娘的贴心小棉袄，长大了知道疼母亲，会帮母亲做事情……”老顾拿她没办法，知道再说下去搞不好她又会去搬救兵，他父母年纪大了，老让他们为了孩子的事千里迢迢跑来，还不让人指着他脊梁骨骂不孝。

其实他也不是完全不想要孩子，不想要孩子主要是心里害怕，就怕生的孩子有问题，他自己身体不好，所以知道身体不好的难处。“这不光是生活上的难处，心里头也有难处。”他说，“我有时候想想会恨父母，当初他们就不应该救我，让我发高烧死了也好过现在这样，别看我成天没事似的，见人就带三分笑，其实心里难受，总觉得自己不如人，低人一等。”这些都是他吃酒吃多了以后和我说的掏心窝子话。我说：“你那是多心，你那么能干人佩服你还来不及，谁会瞧不起你。你身体不好也不能怪你父母，天底下哪个父母看到孩子病了能不着急？这都是命，看开些吧，别没事老跟自己过不去。”他说：“是呀，我也知道这不能怪父母，可我有时候就是那么想的，所以我才怕。如果生的孩子健康那我也高兴，起码老了以后还有人可以端茶倒水侍候，可万一孩子身体不好，那还不得眼睁睁地看着孩子受苦，那和用刀子扎我心有什么分别？唉，也不知道是不是前生做了什么坏事，这一世要受这些苦……”他的话让我想起爷爷说的话。难道这世上真的有轮回报应？我想说什么却不知道说什么，只好什么也不说，陪他坐着。

6

朋友给我介绍一个对象，是刚跟着父母从别的煤矿调过来的，比我小四岁，二十四岁，长相过得去，身体也好，那时人结婚都挺早，她算老姑娘了。朋友说她没嫁人是因为顾家，她妈妈病怏怏的整天躺在床上没法操持家计，但又能生，一连串生了八个孩子，她是老大，所以从小家里都是她在操持，她谈对象的条件是帮着照顾家里，人一看和她结婚得背那么大一个包袱都不愿意，她的婚事也就拖下来。朋友说："你光棍一个，就算入赘也无所谓。""呸，"我说，"帮她照顾家里没问题，入赘没门。"入赘又叫倒插门，是被人看不起的事，孩子以后得跟娘家人姓。能提入赘条件的一般都是女家无男丁但家里条件不错，招个上门女婿生个男孩来继承家产。"就她家那样还入赘呢。就算真有条件不错的让我倒插门我也不干。我家就我一个，还等着我传宗接代呢。"我朋友听了笑着说："我也就开个玩笑你也别当真，反正我觉得你们俩挺合适。"我想她顾家说明她心地不错，我就同意了，朋友和她说她也同意，我们俩就谈起来了。

我开始谈对象，老顾那里跑的次数自然也少了，以前是只要没事就天天跑，现在一星期也就跑两三趟吧。主要是我对象她们家在河南岸，老顾他们家在河的北岸，隔的远。我去老顾他们家主要是想帮着做些事，我去时我对象也会跟着去，她是勤快人，去了手脚也忙个不停，老顾他们都夸她心眼好，叫我好好待她。我想那还用得着说吗。不过和她处得久了我开始有点不适应了。不知道是不是她从小就当家养成的习惯，她对我说话和对她弟弟妹妹一样，动不动就大声训斥。刚开始认识时可不这样呀，刚开始时她说话还挺像个女人的，当然现在也像，不过升级了，像当妈的。兴许是我从小没人管习惯了，现在有个人整天在身边呼呼喝喝的我觉得别扭，有时候不高兴就和她吵了。吵了我就不去她那儿，去我朋友和老顾他们那，我朋友和老顾他们一直做和事佬，替我们劝和。

第三章
他走得实在突然

1

那天我又和我对象吵架，其实也没有什么大事，我早班没什么事就从井下上来，离考勤还有时间，我就去我对象家。她上夜班，这会正在门口晒衣服，她们家人多，衣服一洗就一大堆，她们家晒衣服不用衣服架子，衣服一件一件往竹竿上穿，再把竹竿一层一层地往高挂。我过去帮她一起晾，我抬着竹竿一头，我对象在另一头往里挂衣服，挂好了我抬手把她那一头搭上横杠，再用杈子把我这一头顶上横杠。我不是没下班吗，还穿着工作服，从井下出来的，沾的都是煤，我对象怕我碰脏了她洗好的衣服，让我小心点，我说没事。我边和她说话边做事，最后一竿，我抬起来的时候没小心就顶到另一根竹竿上了，那衣服还不往下掉？我想也没想就伸手去接，一心不能二用，我一只手伸出去接，另一只手上的竹竿就乱舞了，结果把几根竹竿都顶翻了，衣服全掉下来，有的掉地上有的被我接住，可是抱在我怀里还不如掉地上。我对象气得张口就骂。我前面还觉得不好意思，和她一起拾衣服，去挑水给她重新洗衣服，可她骂个没完，我也生气了，这鸡毛蒜皮的事值得发那么大脾气吗？我把扁担一扔，扭头就走。

晚上我跑到朋友那去打扑克牌，正玩着就听到老顾家里乱成一团，我们愣了，朋友不信似的说："嗬，两口子闹矛盾还闹出那么大动静？"正说要不要过去看看，就听到老顾爱人喊救命了。这还得了，都喊救命了。我们连忙丢下扑克牌跑过去看到底出了什么事，到他家门口就看到她跌跌撞撞地往外跑，边跑边哭边喊救命，我们拦着她问什么事，她说不出话了，手往房间方向甩，她手不方便，正常人可以抬胳膊伸指头指示方向，她只能拨拉东西似的甩手示意。我们绕过她一看吓一跳，老顾躺在地上像煮熟的虾似的弓着身子，痛苦得脸都变了形了，我吓得不知道怎么办，呆着不会动。“肯定是犯了急病了，赶快弄板车送医院！”不知道谁喊了一句把我给叫醒了，我连忙跑出去套了板车过来，他们七手八脚把老顾抬上板车，我朋友坐在板车上抱着老顾的头，我拉了板车就往医院跑，其他邻居陪着老顾爱人在后面紧一脚慢一脚地追。老顾爱人身体不好走路本来不稳，这下受了惊吓心又急，老摔跤。她得的病很奇怪，人搀扶着她胳膊她还不能走，她摔倒了人抢先扶她也没有用，她失去平衡时人抱着她就感觉像抱了条泥鳅似的，就感觉她直往下溜，非得倒到地上或者蹲到地上调整好了才能起来。救人要紧，我也就不等她了。

后来我问她那天晚上怎么会这样，她说她也不知道。她说那天看见老顾身上的中山装肘部又破了，吃饭后收拾好碗筷她就喊他脱下来，她找了破布坐在桌子那缝补，老顾坐在桌子对面看《毛泽东选集》，边看边做记录，他有文化，领导让他给工人上政治课，他在做讲课准备。她边缝补边和他有一搭没一搭地说话，开始他情绪还好有问有答的，后来她问他准备给孩子起什么名字，他就有点不耐烦了，没搭理她，只管一个人猛抽烟。她知道他不高兴也就不吭声了，五月的天，晚上凉，窗户关着烟出不去，她呛了就去开窗通通气，才坐下没一会儿，老顾就猛地蹦起来，她吓了一大跳，针都戳手指上了，还没等到她反应过来，他就缩成一团倒地下了，她连忙站起来，站得急了肚子还撞到桌子，肚子里的孩子也受了惊吓踢了她一脚，可是她顾不上了，她想过去把他扶起来，可她扶不动，她就跑出去喊救命……唉，我明白了，又是孩子惹的祸，每次一提到孩子，老顾就变一个人似的，刚有孩子时他快乐的样子我差不多忘了。

2

我拉着板车气喘吁吁地到了医院，和朋友一起把老顾送到抢救室，朋友突然想起他家煤炉上还烧着一锅水，他吓得跳起来。那会儿穷，好多人家烧水煮饭炒菜都是同一个大锅，上次他一个邻居去做事时忘记炉子上还烧着水，结果七岁大的孩子想拿水时一锅开水倒下来把孩子活活烫死。我知道朋友担心孩子就对他说："你先回去吧，这里有我呢。"我一个人守在抢救室门口看医生护士进进出出，我看着他们手脚忙乱地给老顾做身体检查，我听到出来的医生说是心脏病突发，要氧气、要强心针、要吊瓶……一阵风从我身后开着的窗口吹进来，浑身的汗被这冷风一吹，我突然打了个寒战起了一阵鸡皮疙瘩。

医生喊我进去，我看到老顾的时候我心里突地一跳。那还是他吗，如果不是我亲自送来，如果不是那驼背，我会以为我认错人，那张脸惨白得跟戏台上唱戏擦粉似的，鼻子眼睛嘴巴全都扭在一块了，一点找不到以前那清秀的模样。尽管医院这灯亮得跟白天似的，我还是感觉像是遇见鬼似的心里一股凉气往外冒。他看到我走到病床边上就突然坐了起来伸出手抓住我胳膊，也不知他哪来得那么大力气，抓得我半边身子立刻麻木，没了知觉，我赶紧伸出另一只手去扶住他肩膀，我说："老顾你别急，有什么事你说，有不舒服你和医生说……"现在想想，我那哪是说，是喊，兴许是被他抓痛，兴许是我感到有什么事要发生了，害怕，我喊的声音大得把窗户外面树上休息的鸟儿都吓着了，鸟儿也跟着叫，也不知是什么鸟儿，那叫声尖得让人头皮一阵发麻，我抬头往窗户外看去，外面一片漆黑只看见模模糊糊的树影子在摇晃……

我感到老顾的手在抖动，我赶紧收回视线看他，我看见他两只眼睛睁得滚圆似乎想跟我说什么，可他喉咙里像堵了块木头，声音在底下咕嘟响，说什么我一句也听不清楚，我急得不知该怎么办。医生是心中有数，知道老顾这时候想说什么，他走过来手扶着老顾的另一边肩膀上低头对他说：“是不放心爱人和孩子吧？”老顾艰难地点了点头。我“哦”了一声，心想你这不是废话吗，你平时老出差，哪次出差不是我帮你照顾老婆孩子。我连忙对他说：“有我在，没事，你放心。”说完后我又想可能我现在正在谈对象，他怕我没工夫吧。我正想和他说我这几天正跟对象闹别扭，有时间呢，就看见他长长松了一口气，原本他的呼吸跟抽筋似的，这下不抽了，脸也舒展开了，眼睛鼻子嘴巴都回复原来的位置，他抓着我的那只手也松开了，他原本绷得紧紧的身子也变软了，往后慢慢躺下去。我连忙扶着他让他躺下，看他很累似的闭上眼，我原先想说的话也不说了，我说：“你先睡一下，有什么事等会儿再说。”我看见一滴泪从他眼角流下，我拍了拍他的手背说：“别想那么多，好好休息。”医生让我往旁边站，他拿着听诊器在老顾的胸前听了听，又拿了小手电拨开老顾的眼睛照了照，然后深深地叹一口气，将床单拉了过来盖过老顾的头。白布蒙头？这……我好像突然被人在胸口上打了一拳头，我指着床看着医生：“他、他、他……”医生点了点头拍了拍我肩膀什么也没有说就走了。我站在那里发傻，我想我可能是在做梦，我咬了一下舌头，疼——这不是做梦！我心里空落落的有一种说不出来的难受。死人的事我不是头一回遇见，我爷爷、我在铁路工程队和煤矿挖煤时遇上事故的工友，他们死的时候我也难受，可都没有这么难受。我不知道这是为什么，是我爷爷上了岁数，还是打山洞挖煤本来就是危险的事，他们的死我已经有了心理准备？

我低头看着床不知道怎么办才好，就在这时我听到杂乱的脚步声过来，这会这么急着来的不会有别人。我从那些脚步声里分辨得出老顾爱人那一声重一声轻的脚步声。晚上很安静，那一轻一重的脚步“啪嗒啪嗒”在走廊有一种空洞洞的回音，像是很遥远很神秘，有点不真实的感觉，可是却又好像踩在我的心上一样，响一声我心跟着揪一下。我抬头盯着门口直到看见老顾的爱人，她摇摇摆摆走得很急身子晃得像不倒翁，那些邻居手伸着跟在她后面，我看她身上的土就知道这一路上她没少摔跤。她走到门口突然就停了下来，站在那不相信似的看，看我直愣愣地像个傻子似的不知所措站着一动不动，看我面前的床上白床单从床尾一直蒙到床头，看白床单凸出的那个她熟悉的背形，她本来走得通红的脸“唰”地一下子变白了。我说不出话来只是瞪着眼睛看着她，我看到她很害怕地转过头去看正好走到门口的医生，她嘴唇发抖想说什么却说不出来，她好像不相信自己的眼睛，她的眼睛又在向医生乞求什么，医生什么也不说，对她摇摇头就从她身边走过去，我看到她的眼白向上翻，整个人软软地往前倒了下去。

3

老顾的丧事虽然是公家办，但主持大局还得请他家的长辈出面，这是规矩。可是老顾的父母亲突然收到电报知道儿子死了，两位老人家年纪大经受不起打击，一块病倒了，如果要他们硬撑着来给儿子办丧事，还不知道要出什么事呢，老顾的丈母娘只好作为长辈来主持大局了。

“只好”，听出这意思来了吧。这不是我胡乱猜，这是老顾生前亲口跟我说的，说他这丈母娘对他这个女婿不满意。当初他父母去提亲时他丈母娘没答应把女儿嫁给他，他丈母娘说：“你们儿子身体不好，我女儿身体也不好，两个身体不好的人一起过日子很困难。这事不合适。”老顾说他明白他丈母娘的意思，她宁愿给女儿找个家里条件差但身体条件好的也不愿意把女儿给家里条件好但身体差的。我知道在农村这样的做法很普遍，按现在说法这叫“潜规则”吧？让老顾没想到的是当妈的在这边拒绝求亲，当女儿的却从房间跑出来说同意，当妈的也顾不得礼节把客人晾在一边把女儿拖到房间里去商量。她说了三点理由让女儿好好考虑：“第一个，他身体不好；第二个，他年纪比你大十二岁；第三个，跟了他就得到福建去。”她劝女儿在农村里找一个身体好的，年龄相当的，住得近的，那样万一有什么事娘家也好有个照应。没想到当女儿的却不在乎：“他身体不好怕什么，他是文化人坐办公室拿工资，又不是下田种地；年纪大更懂得体贴人；至于到外地我更不在意，如果在农村我得种一辈子田，我这身体现在年轻还可以，老了以后哪吃得消？跟他到单位去就是城镇户口有固定口粮，再找个工作老了以后有劳保好歹有个保障。”母女俩谁也说服不了谁。老顾的丈母娘虽然是个乡下妇女，但从小在城里长大，解放前常在街上听学生宣传自由民主，也常去教堂听洋人牧师讲民主平等，所以虽然不满意但她还是尊重女儿的选择。听了老顾的话我就明白他开始不同意结婚可是结婚后又对爱人好是因为什么了，这叫人心换人心。

老顾他是大学毕业分到煤矿的，离乡背井的在这里没有亲戚，我算他关系好的朋友了，单位也就让我去帮忙料理他的后事。我从来没操持过这种事，老顾丈母娘又是外地来的，人生地不熟，还说方言，我听不懂，幸好老顾生前人缘好他身后事主动来帮忙的人不少，省了我不少事。我主要负责外面跑腿的事，订棺木、挖墓地、拿冰块等等，那时还没有冰冻柜，要保存尸体就得到城里的冰库去拿冰块，大块的冰块运来后还得凿开。虽说是五月中旬，可天突然就热了起来，冰块化得快，一天得运几趟。

我对象本来正跟我闹别扭，老顾死了她也过来帮忙照顾老顾爱人和孩子，我们也就和好了。我对象那些天没少掉眼泪，她和我说，老顾的爱人不吃不喝也很少睡，坐在那不是没魂似的眼睛发直盯着灵棚一言不语，就是哭得上气不接下气，那样子让她看了难受，只有陪着一块掉眼泪了。我也去看过老顾爱人，我不知道怎么劝，就说些“节哀顺变保重身体吃点东西”之类的废话，她要不当没听见我说话，只管自己哭个死去活来，要不然就直愣愣地看着我，她那眼神让我觉得有一股寒气从她眼里传到我身上，好像老顾的死是我造成的似的，再待下去我恐怕被她盯得发抖，我就赶快出来去忙别的事。孩子小，不知道出了什么事，看他妈哭他也跟着哭，平时他不说话，没想到他哭的声音那么大，跟刀子似的能把人耳朵割下来。办丧事人来人往，孩子多半是被吓到了，他妈这时候哪里还顾得上他，他外婆才来，孩子还当她生人似的躲，一大堆人里，大概也就和我亲了，所以一见我就跑来，牵着我的手不肯放，睡觉都得我哄着才行。忙了这头忙那头，那些天，真把我给累坏了。

4

出殡那天，我对象和老顾丈母娘扶着老顾爱人走在队伍前面，与其说是扶，不如说是架或者说是拖。哭了几天老顾爱人的声音都哭哑了可还在哭，孩子被别人抱着也是哭得跟泪人似的，小孩子哪知道什么生死离别，多半是看他妈被人拖着走的样子给吓着了。送葬的女同志耳里听着这娘儿俩哭、心里想着这孤儿寡母往后的日子，也就忍不住跟着哭，哭得男同志也心酸得掉眼泪，一帮人一路哭声震天地到了坟地。坟坑是前一天挖好的，有一人多深，我和几个年轻力壮的小伙子慢慢地往坟地里放棺木。那时还没火葬，全是用棺木，老式的棺木又厚又重，死沉死沉的用绳子吊着往下放，如果没配合好棺木就会倒，那死人在棺木里不就得跟着翻身，那不就是对死人的不敬？怎么说这也是死人的最后一段路，得让人走得舒坦安心，所以放的人不但得有力气，还得配合。总算把棺木四平八稳地放好了，我们松了一口气正准备填土，也不知怎么的，老顾爱人就“嘭”地一声跳到坑里，趴在棺木上又是哭又是喊：“你就这么走了，我以后的日子怎么过呀！”让我们把她给一块埋了，她孩子看到她跳下去，也跟着哭着要往下跳，幸好孩子外婆手伸的快，一把给抓住了。我们几个吓一跳连忙把手里的铲子扔了，跳下去七手八脚地把她给弄上去。我挺生气的，冲我对象喊：“你怎么回事，人就在你身边你也看不住？她肚子里还有孩子呢，万一出了事我怎么跟人老顾交代？”我对象眼一瞪就要和我吵，老顾丈母娘见不是事就上来用方言叽叽咕咕地劝，我对象大概也觉得在这地方吵不大好就鼻子里哼了一声不理我。我心想你还有理了不成？她什么身体你什么身体，再说她这几天没怎么吃东西连站都站不稳，如果你真抓住胳膊她跳得下去吗？我也顾不上和她吵，连忙和人填土，免得再出什么事。

不一会儿墓就弄好了，水泥抹的圆拱形，外边还挖了一圈排水道，前面是大理石的墓碑。我顶不喜欢石碑上的红色，总让人感觉像是血似的，我奇怪为什么都要用红色？我爷爷的墓简单，没有水泥也没有大理石，就是用土堆了个坟包前面插一块木头，木头牌子上面也是用红漆写的字。用红字大概是什么习俗吧。

5

我站在墓前想老顾爱人身体不好孩子还小，这坟头明年长满草，谁来收拾？我就对老顾说："你放心，只要我活着以后每年清明我都来给你扫墓，直到你孩子大了为止。"不是有一句话叫"人生无常"吗，我也不知道哪一天就轮着自己躺这地方了——我这可不是什么感慨人生，确实是在煤矿井下做事差不多脑袋就别裤腰带上了，瓦斯、塌方、涌水，遇上了能不能活着回来难说。我已经两次在鬼门关前走了一圈，都是瓦斯，一次是上坡，几个人一起走，我尿急，停下来撒尿就落在后面，坡顶是个小洞，得猫腰过，我尿完了爬上坡正要钻洞就看走前面的人一个个突然趴下了，一看就知道是中了瓦斯了，我连忙把头缩回来往后退，没站稳，从坡上直接滚下来，边滚边喊救命，等到救护员进去那三个已经不行了；还有一次是我自己一个人，走平路，正走着就觉得头发晕脚发软呼吸困难，等到我明白是中瓦斯了，人也站不住了，"扑通"一下倒地上想叫救命也叫不出来，其实就是叫也没用，我来的时候这附近就没有遇到过人，我迷迷糊糊地往大巷那里爬，心里知道只要能到大巷空气就好，遇到人的机会也多，活命的机会就大，可爬了一半我就什么也不知道了，醒来时人已经在医院床上。人说我命大，冒出来的瓦斯浓度不算太高又正好有人路过，问我："被人救时你是怎么一副丑样子你知道吗？"我说："我怎么知道。是怎么样子？"他哈哈大笑："你当时臭得要死，你把屎尿都拉在裤子上了。"真是丢人丢到姥姥家了。

6

下山后先送老顾的爱人孩子回家，中午是答谢宴，从食堂借了桌子凳子碗筷，请了食堂的厨师来做，送葬的人都围着桌子吃，吃完了他们走了，我和邻居帮着收拾把桌子凳子碗筷还给食堂，然后拆了临时搭的棚子，时间就到了晚上了。吃完饭后老顾丈母娘让我们也回家，待了几天，她说的话也能猜出个意思，说这几天辛苦我们了，让我们回去好好休息，她女儿这里她会照应。我也确实是有点累了，就答应了，我对象让我送回她家，我们就一块走了。走在路上我对象还在生我的气，问我早上干吗当那么多人对她那样说话。她不说我倒忘记了，她一说我也来气了："这事你还有理了，居然还跟我算账来了？你要是看着我用得着冲你急吗？"我对象说："我哪知道她要跳呀，早上拖她上山我手酸得厉害，站在那没什么事我就松了手活动活动胳膊，哪知道她就突然跳下去了，我看到她跳连忙用手去拽可没拽住，我手指还拉伤了，到现在都还疼呢。她妈不是也站她边上吗，你有本事你连她妈一块凶，凶我算什么呀。"我回想了一下，老顾爱人跳下去的时候是侧着身子落下去的，应该是被人拉了一下，如果她是往前扑应该是正面掉下去肚子着地……肚子着地！那还得了。我吓出一身冷汗，可我嘴上却说："你这人怎么就不讲道理，她妈还要照顾孩子呢，如果不是她妈，孩子也跳下去了。你累就不能坚持一会儿？这节骨眼上的。幸好没出事，出了事看你怎么办。"我边说边走，被我对象突然拉了一把，她那么大力，差点没把我拉摔倒。我停下来转过身去看她，她用手指着我，那样子像要吃人似的。我心想老是说你两句就这样，想爬我头上去？没门！我就说："你瞪眼吓唬谁呀，要打架你也打不过我。"我对象没有跟我打，她狠狠地说了一句"你那么关心她你就跟她过好了"扭头就走，我被她说得吓一跳，这说的是人话吗？我走了几步想跟上去和她解释，又心想这犯得着解释吗？就停了下来冲她背影喊："你今天神经有毛病吧。"

7

老顾的丈母娘要回去了，她原来是在城里纱厂做工，后来嫁人，丈夫在一家大建筑单位做泥瓦匠长年在外，家里婆婆有"老寒腿"的毛病，冬天下不了床，老顾丈母娘就回到乡下当了农民，一个女人家种田、侍候婆婆、抚养五个孩子，不容易。出来一个星期了耽误多少工夫少挣多少工分不说，婆婆、孩子怎么样也够她挂心。她的意思是要把女儿接回去，女婿不在了这儿也没亲人，女儿留在这没必要。可老顾爱人不同意，她说她既然出来了就不回去了，这里有工作，有她和老顾一手置的家，看见家里的东西就好像看见老顾。她痴心哪。当妈的知道女儿性子倔，只好把外孙带回去也好减轻女儿一点负担，算一算女儿还有四五个月就要生孩子，她就说："到八月底九月初我过来接你回去，生孩子没人照顾怎么行。"这个老顾爱人倒是答应了。虽说做了安排，可当妈的还是不放心，见了我就用方言和我嘀咕要我再辛苦几个月。我都和她保证过了多少回了她还那样，我心里就有点不高兴了，这不明摆的是怀疑我说话不算数，我是那种人吗？我心里说其实都不用你说我也会做得到，你女婿当我是朋友临走的时候托付我，我既然答应了我就一定会做得到，朋友连这点义气都没有那还叫朋友吗？说书的说的"关公千里送嫂"的事我记得呢，现在什么条件那时什么条件？不就是做些体力活吗？我以前又不是没帮着做。但我没说出来，老人家担心女儿我理解，我就忍了，反正她马上要走了，没必要和她计较那么多。

我对象虽然和我老吵嘴，但她人还是不错，我去照顾老顾爱人，她也常一起去。老顾爱人已经五六月的身孕，行动很不方便，我一个男的照顾她有些事总是有忌讳，我对象来就好办多了。但照顾归照顾，我对象背后没少和我发牢骚，说我对老顾爱人比对她还好。“瞧你这话说的，既然答应照顾当然得做好了，免得让人说闲话，再说了也就是几个月的工夫。我和你是一辈子的事，来日方长，干吗还要那么生分？我现在对你这样你还爬我头上作威作福，我要再和你客气你不要骑我一辈子？”我说。兴许是我说话的样子像个受了委屈的孩子把我对象给逗乐了，她捶我一拳头说：“谁作威作福了，你可是属老虎的，我连你屁股也不敢摸，哪还敢骑呀。我可没地藏王菩萨的本事。”她不再嘀咕了，差不多天天和我一块去，那段日子我感觉真是好，三个人开开心心有说有笑就跟一家人似的。可这好日子没能坚持多久，就被一场洪水给搅了。

8

是六月底的事吧，正赶上暴雨，连着下了几天，我照常去上班，那天正好是中班，我正在井下干活，就听领导喊我们赶快出井，说山洪要暴发了。等到我们出井一看，好家伙，那洪水一波又一波，像是爬坡似的往上走，看过去一片黄黄的水，跟汪洋大海似的。水里一会儿看见一段树枝，漂下去；一会儿看见一张桌子，漂下去；一会儿看见一头猪，漂下去……这么大的洪水我这在山里长大的还是第一次遇见，老顾爱人住平原就更不用说了，我心里说可千万别出什么事呀。我那会儿也只有干着急的份，矿井是在河的南岸，老顾爱人住的是河的北岸，而且靠岸边，我站在南岸山头看过去，虽然天黑，可有闪电，借着电光看过去，她住的地方早淹没了，我没法过去，路和桥都被水淹了，我只能求天老爷保佑了。那雨真大，我们连工作服也没来得及换，也没有拿雨伞，往山上走，找了块凸出的岩石躲雨，根本就不顶事，那雨把我们淋得全身湿透，雨水顺着工作服流到水鞋里，不一会儿就满了，我们几个干脆就脱了鞋子坐在那，一个个都不说话。

雨是后半夜开始变小的，过了一会儿洪水也跟着开始退了，我们几个就穿了鞋子打开帽子上的灯，跟着洪水往下走，到快天亮的时候到了桥上，桥上都是烂泥和乱七八糟的东西，我探着路走，深一脚浅一脚的总算过了桥，到了老顾爱人家，我趴在窗台往里面看，东西七倒八歪的，没人。她家就两间房，一间是厨房一间是卧室，两间房还不是连在一块的，中间还隔着一条马路。没看到人我心里就放松了一些，过去看她邻居家也都没人，我想应该是一块逃了。逃到哪去了呢？那时房子基本上是平房，远一点的地方有一幢两层楼，再要高就只有上北山了，我就朝着那幢两层楼走去。

到了那两层楼果然找到了老顾的爱人，我这才完全放心。是她邻居陪她逃的，那邻居看到我就把老顾爱人交给我，她上北山去找失散的家人，我就陪着老顾爱人往家走。那一路上可难走了，那时还没有铺水泥路，黄泥地被水泡得黏糊得能把人鞋子粘住，路上还有水冲来的断树枝、破家具、死猪、死鸡，我可以跨过去跳过去，可她不行，我找了根棍子给她当拐杖，然后到前面把那些东西往两边扔，清理出一条路让她走，边清理边问她是怎么逃的。她说邻居早就叫她准备东西一起逃，可她没听，她不相信一到秋天干枯得都要没水的这条小河能一夜之间变成汪洋。我说："别说是你，就连我这在山里长大的也没见过这么大的洪水，这是百年一遇的，可巧让我们给赶上了。那你后来怎么又跑了呢？"

"不是我要跑，是邻居拉着我跑。她来了看我还没准备东西她都生气了，说我要找死。我说'这风大雨猛得往外跑多不方便，再说了这天上下雨地下流，又不是没地方流，哪还会涨到这来呀'，她跟我说不明白就急，也不收拾东西了拉了我就走，她说'你自己要死那是你的事，可我不能让孩子跟着你送死'。我看她那么急心里也有点担心，兴许山洪真的像她说的那么可怕，就算防万一吧，我还是随她走一趟好了。出了门，那风大得把我雨伞都吹折了，还差点把我给带摔倒，我只好把雨伞给扔了冒雨走。本来她要带我到北山去找她家人，可这泥地粘稠得迈不开步，我走得慢，走着没多远就感觉水上来了，她说来不及了，就带我往这幢两层楼去。到了楼前那水已经没过小腿了，等到我一瘸一拐上了楼再看，可不得了，那水已经到了一楼的一半了。再借着电光往前看，就看见我住的房子只剩下一个屋檐了。我对邻居说‘幸亏有你，不然我娘儿俩今天是没命了’，哪知道她叹口气说‘现在说有命没命还早了点’，我呆了呆想了想才明白她的意思，这雨不停水不停，这幢房子孤零零就像孤岛，水要再往上涨我们往哪儿跑？我真后悔没听她的话，现在还连累了她搭上一条命。这二楼上还有好几十人，估计也是和我一样没经验的，开始还看到他们有说有笑的，大概是第一次见到发这么大的水有点兴奋，后来眼看水就要上二楼了，知道自己一只脚已经踏进鬼门关就开始难过了，后悔了，有的还开始互相埋怨。我更觉得对不起邻居，她说现在说这些都没用，有那些精力不如多求老天爷保佑。也是老天爷可怜我们，就在我们都以为逃不了命的时候，不下雨了，我们总算捡回了一条命。”

看她一晚上又惊又吓的，这会说那么多话也累了，我也不再多说话，用力清理，让她早点回去休息。到了她家，我接过她的钥匙开了锁却进不了门，推一推感觉是里面被东西顶住了，到窗户边上看了看，原来是桌子冲倒后顶住了门，我只好到厨房去拿了柴刀把门劈开，伸手进去把桌子推开，开门让她进去。屋子里乱七八糟，箱子趴在地上，里面收起来的棉被、冬天的衣服都被水冲出来了，桌子倒了抽屉掉在外面，里面的东西都是泥，她看着家里这模样，忍不住就哭了，我说：“哭什么，人没事就好，东西坏了能修的就修修，不能修的就扔了重新置。”她说：“这可都是我和他一点点慢慢攒的。”一句话把我给噎住了。她也不多说，进屋就蹲地上在泥里扒拉，我过去把她拉起来，我说：“你身子不方便，我来。”我先把床架子架好铺板放好，然后去厨房拿了水桶挑水，水龙头还没有水，我就到河边去挑，挑回来先沉淀，然后把上面的清水倒出来洗干净床板让她坐，我把棉被衣服先用盆子装了放一边，再在泥土中一件件找小东西——老顾用过的眼镜、眼镜盒子、本子、书，还有他的照片，都用水漂干净了放她面前晾着，接着把箱子、桌子、凳子洗干净，冲地板，洗衣服，收拾厨房，忙得连饭也没空做，还是邻居帮着到食堂领的救济饭，一直到晚上才弄得有点像个家的样。淋了一夜的雨又忙了这一天，累得我想睡觉，这才猛然想起这么大的洪水，我的宿舍肯定也被淹了，我连忙赶回去。

9

回到宿舍一看已经被人收拾得干干净净，我对象正在门口用煤油炉子炒菜，不用说也知道是她帮我收拾的。和我同宿舍的工友在房间里打扑克，见我回来就告诉我她来了一整天了，帮着一块收拾宿舍，晚饭一直拖着不做说要等我回来再做，后来经不住他们的一再哀求才生火做饭。我说："凭什么让她给你们做？饿死你们活该。"我和对象打个招呼就找了干净的内衣裤到河边去囫囵擦一把，回来就往床上躺。我对象让我再吃一点，可我没胃口还有点想吐，她说："别是中暑了吧。"她拿了碗装点凉水过来给我刮痧，"你轻点好不好！"我疼得从床上跳起来。"可不就是中暑了。"她说着从口袋里掏出个小圆镜照我。那小圆镜是我买给她的，椭圆形小半个巴掌大，边上一圈塑料，她平时就把镜子放口袋里，没事就拿出来照一照。我看着镜子里她刮过的地方一条乌黑，只好躺下让她继续刮。

刮痧后人确实轻松了许多，我对象要我送她回去，我虽然不想动，但看她好像有点不高兴，也只好起床去送她。走在路上我困得上眼皮和下眼皮打架，迷迷糊糊地陪她走到一半，她突然用力拉一下我，我没提防差点摔跟头，不但是把瞌睡虫给吓跑了，还吓得我心扑通直跳，我说："干吗呢，冷不防的，要是胆小非吓出心脏病不可。"她气冲冲地朝我吼："我还想问你干吗呢，从见面到现在，你有问我一句没有？她的生死你那么在心，我的生死你就一点不放心上？"我说："说什么呢，谁不关心你了。你这不是就站在我面前吗？哦，我还问你是活的是死的？我神经病差不多。"她哭了："那你昨天晚上呢，今天白天呢，你有想到我吗？我可是担心你，一大清早就跑来了，谁知道你……"

我被她那么一说也觉得有点奇怪，她家在河南岸，我出井也是在河南岸，要是愿意我完全可以从山上的小路绕过去找她，可我没有，我那时根本就没有想到她。为什么？是因为她家住在半山腰而老顾他家住在河岸边？是因为她的身体好而老顾爱人行动不方便？不知道，我真的不知道。我没法跟她解释，其实在我心里她已经是我的一部分了，就像我的手脚，也许不小心的时候我会碰破手脚，但我不会放在心上，可老顾爱人在我心里是别人，照顾好她是我答应人的事，是一份必须完成的任务，而且还不能出错。我心里是这么一个意思，可我嘴上不知道怎么说。后来看了部电视剧忘了叫什么名字，里面有一女的问男朋友："要是我和你妈同时落水了你会先救谁？"她男朋友说："我先救我妈，然后再救你，如果救不了你，我就和你一块死。"我看到这脑子里就"嗡"地一声响——要是早几十年看到这电视剧那该多好。

我对象看我不吭声，她又说："就算你要去帮她，你也来和我说一声，要不是遇到昨天和你一起出井的，我还满世界地找你。我看到你挑水，我想过去帮你，可我心里又不甘心，我想不理你，可我又担心你收拾了她那，回去还要收拾宿舍，会累坏，我就去帮你收拾宿舍。我在河边真的很想把你的东西全扔到河里让水冲走，可我又狠不下心。你倒好，回来倒头就睡，连声辛苦也不说。是不是我欠你的，啊？"她连哭带说，声音可一点也不低，像是和人吵架，她好好说我会觉得自己对不起她，她这样子就有点让人心烦了，我说："好了别哭了，是我欠你的行了吧。这又不是什么大不了的事，干吗弄得哭哭啼啼的，让人看见了多不好，不明白的还以为我怎么欺负你了呢。"我对象说："这还不是大事那什么是大事？你到底是要和谁过日子，啊，你说？"我说："这不是废话吗，我当然是要和你过日子。和你说多少遍了，老顾爱人那等到她妈来接她就算完了，也就两三个月的时间了。"我对象说："两三个月？我巴不得她现在就从我眼前消失，以后要去你自己去，别指望我再陪你去！"说完她就"蹬蹬蹬"地走了。

我对象还真是说到做到，那以后她果真一步也不进老顾家门，有时候有事找我也只是在门外喊我出去。老顾爱人也不是傻子，一看就明白是什么一回事，她对我说："那……以后你别来了，别为了我闹得你们俩不愉快。你对象又勤劳又吃苦还懂得持家，你年纪也不小了，要再找这样好的不容易，要是吹了，我这罪过就大了。"我说："没事，她又不是不理我……"我赶紧停口心里骂自己，就是再笨也不能当她面承认我对象讨厌她呀。虽然话没说完，可那意思却出来了，闹得我们俩一阵尴尬。我心里就烦我对象，出去见她我就说："有什么事你非得到这来说？要说你进来说不行非要在外面乱喊乱叫……"我对象看我发火她也不高兴，说："怎么，我到这找你不行是不是？你是不是有什么见不得人的事怕人发现哪？"这说的是人话吗？我真恨不得给她一巴掌："青天白日的我们有什么见不得人的事？你这人怎么这么没同情心哪，人孤儿寡母的你不帮忙也就算了，还说这话，也不怕天打雷劈。"我这话说的也太重了，气得我对象跳起来要跟我拼命，闹得邻居都来劝架。瞧这事弄的。老顾爱人一直劝我不要去她那了，可我对象越是这样闹，我越是觉得对不起老顾爱人，越是觉得不能不去。

第四章
你来的不是时候

1

这日子过得已经是够让人头疼的了，可老天爷还嫌不够乱继续添乱，好好的来了一场“文化大革命”，闹起了武斗。我宿舍住的才几个人也分成了两派，以前关系挺好的现在就变成仇人了，不是一派的谁也不理谁，我这人政治觉悟低又胆小，不管哪一派都不想掺和，只求子弹长眼睛别往我身上钻。以前只在电影里看过打仗，现在真见着了那阵势真叫人害怕。老顾爱人正好住在桥边上，这上下十几里的就这么一座桥，那还不成了“兵家必争之地”了？打起来的双方你占一头我占一头，堆沙袋、架钢炮、打枪，老顾他们家就住在桥这头第一间，那桥也不长，南边那头打枪准头偏了，子弹飞过来“啪”一声打在他们家房前的树上，想不害怕都不行。乱得这样都不用上班了，我也不回宿舍，白天和朋友躲屋子里打扑克，晚上就在老顾他们家厨房里用凳子架着板块睡觉，省得过来过去的当靶子招子弹。

我对象冒着危险来找我，她们家准备回老家避乱，那会不少人都回老家，都觉得乡下没那么多事，安全。我对象说我反正是一个人，不如干脆就跟她家人一块走，她家人多路上也需要人照顾。我说：“那怎么成，我一走老顾爱人就没人照顾了。”我对象说：“你是她什么人呀，非得要你照顾才行？再说了，你都照顾她那么久了，你有事让她找邻居帮忙照顾一下不行？”我说：“如果换平时话这么说也没错，可现在兵荒马乱的，哦，我把她往别人那里推自己倒跑了，这像话吗。”老顾爱人挺着肚子来厨房喝水，听了这话就劝我跟对象一道走：“你不用担心我，前几天你不是陪我一块到邮局拍电报给我妈了吗，我妈也差不多要来了，你就放心走吧。家里柴米油盐的你这几天闲着不是都弄好了吗，还能有什么事？就是有什么事我也可以找邻居帮忙。”她怕我不放心就喊了一个邻居来把事跟邻居说了，邻居说：“没事，我们当家的出差还没回来，我们没那么快走。”我说：“既然这样那我就走了。对了，你再写一封电报我去发，写清楚点，不然让人弄错意思就麻烦了。”我对象看我答应跟她走不知有多开心，转身就跑去我宿舍帮我收拾行李。我去邮局拍电报，到了邮局，邮局的人说现在电报机被“军队”接管了，私人的电报不拍。我嘀咕说：“这什么时候的事，前两天我不是还来拍过吗。”邮局的人说：“就你们走没一会儿的事，哦，你那封电报也还没拍呢。”“什么？”我一下子跳起来，这电报没拍成，老顾丈母娘肯定是不会来了，那我这一走……我吓坏了，赶快回去和我对象说我不走了。我对象有多失望那不用说，她指着我鼻子大骂一通，然后把我的东西全从半山腰她家窗户扔出去。

2

枪是越放越响，人是越跑越少。这一幢房子到最后就剩三家，一家是丈夫出差的，一家是本地人没地方跑的，另一家就是老顾爱人跑不动的。正不知道怎么办才好呢，出差的推销员回来了，说现在外面也是乱得一塌糊涂，这时候恐怕走不出去，可待在这也不安全，不如大家一起到山里的农场他朋友那去避一避。他能带我们一块去我们感谢都来不及呢，哪还有意见。就这么说好了，大家晚上收拾东西休息，第二天上路。

晚上我正在厨房里睡觉呢，听到老顾爱人开门叫我。我心想这半夜三更的她干吗呢，是不是有什么东西没收拾妥当？我起来开门就看见她站在门口手捂着肚子，哼哼唧唧的好像很难受，我连忙跑上去问她怎么回事，她说她可能要生了。“这小祖宗可也太会挑时间了，早不来晚不来这时候来，凑什么热闹呀。”我急得跳脚，要去找板车送她上医院。她说：“你糊涂了，这时候医院哪还有医生，再说好像也来不及了。”是了，早先就听人说医院除了外科医生走不了，其他的医生都跑了。我吓得不会动了，问：“那怎么办？”她说：“生孩子反正就那么一回事，你去烧些热水再找两条干净毛巾出来，还要准备一把剪刀。”她说着就往里走。我应了一声就去捅炉子烧水，找了毛巾剪刀，可心里还是觉得没底。这么大的事就我一个人知道万一出什么岔子我可说不清楚，再说了，我一个大老爷们做这事……我心里嘀咕，就把那两家给敲醒了，把事给他们说，谁想到事情也巧了，那家本地人家的婆婆解放前做过接生婆。她进去了一会儿后出来，脸色不大好，说：“胎位有些偏……政府不允许私人接生，十几年没做了，手生，如果有什么意外我就……”那意思是想不管了。我可急了：“那、那怎么办？”推销员开口说：“阿婆，现在是非常时期。你看，如果你不帮忙，是不是危险更大？如果你帮忙，是不是危险会变小？人命关天，我们是选择危险大一些还是选择危险小一点？当然是选择危险小一点。你就放心去做，生死有命，真有什么意外我们也不会怪你，也不会把这事说出去。你说是不是？”他最后那句话是冲我问的，我连忙点头。其实他“危险大危险小”的我半天没明白说的是什么，但心里明白他肯定是劝阿婆。阿婆还在犹豫呢，屋里老顾爱人的叫声却越来越大，听得人心里直发毛。阿婆想事情到了这一步还是救人要紧，就豁出去了，所幸的是大人孩子都没事。不过生的还是一个小子，不是老顾爱人预感的女孩，她听到是男孩时多少有点失望。这是我头一次看到刚出娘胎的孩子，小小的一块肉团全身皱巴巴的跟小老头似的，可难看了。那么一丁点大没骨头似的，软绵绵，抱在手里，我心跳得厉害，生怕劲一大就把他给捏没有了。

这孩子来的可真不是时候，为了他，我们把去农场的计划往后延。老顾爱人身子本来就不好，让她半夜生了孩子第二天坐车赶路，谁也不敢打保票不出事。最担心的还不是老顾爱人，是孩子。孩子生下来就不大对劲，发烧、吐、泻，阿婆说这孩子怕是养不活，按老话“七活八死”——意思是七个月大的早产儿会活，八个月大的早产儿会死，这孩子正好早产两个月。我说这老话有点不对，怎么七个月的反倒比八个月的容易活？按我说孩子这样和他妈有关，他妈这几个月遇上多少事，又伤身又伤心的，孩子能长得好吗？我们这正争论着呢，就听老顾爱人哭着喊一句“我怎么这么命苦呀。”就昏过去了，吓得阿婆连忙喊我们掐人中灌生姜水把她救醒过来。阿婆说：“我呢，也胡乱认得几样草药，如果你不怪我，我就大着胆子配了给孩子吃。如果有救，那是这孩子命不该绝；如果不行，就当孩子爸爸怕孤单把孩子接去做伴。”老顾爱人连忙点头。这孩子也真是命不该绝，草药喝下去居然有效，退烧了，不吐了，也不拉稀了，咂巴嘴哭。忙了一通宵，阿婆松一口气说：“是饿了要吃呢。”老顾爱人连忙抱了孩子喂奶，可孩子吮吸了半天没奶水，又哭。这倒不是问题，推销员媳妇和阿婆的儿媳妇都还在奶孩子，两人就轮着喂。

3

本来还想多等几天让娘儿俩恢复好一点再走，可第三天就有背枪的人来敲门，说要“决一死战”了，我们在火力区里，要我们撤出去。可不是，不少人正在马路上挖洞往里放雷管炸药呢。这要炸起来还得了！推销员赶紧去找司机，又去“司令部”开通行证，三家人加上我一共十六个人上车逃命。老顾爱人身体不好加上产后虚弱，是我们五六个人抬手抬脚地弄上车的，八月的天多热呀，可她还得穿着冬天的衣服头上包着围巾，阿婆说月子里的女人不能吹风，不然要落下“月子病”苦一辈子。上了车，她坐在一只箱子上，两只手一只上一只下环抱着、十个手指头握在一起放在腿上，就那样抱着孩子。看她那么辛苦我和阿婆都想替她抱孩子，可她就是不肯松手，我有点生气，你这是怕我们不会抱孩子还是怕我们害孩子呀？我刚想说就被阿婆拉住，阿婆摇摇手意思是让我别说，我想想也就不说了和阿婆左右挨着她坐，阿婆扶着她胳膊，我打雨伞替她避太阳。车过桥头时得检查通行证，那样子跟电影里一样，还上车来清点人数翻查行李，那人原来还和我们一桌子打扑克呢，这会看到我们就跟不认识似的公事公办，我心里说可算是长见识了。

我们坐的车子是改装过的运煤车，老解放牌，原来的木板车厢拆了换成铁板，三伏天太阳烤，人坐在这车里就跟进蒸笼似的一个个热得头顶冒烟。我心想老顾爱人那样捂着时间长了恐怕得热昏过去，巴望着这车能快点，可这车在山路上像只老牛似的“吭哧吭哧”，让人直担心会坏在半道上，才拉十几个人就这样，这车还能运得了煤吗？在山道上弯弯曲曲地绕了一个多小时，总算把我们运到了农场，这农场种的是茶叶，一层一层的从山脚一直到山顶整整齐齐都是茶树，农场就十来户人家，东一家西一家地散落在山坳里。我们刚从“炮火里”跑出来，到了这青山绿水炊烟升起狗叫鸡叫的地儿，就感觉像到了世外桃源似的，人一下子变轻松了，大家你看我、我看你直乐，一个个黑糊糊的跟刚从井下出来似的。

推销员的朋友没想到我们来这么多人，他家里没法安置就把我们领到农场的会议室，会议室一百平方米大小，前面是几张桌子当主席台，下面是一排排长条椅子，会议室后面靠山，前面是一条小河，这环境让人感觉一下子清凉了不少。那小河水清得看得见底下的鱼在游，孩子高兴得又喊又叫，一个个争着下河，好在小河——其实说水沟可能更合适，就是山里的水聚在一起往下流，水浅，大人也就由他们去玩。我们把行李放到会议室后也到小河里擦洗一身的汗，然后进会议室把长条椅子并起来当床，把桌子摆到房子中间把会议室隔成两半，里面一半住女的，外面一半住男的。阿婆的儿子和我在附近找了几块大石头搬到会议室门口，垒起来烧上火架上锅就可以做饭了。老顾的爱人在月子里不能碰冷水，阿婆让我烧了锅开水兑冷水拿去让她擦洗用，又吩咐我到农家里去买只鸡炖了给她补身子。那时候东西少，除了逢年过节，平时人家里桌上很难见到荤菜，那些孩子闻到炖鸡的香味口水流的老长，也吵着要父母买鸡吃，家长哪舍得，孩子不懂事就闹，闹得家长火气上来就打孩子，小孩哭大人骂全乱成一团了，老顾爱人一看哪还吃得下，连忙让我连锅端去分给孩子吃，我端出去喊一声孩子就一哄而上。要不是两家大人挡着，恐怕到最后她自己连一口鸡汤都喝不上。

4

在农场的那一段日子真是叫人难忘，不用上班，每天起来几个大人带着孩子到山上捡些柴禾，挖点野菜，摘点香菇什么的，然后到小河里泡着避暑，还用石块围一个坝，抓鱼虾，日子过得跟神仙似的。我泡在水里和他们说："我们干脆在这搭个房子住下不回去了。"孩子听了高兴得不得了，七嘴八舌就讨论起在哪盖房子，你家盖这头我家盖那头的还争地盘呢，好像真的要住下来似的，推销员笑着逗他们："现在是有米有粮，等到粮食吃完了我们就吃树皮。"一个孩子很认真地说："不用吃树皮，我们可以自己开荒种粮食呀，学南泥湾。""哟，就你们这样还学南泥湾呢。"把我们给乐得。阿婆在山里找了些草药和鱼炖了让老顾爱人吃，说是催奶，还别说，这些土方子还真有效，老顾爱人吃了后真的出奶了，不用再麻烦别人奶孩子了。不知道是不是天天吃鱼，奶水里有鱼腥味闹的，这孩子长大以后不吃鱼，闻到鱼腥味就想吐。

神仙也不能当太久，都是有单位的人，还得想着自己的饭碗，不然一家老小都得喝西北风。在山上待了四天，打听煤矿里已经停火，听说是上面有指示"要文斗不要武斗"还要抓紧时间恢复生产，我们就告辞回去。推销员的朋友见挽留不住就联系了农场的拖拉机送我们下山，农场里有一家也要搭车走亲戚，拖拉机小，二十几个人加上行李挤在一块，人想挪个手脚都不行，又闷又热颠簸得又厉害，孩子少不得又要闹。平时觉得孩子可爱，到那时候就觉得孩子真让人讨厌。好不容易到了桥头，司机去的方向和我们不同，他想送我们到家门口，我们说："不用了，这段路就当活络一下筋骨。"就下了车。守桥的人没了，炮也撤走了，原先堆的沙包被人七零八落地扔在了路两边，桥上也有人自由往来了，我们沿着桥栏走，孩子们不时地在栏杆上发现被枪打出的窟窿，兴奋得大叫，跟发现新大陆似的，阿婆的孙子在不起眼的地方发现一个没有被人捡走的弹壳，这下几个孩子都走不动道了，眼睛跟探照灯似的满地找弹壳。到底是小孩，刚才还哭哭啼啼一转眼就开心成这样。能把水泥打出窟窿，打到人身上还有命吗？看孩子们一会儿跑来跑去找窟窿、一会儿弯腰在地上跟考古似的翻来覆去找弹壳，我就觉得天真有时候也挺可怕的，什么都好奇，真给他们一把枪，我估计他们都敢朝着自己爸妈开枪，就为看枪能不能真打死人。我们原先还担心房子会被炸得乱七八糟，担心回来没地方住，可在桥上就看见房子还在，别提多高兴了。走到房子前面看到那路上还是坑坑洼洼的，好在雷管炸药已经取出来了。谢天谢地，如果真要炸起来房子没了不说，死的人还不知多少，怎么说大家都在一个单位，低头不见抬头见，知道自己埋的雷管炸药炸死炸伤人，那以后见了被炸的人心里还不愧死。

5

虽然停火，但两派是谁也不服谁，拍桌子叫板，那样子像是说不合随时又要开打，恢复生产成了一句空话。不上班我也没闲着，老顾爱人生的二小子好像是专门来跟人捣乱的，出生弄得人措手不及，这半个多月也没消停，三天两头生病，老顾爱人在月子里不方便出门，我请中医、看西医，还赶着阿婆去挖草药，差不多成了男“月嫂”了，还是免费的。老顾爱人心里过意不去，想拍电报回家搬救兵，可邮局还没正常营业，正好推销员办了调动要回江苏老家，她就和他们商量跟他们做伴回上海老家。推销员三个孩子大的不到六岁，小的不到一岁，举家搬迁锅碗瓢盆杂七杂八的东西又不少，他两口子已经够头疼的了，再搭上她不是更要命？可她说的在情在理，人家也不好拒绝，就说：“做伴不是问题，反正顺路，问题是你到了上海后怎么办？如果是出差我中途下车送你到家没问题，可这回我们带着这一大堆东西和孩子……”老顾爱人倒无谓，说："不是有嘴吗，到了那开口求人帮个忙，没什么问题。"话说到这份上，不答应也不行了。我在边上听了好像没我什么事似的，就插口说："那样行吗？要不我就陪你走一趟吧，反正现在也不用上班。"她说不用，推销员听了却说好："有他帮忙那我们就放心，俗话说得好'送佛上西天，好事做到底'，他照顾你那么久也不差这一段路，你呢，就当趁着这个机会请他到上海玩一趟好了。"到底是在外面跑世界的人，这话说得让人想不同意都不行了。

那时候火车没现在名堂多，什么"朝发夕至"、"特快"、"普快"，那时候就分快车慢车，快车只停靠县级以上的站，慢车是见到车站就停，如果坐慢车到上海还不得几天几夜，跟蜗牛似的还不得把人给累死。我们买了慢车票到县城火车站下车换乘快车。事情就是这么巧，我对象同一天坐车回来，我们俩一来一去的就又没有见上面。其实我说走这一趟时心里是七上八下的，听老顾爱人说她要回去，我第一反应是这下我可以去找我对象了，听到后面我又担心她母子二人不安全，再听到后面我不去都不行了。这世上有很多事就是这样，你本来想这样，可偏偏就不能这样，到了最后到底会变成怎么样你怎么也想不到。就像我们走这一趟一样，原来我们只是担心她到上海没人接，可谁也没想到这在半路上就遇上了麻烦了，这麻烦还不小。

6

麻烦是在鹰潭火车站遇上的。什么麻烦？红卫兵上北京串联哪。鹰潭火车站是中转站，南来北往的车都要在这会合，应该是冲着这个原因，也不知打哪儿来了那么多十来岁的小子丫头，天不怕地不怕地趴在铁轨上，也不管你的车是往南的还是往北的全都拦下来，把旅客赶下车他们自己上车然后逼着调度把他们往北京送。这不瞎胡闹吗。那时候火车还多是单线，不管三七二十一，一辆接一辆往北京开，那半道上还不得来个火车大碰撞？就算调度肯发车也没有哪个司机愿意开呀。就见着一辆辆火车进来不见一辆火车出去，人越聚越多，全乱一锅粥了。

我们算是早到的在候车室里还占了椅子休息，后来的就只能在地板上凑合，再后来的只能到外面睡马路去。晚上还好点，白天太阳底下待不住，外面的人全往候车室里挤，大热天的几天没洗澡，那么多人挤一块，那空气，换现在那叫“空气质量指数”，还能好得了？不好也得老实待着，就怕好不容易占的地盘被别人抢去。饭是我和推销员轮着去买，一天三餐都是买馒头再打点开水将就应付。吃了就得啦，我们身体好还方便点，挤一挤跨一跨就过去了，老顾爱人就麻烦了，得推销员爱人陪着一路求人让路。为了省事，老顾爱人一天只吃一顿，她还要奶孩子呢，吃那么少怎么受得了。可她性子倔，劝也没用。

没地方玩，热得全身起痱子，孩子先受不了了，成天哭着喊着要回家，这不是找打吗，大人本来就烦躁着呢。我们本来是想一直待到通车，现在看孩子这样，也担心再拖下去老顾爱人身体要吃不消，就改变主意不等了，另想办法走。推销员走南闯北的对路比较熟，他说先去南昌看看，兴许能走得通。我们就收拾了出发。推销员是调回去工作，为了省两个钱全部家当都打包了当行李背，这下可好了，大包小包一大堆再加上三个孩子，就恨自己不能三头六臂了，只能让老大老二自己走。大的孩子还能懂事点事乖乖跟着走，老二才三岁左右，走两下跟不上就满地打滚了要人抱，他爹妈哪有办法，只有狠下心自己走，巴望孩子哭两下自己再爬起来走。看得出孩子是真累，小小年纪跟着熬几天也不容易。我手上抱着老顾的孩子，身上背着包裹，老顾爱人说把她的孩子绑她身上那样我就可以腾出手去抱推销员的孩子了，我想那哪成，万一她摔倒了孩子还不得给她压死，我就蹲下来让推销员孩子爬我背上，孩子爬我背上我站起来又赶紧蹲下来让他先下来，孩子以为我不背他了死活不撒手。哪是不背他呀，我不是背两个包裹吗，他趴在包裹上脚一用力，包裹的带子交叉勒得我喘不了气了。我让他爬高，骑到我肩膀上这才算完事。

好不容易到了南昌就发现这的情况也好不到哪去。我们就商量，既然铁路走不通那就只有走公路或者水路了。飞机？有，常看到天上一架来一架去，不过都是战斗机。那时候有民航飞机吗？不知道，有也轮不到我们小老百姓坐，我们想都没有往天上想。就是公路那时也不像现在四通八达，长途可以从福建直接到乌鲁木齐到银川，那时候走公路得一段接一段转车，一天还没几班车，就我们这样东西一大堆还拖儿带女的，估计没到家都累趴下了。还是走水路吧，虽然慢，好歹船上能有座位。这么一合计，推销员就带我们往九江去了。我这人不但是文盲还是“路盲”，在煤矿时我从来不敢一个人去县城，不然我走着走着就找不到回去的路了，到了这没到过的地方，我更是分不清东西南北了，幸好有推销员带路。可是到了九江我们也没走成。船是有，但不卖票，说是船员都去支援红卫兵了。我想想也是，就许我们不上班，就不许人家不上班？老顾爱人本来是提着一口气强撑着跟我们东奔西跑，一看这水路也走不成她那就再也支撑不了了，病倒了。我们赶紧就近找一家旅馆住下来再慢慢做打算。那时候没身份证，旅馆都是国营的，看旅馆墙上写着标语“千万不要忘记阶级斗争”就知道，住宿查得严，到服务台登记服务员非要单位证明不可，我们根本就没有打算在半路下车住旅馆，哪有准备什么单位证明呀。推销员把工作调令拿出来，又把这路上的事和服务员说了，请她行个方便，她说她不能做主，就把领导叫来。领导是个慈眉善目的老大妈，看我们这狼狈相，知道老顾爱人还在月子里，连声说“造孽造孽”，不但让我们住，还送了仁丹过来给我们去暑气。

那时候旅馆没现在讲究，什么标准间、单人间、套房，都没有，就一个大房间里左右两排床，还不分男女。服务员给我们的床位，两个在楼下，两个在楼上，楼下的不在一间房，楼上的倒在一间房，本来两个女的住一间房有事也好招呼，但老顾爱人上下楼不方便就只好和我住楼下了。放下行李我去水房打点水给老顾爱人擦洗，正好推销员两口子也在水房给孩子洗澡，我就搭把手帮忙，边给孩子洗澡边谈打算，听他们意思是想走公路，但担心老顾爱人身体吃不消，想住在这，等老顾爱人身体好一点再走，但又担心日子拖长了把盘缠给用光，走也不是，不走也不是，犯难了。我这人心里藏不住事，有点事就全都写在脸上了，让人一眼就看出来，提水给老顾爱人时她就问我出了什么事，我就把事和她说了。她呆了一会儿然后哭了，说是她连累了我们。我说这也不能怪你，谁会想到路上会遇到这么事，早想到，谁还出来不是。她停了一会儿又跟我商量，说让推销员他们家先走，我陪她在这休息几天，等她身体恢复些我们再走，如果还没通车我们就回福建，如果通车我们就去上海。我说行，你看怎么办就怎么办吧，反正我是一个人，到哪都一样。她就让我把推销员两口子叫来把这意思告诉他们，推销员两口子哪里肯答应：“这时候把你扔在路上，叫人知道了我们还不让人戳脊梁骨骂死。”她说：“那怎么会，我这一路上已经够拖累你们了，再把你们拖在这，我心里也过意不去。再说了，我们盘缠用完了可以回福建，你们不一样，你们是办了调动的，只能往前不能后退，报到的时间快到了吧，你们总不能为了我把工作也弄丢了吧。事情有轻重缓急，该放下的就应该放下，这么做才能两全其美。你说是不是？”她最后一句是问我的。我连忙接上说：“她说的没错，你们就放心吧，她母子俩的安全就包在我身上了，不管是去上海还是回福建。倒是你们现在要辛苦了，走公路那么大老远的……”他们想想也不是没道理，就同意了，第二天他们一家就坐汽车走了。

7

我们在旅馆里又住了两天，老顾爱人身体刚好点，孩子又闹肚子了，我就奇怪，这小子就吃奶又不是吃什么隔夜菜怎么还老闹肚子？幸好走的时候阿婆送了不少草药，阿婆说这草药对孩子闹肚子还管用，可只长在山里，回去万一孩子不舒服医院又瞧不清楚可没地方找，让带点走。这下正好派上用场，不然这人生地不熟的，去哪找医生。幸好天热尿布干得快，要是天冷遇上这事不知该怎么办了。那时候哪有纸尿布呀，有也用不起，一个月工资就二十几块钱，谁舍得买纸尿布呀，把大人穿破的衣服裤子找还算好的地方剪下来拼成一个四方块，四角缝上带子就是尿布了，脏了洗洗晾干了再用。又待了三天，老顾爱人喊我收拾东西走，我的意思是再歇几天再走不迟，她不同意，担心盘缠用完，说到鹰潭火车站去，如果通车就继续往北走，如果没有通车就掉头回去。我看口袋里也确实没剩下多少钱，也只能听她的了。她记性比我好，同样第一次走这条道，她居然能一路指点着转车回到鹰潭火车站，还没通车，老顾爱人说我们去问问看能不能退票，虽然我们坐了车，但现在被甩在半道上责任不在我们，希望能退票。火车站的一个女服务员看了我们的火车票，说能退不过只能退一半，又说火车就这一两天能通了，劝我们再等两天。我们商量了一下这票只能退一半亏太多了还不如再等两天来的合算，就对服务员说不退了。服务员让我们跟她走，她说有不少旅客都和老顾爱人一样带着刚出生不久的孩子，要喂奶要换洗尿布，和人挤在一堆不方便，车站把办公室腾出来当临时托儿所，她带我们去。呵，真不错，按现在说法这应该叫“人性化管理”吧。我们边走边说话，我说：“车站里人好像没有我们走的时候多。”她说：“是，一是别的地方火车也停了，没有火车进来，二是有一些人待不住，走公路走了。唉，本来去北京见毛主席是好事，可也不能这样胡闹呀，这些毛孩子……我们第一次遇上这事情都不知道怎么办了，要不是这事惊动了党中央派人赶来处理，还不知要闹成什么样呢。”我说：“就是，挺好的事给他们这么一闹成坏事了。老话说的真没错，嘴上没毛办事不牢。”

办公室里面已经有不少人了，办公桌靠墙边间隔着，上面架着床板，铺上席子就成一通铺了，母亲和吃奶的孩子在上面休息，地上是男人和一些大点的孩子，有的身子底下铺席子有的身子底下铺的是塑料布，都是车站不知道从哪弄来的。服务员找个位置让老顾爱人休息，我看房间里一大堆媳妇衣裳不整，要奶孩子就把衣服撩起来一点也不避人。我觉得我待在里面不大合适，就说里面人太多了热，拿了块塑料布到门口走廊去，有什么事她喊一声我再进去。在走廊里我想到一件事，有个女的还没结婚，她换衣服时正好她家邻居冲进去吓得她大叫，其实那邻居也不是有意的，一进去看情况不大对头赶快就跑出来，邻居赔礼道歉也没有用，那女的告他耍流氓单位就把他给开除了。“什么都没看清楚就被开除了你说冤不冤？”我们送那邻居回乡下时他气得跺脚对我们说，“要是知道落这罪名我怎么也得看个够本。”后来这女的结婚了生孩子了，我们一群人在聊天打扑克她也抱着孩子在旁边，要奶孩子了也是这样衣服扣子解开敞着胸，一点不避人。我就不明白了，怎么同样一个人没结婚身子金贵，结婚生了孩子就无所谓了？

8

等了三天果然通车了，服务员帮忙送上车交代列车长让帮忙找个座。不是有句话说“五十年代人帮人，六十年代人整人”，其实那会整的都是当官的、成分不好的，老百姓还是非常热心帮人，那时火车都是超载，要找座位不容易，可车上人一看老顾爱人这样带孩子上车的，主动让座、帮忙抱孩子、放行李、打开水什么的，热情得和遇上自己亲人似的，让人心里暖乎乎的。到了九十年代就完全不一样了，不管你什么身体上车想让人给你让个座门儿都没有。这是后话，先不说，还是接着说我们到上海的事。到了上海她是熟门熟路，带着我坐汽车坐渡船再坐汽车，然后又走了大半个小时的路总算到她家。正好是中午太阳老高，正好她妈出来泼水，一看到我们，她妈把脸盆都扔了就跟大白天见了鬼似的往后退，其实我们那样子可能比鬼还不如，大热的天十来天没洗澡身上都发臭了，何况老顾爱人还穿着冬衣呢。她妈眨巴了几下眼回过神来，知道不是做梦也不是大白天见鬼，确实是女儿生了孩子回娘家。她气汹汹地走到我面前手指头几乎戳到我鼻子上了：“月子里的人你也敢把她往外带了跑？出了事我就找你算账！”虽然她说得又快又急还是方言，可奇怪的是我居然全听明白了，我发愣了，这跟我原先想的可不一样呀。我原先怎么想？我想她家人见了我肯定很高兴，肯定得把我当亲人似的拉着我问长问短……哪想到真见了面不像是见到亲人反倒像是见到仇人了。老顾爱人看她妈误会连忙把事情经过给她妈说了，她妈边听边吸气“哎哟哎哟”叫，牙疼似的，她的弟弟妹妹也全围着她关心，就没我什么事。我抱着孩子在一边瞭着，心里羡慕得不得了：有父母兄弟姐妹，多好。

离孩子满月还有几天，老顾爱人她妈张罗着给她补身子，我当然也跟着一块享受了。她妈做菜的水平赶得上食堂的大厨，随便什么东西做出来那味道都特别香，让人吃不够似的吃了还想吃，老顾的大儿子本来就是胖小子，被带回来才三个月，现在更胖得像只小肥猪。小家伙现在居然会说话了，不过说的全是方言。这小子没良心，才三个月不见就不认得我们了，他外婆让他过来喊人他扭着身子往后躲。过些日子熟了不躲了也会喊人了，可就是不按人教他的喊，只肯管妈叫“阿姐”管我叫“阿哥”，听出来了，这是顺他舅他姨的口气叫人，他自己给自己长辈分呢。还不算糊涂，没有顺他外婆的口气叫人。他妈听到他开口说话已经高兴得不得了，也不计较他怎么叫了，就说了一句：“如果他早点说话多好，让他爸听听也放心。”眼泪就下雨似地流。本来大家正说说笑笑挺好的，给她这一哭，全不说话了。

老顾丈母娘知道回来是她女儿的主意以后，对我可好了。知道我吸烟就托人给我买了牡丹烟，那时买什么都得凭票，我们在煤矿顶多能买到大前门，她们在上海倒可以买到牡丹，这叫什么来着？对，“近水楼台先得月。”牡丹限量一个月一包，她妈就跟人换，拿别的香烟票——飞马、大前门，加点钱换牡丹的，买了一条给我。这待遇也太好了，好得我不知道怎么办才好，就尽力去帮她做点事。可她说我做事太粗糙，说我扫地像画地图、摘菜好坏不分、洗过的碗还有饭疤、晒的衣服还滴肥皂水，不让我做，我做了她也全部重做。这也太……那个了，一点面子也不给我留。得了，我也不添乱了，还是老实待着当客人好了。她一个乡下妇女都这么讲究，怪不得人都说上海人小资产阶级思想严重呢。

第五章
顺水推舟将就吧

1

孩子满月，老顾爱人要带孩子去爷爷奶奶那，说是认祖归宗。本来我想抱孩子陪她去，但她妈不同意，意思是如果老顾还在，我作为朋友陪着去一趟没关系，现在老顾不在了我得避讳。我嘴上不说心里可不乐意了，我光明正大的我避讳什么呀，要考虑那么多我能大老远的陪她跑？我不陪她跑她现在还不知怎么样呢。不去就不去吧，我还省点力。她妈让她大妹妹陪她去，她大妹妹当时十一二岁吧，大孩子抱小孩子走半小时也够呛。

老顾爱人去的时候还高高兴兴的，说是要住上几天再回来，结果中午饭吃完就回来了，一回来就进了里面把门关起来哭。肯定是出什么事了，我想问一问安慰安慰，但一想起她妈早上说的话我就犹豫，不管出什么事也是他们的家务事轮不到我一个外人操心不是？我就不问了，我坐在外屋抽烟，陪她大儿子玩。等到她妈从田里回来，她妹妹就用方言把事情的经过叽里咕噜地告诉她妈，我在边上支着耳朵也听了个大概，说是孩子爷爷奶奶叔叔姑姑婶婶一帮人见了孩子挺高兴的，大家一起坐在那儿聊天，孩子爷爷不是懂点阴阳五行吗，就问孩子他妈要了孩子的生辰八字给孩子算命，谁知道不算不知道一算吓一跳，他爷爷说这孩子命硬，没出生克死父亲，出生后要败家，不能养。以前没有计划生育，人孩子生的多了不想养或者养不起有人要就送人，没人要就扔了，很正常，谁也不当一回事。可老顾爱人受不了，她不肯，她说："孩子是我生的，是祸是福我都认了。"

也不想在孩子爷爷奶奶家多住了，吃了中饭就让她妹妹抱了孩子回来。

我听了忍不住就接嘴了："这些乱七八糟的跟孩子扯得上什么事？这孩子已经够可怜的了，没出生就没了爸，刚出生就跟着大人一路逃难，如果不是运气好有阿婆，这孩子估计早没命了。真要祸害人也得先有祸害人的本事，就这半死不活的样子，自己保命的本事都没有还拿什么祸害人？"——我听我爷爷说祖宗做了坏事要报应到孩子身上，老顾的死，这孩子的半死不活，说不定是他祖宗做了什么坏事报应在孩子后辈身上——这句话都到嘴边了但还是被我给憋回去了。

又住了十来天，这时间里孩子的外婆让孩子的大舅舅陪我到市区去逛南京路、老城隍庙、外滩，都是出名的好地方，中国花园式房子和外国洋楼，可我这人对游山玩水的没有兴趣，不管外国房子中国房子，要住人讲究实惠就成，何必搞那么复杂，什么花园洋房，多占地盘呀，一幢房子空落落的住不了几个人，都是有两个钱烧的。

我朋友发了电报说正常上班了，让我回去。老顾爱人本来可以不和我一道走的，但寻思着日后回去还要她家人送她，麻烦，不如和我一道回去省事，就和我一块走了。她想把两个孩子都带走，但她妈怎么也不答应，说她一个人没法照应："小的要吃奶没办法，你带去好了，大的留下来我带。"她想想她妈说的有道理就答应了。

2

回到煤矿我才知道就在我走的同一天我对象回来了，可我回来了我对象却不在了。我那个介绍人朋友说，我对象是一个人回来的："她不放心你，回到家以后就一个人来了，哪想到你去上海了，还是和'那个人'一起去的，你想她能不生气吗？她说她没法接受，让我告诉你，你们俩之间的事算完了。”火车又通车后她就走了，现在恢复生产了她家人都没来——一直都没来，不知道是没接到通知还是不想来了。

我听到这个消息心里头别提多难受了，和我以前谈的对象不一样，这对象虽然脾气大但人不错，在金钱方面从来不和我计较，对我的朋友也很客气，以往吵架多数时候也是她先和好，如果她实在生气了我认个错她也就原谅我了，既使不原谅也没和我断，在我面前有点像当妈，我心里其实已经很依赖她了，我本来想等到她回来后再找她好好说说，可谁想到她就这么彻底消失了，换现在流行的说法叫“玩人间蒸发”，连个认错的机会也不给我。我朋友说：“我原本还指望喝谢媒酒呢，看这事闹的。你想帮人我理解，可……”我明白有些话他不好说，说了就显得他不地道，他想说的我对象以前都和我说过：就老顾爱人这身体还有两个孩子拖累着再要嫁人恐怕不容易，如果她没有嫁人我是不是要就这么一直帮下去？我当时用“她妈妈会来接她回去”、“以后的事以后再说”含糊过去。我这下也觉得我自己是不是有点热心过头了？为了帮人——这应该算是做好事吧？做好事把对象给弄丢了，我觉得有点冤。

我越等不到对象，心里就越烦躁，慢慢就把怨气转到老顾爱人身上，觉得是被她给拖累的，就想着要和她保持一定的距离，就不去她家了。她是聪明人，又好强，听说我对象吹了，看我慢慢不去她家就明白我是什么意思了，她和我说话也客气得生分了，以前那种自家人一样的感觉一下子没有。刚开始我觉得这样也挺好的，可过了些日子我又突然觉得不安了，我会突然想：她的柴烧得差不多了吧，她的米快吃完了吧，孩子这两天应该没出什么事吧？尤其是孩子，我一想到那孩子就心一阵抽搐。那孩子出生以后我抱的时间不少，已经把我当亲人了，看到我就会咧嘴笑。小家伙刚出生时别提多难看了，皱巴巴的一小团，可现在越大越水灵，那两眼睛大大的，活活的，透着一股机灵劲，又爱笑，一笑左边还有一小酒窝，谁见了谁爱。可就是身体不好，老生病，大半多的时候都在生病，病怏怏的要死不活的样子谁看了谁心疼，我都恨不得替他生病。实在想孩子了我就找个借口去看一眼，幸好我不在的时候有邻居帮忙，不然她日子真不知道怎么过。那时候人好像比赛生孩子似的，家家孩子一大堆，事情一大堆，自己都快忙不过来了，看到我来，那些邻居就吩咐我做这做那，然后她们撒腿往自己家里跑了，好像这些事本来就该我做的似的，我也只有做了。我有时候就骂自己有毛病，说不去了不去了怎么又去了？

3

真正让我消除怨气的是孩子突然生病发烧住院，这次孩子得的是急性肺炎，那小脸蛋都变成紫色的了，没力气哭，眼睛闭着，呼吸都能听见胸部里“喀啦啦”拉风箱似的响，进了危重病房抢救医生都下了病危通知书——这事是她邻居告诉我不然我还不知道。我赶到医院时老顾爱人哭得都抽筋了，那样子好像孩子没了她也不活了似的，我安慰她：“没事，这孩子命大……”话是那么说，心里其实也担心孩子熬不过这一关。我去上中班，心里七上八下眼皮直跳，总感觉要出事，下班就往医院跑，已经是夜里——应该说凌晨吧，快一点了，我到了医院看到孩子还在危重病房，我这才松了口气。没见着老顾爱人，我想她可能是上厕所，我就在病床前坐下等，可等了半个小时还不见她回来。这么久，别是摔倒了爬不起来了吧？她得了那病摔倒是常有的事，这会儿黑灯瞎火的她别是摔倒在哪没人看见吧？我连忙往厕所找去一直到厕所外面也没见着她，我就在厕所外面喊，没听到里面有人应，我又不敢跑进去，急得在那不知道怎么办，正好看见一个女同志拎着夜壶往厕所来，我连忙冲她跑过去。半夜三更的我从树底下跑出来把人吓一跳，她手一扬，夜壶里的尿就冲我泼了过来，幸好我离她还有一段距离这才没有泼到我身上，但是泼到地上的还是溅得我裤腿口都是，我也顾不得，结结巴巴地把事情和她说了请她进厕所看看有没有人，她出来说里面没有。这可把我吓坏了，孩子随时都有可能死，当妈的这时候还能跑哪去？我急忙往她家跑，一路上就告诉自己说她准是肚子饿了回家吃饭，我下一秒就会见到她。虽然我知道这个说法几乎站不住脚，可还是忍不住这样骗自己。

一直到她家也没有见着她，我彻底害怕了，连忙把邻居都喊起来把事情给他们说，邻居一听都急了，往坏处想分头去河边、去铁路，去想得到的地方找。我也往铁路去，走着走着，我心里想孩子这会儿不会有什么事吧？心里想着就抬头往右边医院的方向看，本来医院在左边坟山在右边中间还隔着一段路，可从我这方向看医院好像是建在坟山脚下。这一看我心里就那么突然一动：老顾爱人应该不会……我和一起的人说了，人说不管怎么去看看再说，就一块往坟山去，果然在老顾的坟头发现她。大冬天的她坐在水泥地上抱着大理石墓碑一动不动，把我们吓得……伸手一试，还有呼吸，连忙把她喊起来，她冻得四肢都僵了，走不了，我把她背起来邻居在后面扶着送她回医院，阿婆看她冻得嘴唇发乌，连忙跑到医院附近相熟的人家去烧碗红糖姜汤给她驱寒气，阿婆边喂边说："你怎么这么想不开呢，孩子没了可以再生，你身体弄坏了可就什么都完了。"说完了才发现自己这么说话比不说话还要糟糕，不等她回答就又问："这黑灯瞎火的你跑老顾坟头去干吗？"我们也纳闷，就她那身体没人帮着怎么上到那山上去，还连手电都没有。她哭哭啼啼地说："我不知道，我好难受，我不知道要怎么样才能救孩子，我不能坐在这里看着孩子死，我稀里糊涂地就走了，我也不知道要去哪里，等到停下来我才发现自己站在老顾的坟前，我就坐在那哭，我求他在天有灵保佑孩子没事……"阿婆好像突然明白了什么似的，左看看右看看，压低了声音说："照我看这是孩子他爸没见着孩子，想接孩子去做伴，叫你去和你商量呢。"本来听老顾爱人那么说就已经觉得邪门了，阿婆再鬼鬼祟祟的那么一说，那感觉，应该是叫恐怖吧。老顾爱人听了更急，扯着嗓子哭喊："如果你要把孩子接去你把我一块接去，不要把我一个人留在这受苦……"本来气氛已经让人觉得阴森森的了，她再这么哭喊，更把人弄得浑身起鸡皮疙瘩，都忘了劝她，全傻站着，好像事情真的已经到了不可挽回的地步了，都难过，不知道应该可怜她还是心疼孩子。可谁也想不到孩子竟然慢慢好了起来，我心想也许是老顾爱人又不舍得让他们母子分离吧，我可高兴了，我说："这孩子就是福大命大，死不了。"阿婆听到了笑话我："有你这么说话的吗？不知道的还以为你和孩子有仇呢。"

那以后我想这娘儿俩真是够可怜的，我也别考虑那么多了，能尽多大力就尽多大力帮忙吧。帮忙最大的收获就是孩子的回报，那孩子也是鬼机灵，知道他妈身体不好不能抱他去玩，就和我亲，抱上了就脱不了手，我去食堂打饭，去开会，都得抱着去。这孩子和他哥不一样，他哥小时候不爱笑，好静，说话迟，看什么都好像很深沉，显得老成；这孩子就显得单纯，眼睛像是会说话，爱笑，好动，说话还早。他最早说话是在食堂，说的话是什么？呵，我不说出来人还真猜不着。那时他已经十一个月大了，我抱着他去食堂买饭，那时候买饭是定时间定量供应，早去了人不卖去晚了买不着，要想买点好菜都得提前去排队，时间到了宣传队的同志走到窗口前吹口哨喊口号，排队的人也跟着对墙上的毛主席画像喊口号，然后才开始卖饭。排队无聊就互相说话、逗孩子解闷，孩子开始说话不一般都是喊“爸爸”、“妈妈”吗，一些爱闹的单身汉看人抱孩子排队的是女同志就指着自己让孩子喊“爸爸”，看人抱孩子买饭的是男同志就指着旁边女的让孩子喊“妈妈”，或者说些脏话——有学问的管那叫“国骂”，对吧，让孩子学，孩子小不懂事多半要上当，边上的人都跟着乐。可这一套在老顾他家二小子这行不通，他好像知道那些是让人占便宜的事，他不说，只管对人吐舌头翻白眼扮鬼脸。那人逗他好些天也没成，气馁了就说：“老顾他家的孩子说话都迟。”呵，这话孩子听了不服气，当场就开口了，使劲扯着脖子喊，人一听，全乐了。孩子喊什么？喊“万寿无疆，打倒XXX”，都是口号闹的。人都挺奇怪的，这么大的孩子就算说话也一般是嘣一个字两个字，这孩子怎么一开口就是一句？连卖饭的大师傅都听见了，我打饭时大师傅笑着说：“这XXX也不知道做了什么坏事，这么丁点屁大的孩子都要打倒他。”把我给臊的，端了饭就跑，连饭菜票都忘了给。

从那以后这孩子这小嘴就没停歇过，跟八十岁的老太婆似的整天咕咕叨叨，要是和他斗嘴了那更是不得了，人都认输求饶了他还紧追着不放，一副痛打落水狗的小人样。开始人还觉得好玩，故意逗他，跟他斗嘴，后来都怕了他了，就连他妈也被他弄得没辙，气得大骂：“要知道你这鬼样子早把你扔马桶里淹死去。”听他妈这么说他倒是怕了几天，他妈的马桶是上海带来的陪嫁，大红漆、圆腰鼓，他估量着把他塞进去不成问题。那之后他看到他妈马桶洗干净了放在门口晾，他就捡石头往里扔，天天扔，直到把那马桶砸坏了他才拍着手直乐，又敢跟他妈斗嘴了。孩子对我比对他妈还亲，和他妈吵嘴了就说不要他妈了，自己抱着外婆给他做的小枕头摇摇摆摆跑来找宿舍和我过，小没良心的，还不让我去理他妈。

4

孩子总算是有惊无险活下来了，两岁了，这期间没人再给我介绍对象，我也没急。被孩子当成靠山我感觉挺不错的，陪孩子玩一高兴日子也就过去了。有一天阿婆就对我说："我看你挺喜欢这孩子的，对孩子他妈好像也有意思，不如就当孩子的爸爸吧。"这话把我吓一跳。喜欢孩子我承认，说我对孩子他妈有意思就没那回事。说对她有好感、佩服她，那我也承认。我常常会想，她一个女人家身体不好，遇到那么大的难处也没有把孩子扔了不管，挺不容易的，如果我妈当初也能像她这样，我现在也许过的是另一种生活吧。再仔细想想，我帮她一方面是老顾的交托，另一方面恐怕是私心，想通过帮助她在孩子的身上弥补一下我童年的缺憾。不过我真的没想到过和她组成一个家。阿婆看我发呆还以为说中我心事，就说孩子他妈那里她去说，保管一说就成。我心想我也三十一岁了，算大龄青年，恋爱困难户，再找对象也不太容易，她身体虽然不好，但人又不懒，粗重事做不了但洗衣做饭搞家务样样做得不输人，性格也和我合得来，那……成就成吧，往一块凑合也省得我她家宿舍两边跑。就这样两人去民政局领了本，搬一块住了，商量着请阿婆和其他邻居过来吃一顿饭，就算手续齐全了。

饭桌上阿婆说："这孩子命苦，不过遇上你也算是有福气。"别的邻居也说就算亲爹恐怕也没有我对孩子这么好。那倒是，他亲爹身体不好又是文化人，感情比较收得住，不像我一个粗人，陪孩子疯子似的玩。我那个邻居朋友说："现在是不错，以后有了自己的孩子恐怕就不一定喽。"他给我介绍的对象和我吹了以后他对我和孩子他妈在一起一直有看法，现在我们俩真的凑到一块过日子他还不更有想法。阿婆说："你别乱说，他不是那种人。"我邻居朋友嘿嘿笑着说："这有什么呀，十个手指头都还有长短呢。"本来事情都已经成定局了别人爱说什么也就随别人说去，但这话……你说让我保证以后有自己的孩子做到一视同仁，这我还真不敢跟人保证。我也就不吭声了。

饭后孩子他妈和我说："嘴巴长在别人身上由他们去说吧。"又和我商量，"老二身体不好，眼下够我们操心的了，等过两年他大些我们再要孩子行不？"孩子看我搬到他这里来和他一道住正高兴呢，一会儿爬我背上一会儿坐我腿上忙个不停。我就说："要什么呀，什么亲生的不是亲生的，亲生的长大不孝顺也没用，不是亲生的养大了也不见得就不孝顺。我就把这两孩子当亲生的养，这样就没人说什么闲话了吧？"我说这话的时候估计赌气的成分更多点，我都忘了我家可就我一个了，还等我传宗接代呢。孩子他妈倒是利落，直接上医院做了结扎手术。我当然生气呀，我说："你这事怎么不和我商量呢。"她说："你不是自己答应不要孩子了吗？""我……"我是哑巴吃黄连了。我这人表面看固执，其实没什么主见，有时候明明心里想要这样，可是人一说那样好我就又想那样了，又觉得跟人后面挺没意思的，又想这样，这样那样摇摆拿不定主意，最后到底怎么样我也不知道。现在好了，没退路了只能这样了，我想这退路断了也就断了吧，免得落人口实。

这么一想心里倒也踏实了。可是没想到晚上就做梦了，梦到我爷爷捶胸顿足骂我不孝，说想不到我们家到了我手上竟然绝后了。我急了，我说没有，我有两儿子呢，绝不了。在我们农村，没生男孩的都算绝户，要想后继有人不是招上门女婿就是收养过继男孩让香火延续，我想老顾他们家兄弟多，也不差这俩孩子，我都不要自己的孩子了把他孩子当亲生的养，改姓他不会不同意。醒了我就和孩子他妈商量，孩子他妈说："两个都改了不合适，改一个吧，反正有两个孩子，一人一个。"我想想也就同意了。这小的我是看着出生的，就让他姓我的姓。

5

转眼到春节了，这是我们结婚后的第一个春节，结婚时没回家见她父母，春节怎么着也得回去一趟。正好她爸也从外地回家过春节，她大弟弟也结婚了，我们就一块去拍了一张全家福。要回煤矿时我们想把老大接回来，平时我们上班，就把小的锁屋子里让他自己跟自己玩，老大接回去了兄弟两个也好做伴。可这孩子和我们两三年没在一起，把我们当陌生人了，死活不肯跟我们走。孩子外婆就说再过两年吧，等孩子到读书年纪了再回来。看得出孩子外婆疼孩子，怕孩子回来在我这受委屈。不肯回来我还省心，光一个小的已经折腾得我够呛，就没见过这么难养的——别人家养孩子就跟养鸡鸭似的，三餐喂饱了就让孩子自己满世界去玩，玩累了就随便找个墙角楼梯趴着呼呼睡，醒了再去玩，饿了就回家吃冷饭剩菜；我们家这小子吃热饭热菜还生病，冷饭剩菜那还不得要他命，衣服穿少了感冒穿多了也感冒，真不知道给他穿多少才合适，那日子真是过得让人提心吊胆的。他妈以前对老顾说的那些不相信，现在看孩子老生病也害怕了，让我抱着到许多医院去看，医生都说孩子没什么只是体质弱，注意饮食注意冷暖加强锻炼长大些就没事了。他妈还不相信，问医生："这孩子真的没有什么大毛病？"那医生瞪着她："你们真奇怪，人家当父母的巴不得孩子没病，你们怎么就盼着这孩子有病？"这话说的，我们不就是觉得这孩子老生病疑心吗？谁还巴望着孩子有事呢，这孩子可是跟我姓，我还指望他将来给我续香火呢。

这孩子不生病的时候又特别讨人喜欢，嘴巴甜得抹了蜜似的，不管认识不认识逮谁就叔叔阿姨大爷大娘叫个不停跟人套近乎，幸好那时没人贩子，不然早给人拐去卖了。这小子脸皮特别厚，鼻子跟狗鼻子似的灵，我们那一片谁家里要是煮了好东西他闭着眼睛闻味就去，那馋嘴样把我给气得，不知道的人家还当我怎么虐待他了呢。他妈也气，骂他饿死鬼投胎，不让他去，他倒有理：“人家叔叔阿姨愿意给我吃，关你什么事？”我一方面顾忌身份另一方面也确实是喜欢所以平时没怎么管孩子，跟圣诞老人似的孩子要什么我给什么，他妈倒是常常训他打他，但他妈身体不好打他跟搔痒似的他不怕，所以他无法无天了。我说他对味有特异功能他妈还不信，我就让他妈试验，买了苹果香蕉什么的不让他瞧见，然后藏起来不和他说。他回来鼻子那么吸两下：“今天买香蕉了？”我们不承认，说：“没有呀。”他也不和我们说，就吸着鼻子去——不论你怎么包怎么藏，他一扑一个准，把他妈给气得，骂他癞皮狗。他也不小气，找了东西就拿去和小朋友分了吃，就是不给我和他妈吃，还理直气壮的：“你们不想给我吃藏起来是我自己找出来我就不给你们吃。”他小鸡肠似的吃东西不多，香蕉吃一根，苹果大一点的他一个还吃不下，你买再多他也是自己吃一个其他全分了，也没想留点明后天吃，把我心疼的，我赚点钱容易吗。

第六章
我拿什么献给你

1

孩子四岁的时候他妈发现他不大对劲，就是睡觉时眼睛半睁半闭的，她吓一跳，也没有跟我说，只悄悄写了封信回去和孩子外婆说，孩子外婆就说想外孙了让孩子舅舅来一趟把孩子接回去，把哥两个一块送到华山医院去检查，结果出来了，是和孩子他妈一个病，说是孩子他妈遗传给孩子的，孩子外婆怕一家诊断不准确就让孩子舅舅抱着孩子多跑几家检查，结果出来都一样。孩子舅舅把小的送回来，把结果告诉孩子他妈，这还不等于是晴天霹雳呀，她吓得不知道怎么办才好，好几天了傻呆傻呆的跟丢了魂似的，问她什么事她也不说。后来她想了想还是和我摊了牌了，要和我离婚，说已经拖累我这么些年了，现在知道孩子是这情况就不能再让我背这个大包袱，离婚后我可以找个比她条件好的。我当时听得都觉得有点不可思议，怎么可能这么多的倒霉事都让她给赶上了？我这时候走，那她一个人怎么办？我这时候走了我以后做人还敢抬头吗？我愣了一会儿，说："这都是命，既然摊上了就认命，现在说别的都没用，还是想法子给孩子治病吧。"她哭得死去活来的要给我下跪，说她当时的打算是和我离婚后就买点药和孩子一块吃，反正活不下去了不如早点死，没想到我不放弃，她觉得有愧。我更是吓一跳，心想幸好我没答应不然就要出人命了，到时候我恐怕也得被拉去枪毙。

晚上躺在床上我怎么也睡不着，心想这老天爷到底怎么回事，两个孩子你让一个孩子生病多少还给人留点安慰，现在两个孩子都病你让人这日子怎么过？老二得病我还有些心理准备，毕竟他从出生到现在三天两天就病怏怏的抱着药罐子，可老大不能呀，老大身体壮实着呢，在他外婆那里爬树掏鸟窝，到小河里抓泥鳅，和同龄孩子打架就没有输过，怎么看也不像会得这病的样子呀。可也不可能那么多家医院都弄错吧？唉，想得我头都快爆炸了，算了也不想那么多了，明天还是带孩子上医院看看怎么治，虽然孩子舅舅说医生说这病现在还没法治。

老二是医院的常客了，我们带他到儿科去，医生还以为又是什么小毛病犯了，一看检验报告吃惊得跳起来，原来那医生有两个孩子也是得的这种病，才上小学二年级就走不动路了，得大人背着去。医生和我们说时我总觉得有什么地方不对，我们孩子是他妈落下来的病，医生两口子可都是身体好好的孩子怎么也会落下这病？我们孩子他妈现在快三十岁了还能走，医生的孩子才十岁已经不能走了，这病应该不一样吧？医生说这病有轻有重，她孩子的是重的，我们孩子他妈是轻的，但同样没法子治。孩子他妈边听边哭，说是她连累了孩子，说她肯定是上辈子做了什么坏事老天爷这辈子要惩罚她。哭得我胸闷发火，我就朝她吼："你一天到晚哭什么呀！孩子还没死呢，留点力想法子不行？"我又在心里骂老天爷，不管谁做坏事你要报应你就现世报，别拖泥带水的上辈子做的拖到这辈子报，让人稀里糊涂的不知道怎么一回事，还有你要报应也直接报应在做坏事的人身上，那才能让人知道害怕以后不敢做坏事，你报应到孩子身上，那不是连累无辜吗，还有老子做坏事你报应到儿子身上或许人还有命看得见，懂得是报应，知道后悔，可是祖宗做的坏事你报应到十八代子孙头上，那谁还看得见谁还会知道怕呀，唉，真不知道老天爷怎么想的，一点常识都没有弄这些糊涂账怎么能让人信服？

医生也劝孩子他妈别着急，说会尽力帮忙给孩子治。医生接触的资料多，看到有什么药和这种有关就告诉我们，有的药煤矿医院没有，孩子他妈就写信回去。孩子外婆为了孩子也没有少花心血，接到信就想法子买药，我记得当时有一种药国内还买不到，孩子外婆居然让人从香港弄来了。她们家香港没亲戚，那时候谁外面有亲戚都怕人知道呢，轻易不敢联系，就怕一不小心被人知道了扣上特务的帽子，批斗、坐牢，没事都给弄出事来了，人甘愿冒这么大风险帮忙那真是不容易。

2

医院的方子不算，我们还到处找偏方。为什么找偏方？我是这么想的，孩子不是老是闹肚子吗，医院的药吃了不顶事，阿婆的草药喝了就好，我就想，兴许这偏方草药什么的能出奇迹，就跑去老房子找阿婆了——那时我们已经搬家了。阿婆对什么“进行性肌营养不良症”摸不着门，她知道的草药有限，无非是闹肚子、发烧等一些小毛病，但她也疼孩子，就留心帮着我们打听。听说谁有什么祖传秘方，我就跑人家家里去求，什么稀奇古怪的方法都拿来试。孩子可就遭罪了，中药西药草药打针，也不管有效没有效全用，开始孩子不肯吃药，哭、闹，嫌药味难闻说吃药苦，他妈就哭着打，说不吃药会死，把孩子给吓着了，乖乖吃了。我买了糖让他吃完药吃，一来算是奖励二来去嘴里的苦味。要说孩子还真是懂事，医院有规定处方只能开三天的量，我和他妈要上班不能陪他去医院他就自己去，挂号、看医生、划价、缴费、拿药，他熟着呢，小脸一朵花似的一口一个“医生阿姨”叫得甜，那样子不像是看病倒像是去玩，走了还跟人约“我过两天再来呀”……把医生阿姨笑得摇头，谁吃饱了没事上医院玩的？到底是孩子，没忌讳。护士说打针的时候他嘴上说不怕可坐在那他小屁股上的肉“突突突”像上了发条似的抖。“那么小的孩子呀。”护士心疼得都不忍心往他小屁股上扎针了。可不，那么小的孩子，吃的药比吃的饭还多，吃的苦头比大人还多，真是造孽。

有人和我说：“知道为什么现在人不如老祖宗身体好吗？那都是吃熟食吃的。东西煮熟了吃有味道可营养没了。要想你孩子长力气，你就得给他吃生的。

生肉生鸡蛋什么的——得新鲜的呀。”我想这话好像有点道理，就和孩子他妈商量让孩子吃生肉吃生鸡蛋。生鸡蛋好办，自己家养了两只母鸡，新鲜蛋不成问题，肉就麻烦了，肉都得凭票买，大人一个月一斤小孩减半，我们家四口人也就三斤肉，要想让孩子天天吃新鲜肉一天也就一两肉，那时候卖肉的大师傅脾气可大着呢，谁会耐烦给你切这么点肉？孩子他妈在菜店认识人多，就托人走关系找到卖肉的师傅和副食品的领导说情破例同意卖。副食品店在早上四点开始杀猪，我得赶早去，那时候公共照明还没有，水泥路也没有，黑灯瞎火的我深一脚浅一脚去副食品店，走后门切一两肉，冬天怕冷，就用准备好的油蜡纸包着放怀里，赶快回去切成肉丝，用准备好的温开水洗干净，再把鸡蛋壳敲个洞，他妈已经把孩子叫起来了，让他们吃了再去睡。小孩子睡不够，大冬天的让他们从热被窝里爬出来吃这玩意，也真难为他们了。刚开始能有肉吃孩子还觉得挺高兴，可后来就不高兴了，生的怎么说也不如熟的好吃。后来和医生说给孩子吃生肉生鸡蛋的事，医生吓一跳：“这纯粹是胡说八道，生肉生鸡蛋里有细菌，吃了更要生病。”我们这才不敢给孩子吃生的了。

生这病得给孩子加强营养，光凭供应的那点东西不够，自己养一两只鸡可以，再多养就是“资本主义尾巴”，种点菜也是偷偷摸摸的，想给孩子多吃点肉就只有到乡下去和人换。不知道怎么回事，我小时候漫山遍野跑也不会迷路，可现在让我自己一个人到山里头转两圈就迷路了，我不敢一个人去乡下。那时不少矿工的老婆和孩子人在煤矿但户口不在煤矿，没有户口就没有口粮分，只有到乡下农民那里去买或者用东西换粮食，我和他们说好了搭伙一起去。孩子他妈过日子有计划，她把应该买的东西都买齐了，把家里的钱都整理了给我让我顺路把食堂的饭菜票买好，剩下的钱都拿去买。走了四个小时到乡下我发现要买的东西太多了，腊肉、鸡、鸭、咸蛋，山里偏僻也有偏僻的好处，种什么养什么没人管得着，还能有点剩余，不过剩了也不能卖，不然抓到了就是“投机倒把”，我们到农家去买，对外还得说是走亲戚。看我要买的都是“奢侈品”，农家把我当有钱人了，开的价钱不低，我那点钱一下子用完了，我想来一趟不容易最好能多买点，就把刚买的饭菜票拿出来问他们要不要。他们当然要，食堂是只认饭菜票不认人，有了这饭菜票他们有事到镇上就不用自己带饭了，尤其是冬天。一起去的矿工看我拿饭菜票换东西都吓一跳：“换了你上班吃什么？再说食堂的伙食公家有补贴，你这样换不合算。”我说："算不了那么清楚，先换了再说。”就全换了。回到家孩子他妈看了都不相信："怎么这么便宜？”知道我把饭菜票也换东西了，她气得骂我“二百五”，然后东家半斤饭票西家三两饭票的去借，就怕我班中餐没着落，我说用不着。其实是真用不着，班中餐里有什么好菜我也都是挑出来带回来给孩子给。一起干活的知道孩子不是我亲生的，看我这样都不理解："不是亲生的你那么疼他，值得吗？长大了孩子不认你，那你不是吃亏大了。”我说："不知道怎么的让我自个吃，那感觉像是背着人偷吃似的我吃不下去，但看着孩子吃，我比我自己吃还高兴。至于将来的事谁也说不准，那也就不用考虑了不是？”别的方面我不敢说，在吃的方面我从来没亏待孩子。我一个邻居，每逢买肉就到街上打二两酒，两口子对坐着喝酒吃肉，孩子没有份，只能在旁边站着眼巴巴地看着流口水，当爹妈的就跟没看见似的，我就不明白了，别说是自己家的孩子，就是别人家的孩子在边上这样看着，还不得赶紧给孩子一块肉解馋？我们大人吃差点没关系，孩子长身体没营养不行。他们这当爹妈的，怎么就吃得下？

3

去乡下买的东西吃完了，手头上的钱没多少，孩子他妈就把她的一副玉镯拿去卖了。那玉镯是老顾他妈给她的聘礼，是他家祖传的宝贝，那时算“四旧”卖不了几个钱，换现在算古玩那就值钱多了。她和老顾结婚时分得的一套房子她也卖给老顾的弟弟，两样合起来卖了五百块钱，那时五百块钱可不是小数目了，可现在这钱只怕够买一块砖大小的地。她卖东西都没和我商量，这让我心里挺不舒服。如果她有和我商量我不会同意卖，倒不是我有什么先见之明指望留着这两件东西发财，是自尊心受不了。我一个大男人要靠她卖东西来度日，卖的还是她前一个男人留给她的东西，这说出去我面子往哪搁呀。卖了就卖了吧，谁让我没本事。

后来“四人帮”倒台了，允许私人种养了，我就到山上挑土在矸石堆上种菜，矸石堆的菜地在河边，有一年夏天涨大水，我们外边的地菜地都坍塌了，我地里的豆子还没收，孩子喜欢吃豆子里面的籽，我就特意把豆子留着老，辛苦种出来被水冲走我可舍不得，我就冒雨去收，水都齐地平了，我面对河水头晕，就背过身去收豆子，孩子他妈知道我去收豆子她不放心，喊老二过来看，老二过来看到都吓得哭了，喊我赶快过来，我说：“下那么大雨你出来干吗，小心淋湿了生病。你快回去，我豆子收完了就回去。”他不肯：“那我帮你一起收吧，收好了一起回家。”他哭着走过来，那哪是走呀，踩地雷似的，探一步走一步还打着哆嗦，把我给吓得，就他那样过来还不得摔到滚河里去。我也不收豆子了，拎着篮子赶快过去抱他，没想到我才走开，我站的那地方就“轰隆”一声，整块儿掉到河里去了。别说孩子，就是我自己也吓得脸都白了。我心说真险，今天要不是这小祖宗不听话，我这条命就要送这些豆子里了。

除了种菜自己吃、卖，我还养了二十几只鸡鸭，两只鹅，四只兔子，公的养大了卖，母的留着下蛋，一批批轮着养，尽力挣钱给孩子买营养品。能买的东西也多了，麦乳精、蜂王浆、太阳神……听说什么好就买什么，不是说人参最滋补吗，我就买人参给孩子吃，钱少了买不了人参就买便宜的参须代替。看孩子吃我挺自豪的，吃人参在旧社会那可是地主老爷有钱人的享受，我能让孩子也吃上，虽然累我也高兴。

孩子他妈看我待孩子好，就说：“我是不能报答你了，等将来孩子大了让孩子好好报答你。”我说：“你这话我不爱听。现在都一家人了还说什么报答不报答，孩子长大了能出息我就知足了。”我说的是实话，当人父母的养孩子是天经地义的事，哪能跟放债似的巴望着等孩子大了要孩子报答。孩子有孝心那是孩子的事。

不光孩子他妈，周围知道的没有不说我对孩子好的。能不好吗？身边就这么一个孩子，就跟独生子女似的。你看现在独生子女，哪个不是父母的掌上宝？那时人生的多，我这一比就更显得对孩子好了。我不敢管孩子是有顾虑，什么顾虑？一是孩子早晚有一天孩子会知道我不是他亲爹，管严格了我怕他到时会误会；二是怕别人说闲话，说我不是自己的孩子不亲。怎么会没有人说闲话，人言可畏着呢。有一天孩子把他亲爹的照片翻出来，那照片是老顾的遗照，镶在镜框里，我和孩子他妈结婚后她收了起来，说孩子还小，暂时不让他知道自己有两个爹，说好到他十六岁时再告诉他身世，那时他也大了懂事了能接受。那照片放在衣柜的最底下用衣服压着，谁知道孩子没事干就在家里翻箱倒柜的给找出来了，孩子把照片拿到外面去被邻居看到，邻居就对他说："照片上的才是你爹。"他不相信，说邻居骗他。等到我下班时他拿着照片很得意地跑过来和我说："阿姨说这个人才是我爸爸，我知道她是在骗我。这个人是谁？我们家怎么会有他这么大的照片？"我心里就堵得难受，邻居都知道我们不想孩子知道身世的事，这不是故意吗。你叫我怎么和孩子说？说是，再告诉他亲爹死了？说不是，明天孩子懂事了问我为什么骗他，我怎么解释？我没法说只好什么也不说。幸好孩子忘性大，以后没再提照片的事。

4

我从来不打孩子？哪能呀，打过，肯定打过，我记得的就有两次，都是打老二，老大没打过，老大老实，不像老二净惹事。一次是老二上幼儿园，有一天他放学正好他妈也下班回家，有几个小朋友不懂事就跟在他妈后面学他妈走路的样子，一瘸一拐的，一边学一边笑，老二就跑了，他妈看到，怕他摔倒就喊他别跑，他倒好，停下来对他妈又喊又叫，说她不是他妈，他不要她做他妈，他的事不要她管，把他妈当场气得流眼泪。他妈回到家他还没回家呢，他妈把事情和我说，我一听这还了得，小小年纪就敢这样对他妈，长大了还不得杀人放火了？我去找他，他也没跑远，就在屋子周围转悠，我说："你跟我回去。”他说：“我不回去，我以后都不回去。”还挺神气，想玩离家出走？我火了，冲过去把他夹在胳膊下往家走：“小王八蛋，你有本事了居然不认妈了！有本事干嘛还在这家门口转悠，有能耐你跑远点别让我找着。”他又踢又叫让我放他下来：“你放我下来我保证走得你找不到。”真是反了天了他！到了家我把他往床上一扔，转身就把门锁上。这小子人缘好，平时他妈一打他就哇哇乱叫，邻居叔叔阿姨大爷大妈的听了都跑来劝，我今天是狠下心教训他，先得断了他援兵。我找了把尺子叫他向他妈认错，他死到临头还嘴硬伸着脖子说“就不”，以为我不敢打呢。我也不客气，把他翻倒在床上照着他小屁股狠狠就是几下，疼得他乱叫。开始还倔，慢慢看出我是来真的他也不当英雄了，哭哭啼啼地求饶了，向他妈认错，说再也不敢了。他妈也真是的，看他哭得伤心转而怪我下手重。两头不讨好，我算是白费力气了。

还有一次是这孩子到河边玩，不知怎么的给他找到了七个雷管，那是胆大的工人趁人打眼放炮不注意偷了藏在河边的，准备等风声过了到河里炸鱼，谁想到还没来得及用就给这小子找着了。他还以为是鞭炮呢，兴冲冲地拿回来。那时我们已经搬到两层楼住了，我住楼下，靠着楼梯口，也不知道是谁家在我门口起炉子，小子就把雷管塞到炉子里去想听响，正好被楼上老江发现了，他吓得也不走楼梯直接就从楼上跳下来一脚把炉子踢翻了两手在火里扒拉直到找着雷管，拿着雷管了老江瘫坐在地上半天没缓过神来。两层楼十二户人家近百口人呢，再加上前后楼，这要是炸起来那还了得。这事闹大了惊动了“人武部”派人来调查雷管是哪儿来的，把我给气的——人开始还以为是我偷的呢。我一辈子老实，除了拿单位废弃的包装箱当柴禾、拿擦洗机器的乱棉纱回来让孩子他妈抽纱织线衣，别的东西没拿过，我从参加工作不是积极分子就是先进生产者，这多少年辛辛苦苦挣下的名誉就差点毁在这小子身上，差点背上盗窃公家财物破坏生产的罪名，还差点成了杀人犯的爹，这我能受得了吗。我打他半死好让他长点记性，看他还敢不敢趁我不在家从窗口爬出去做坏事。别跟我提怎么教育孩子，我这人没文化，做事就凭着性子。这么多年枉我对他那么好，净惹事给我添乱，一点也不像老大。

5

老大是他八岁时我去上海接来读书的，到底不在身边长大，和我们和陌生，刚开始管自己的妈叫“阿姨”，管我叫“叔叔”，把他妈伤心得直流泪，说亏欠这孩子太多了，以后得好好弥补。她要怎么弥补是她的事，我按她要求去做就行了，老大知道自己的身世，和我生分，我没法走近他，只能对他客客气气的，那感觉就不对。不像小的和我黏糊，处在一块感觉轻松自在不生分。我和孩子他妈都后悔当初没坚持把孩子接回来，老大不习惯和我们在一起，还自己写信让外婆赶快来接他回去，孩子和他外婆一起生活了六年感情好着呢。孩子外婆在孩子身上没少下工夫，老大回来时肥头大耳的，力气也大，除了脸部僵硬，其他地方看不出有什么问题。老二虽然瘦瘦小小的，但除了没力气，也看不出其他有什么不对劲的地方。我也搞不明白到底是医院弄错了还是我们胡乱给孩子吃的药有效，不管是哪样，只要孩子没事我就心安了。

一直到孩子十二岁吧，问题就出来了，孩子上课间操时被老师罚，说孩子不按规定动作做。孩子不可能故意捣蛋呀，老大虽然不爱和人讲话，学习上也不怎么样，但一向老实，老二虽然调皮点，但学习好，在班上当干部，被老师留下来和“坏”同学一道罚做操，委屈得都哭起来了。我和孩子他妈一听老师说心里就“咯噔”一下，孩子他妈担惊受怕这么些年，头发白了、掉了，都秃顶了，事情还是来了。我和孩子他妈都知道孩子这时候心里难受，可我们没受过什么教育，不知道怎么安慰孩子，孩子他妈担心孩子知道真相后会受不了，反过来还将错就错，跟着老师责怪孩子，孩子就倒霉了，不知道到底问题出在哪，白白受了委屈还没地方说。老大原本就不爱说话，现在更是一声不响的了，连一向和老太婆似的唠叨的老二也对我们爱理不理的，整天心事重重的。唉，现在电视看多了知道的事也多了，想想就挺对不起孩子的，孩子需要人安慰的时候我们不但没有给他们安慰反而给他们更多的压力，没有就事论事和孩子沟通反而把自己的过错掩藏起来甚至转移到孩子身上，给孩子的成长造成了不小的影响。现在都说素质教育是真没错，人光有身体有脑袋不行，得有心，不然就容易往歪路上走。没人天生就是坏蛋，做坏事多半是因为受了刺激没人明白憋闷在心里，日子久了就伤透心，就破罐子破摔不把自己当好人了。幸好我们家孩子委屈归委屈，还是规规矩矩做老实人，没给我抹黑。

孩子身体不好我也难受，但也只能宽慰自己，这是命。不敢指望孩子成龙，什么当官呀、什么这个家那个家的呀，不想，就想孩子能有份工作能吃上安稳饭，再找个心地好的姑娘结婚、生孩子，把这人的一生按步子走下去就成。唉，我想得太简单了，进了这个家门哪还能那么四平八稳的过日子？

第七章
找不到明天的路

1

转眼老大就高中毕业了，那是1983年，那时候大学招的人少，能上大学的都是学习拔尖的，老大学习不怎么样，大学、中专都没考上。孩子他妈的意思是想孩子再回学校去复读，可老大不愿意，他说再读一样考不进大学中专还不如早点参加工作。那时候拨乱反正开始搞经济搞建设，建了许多工厂都在招人，技工学校招人，银行、工商、税收也都在招人，只要有城镇户口找一份工作不是难事，另外那时大学中专出来待遇也不高，唯一的好处就是坐办公室，既然那样去考银行、工商、税收不也一个样？孩子他妈和我这么一想也就同意了，就让老大参加招工考试。去考试那天，老大磨磨蹭蹭的不肯去，孩子他妈急了跟孩子吵，也不去上班了，一路跟着孩子到了矿机关门口。那时候公交车不多，去考试的孩子不少，煤矿就派卡车送职工子女进城去参加考试。孩子他妈看着老大上车，看着车开走了才放心去上班。过了几天成绩公布出来，用大红纸贴在矿机关门口，人看了跑去菜店告诉孩子他妈，说老大这次考得不错，得了第三名。孩子他妈还不相信，非亲自跑去看不行。第三名那不就是“探花”吗？呵呵，不管是哪种级别的，能排那么前面我就觉得孩子给我挣了脸面了，我就高兴，按这成绩去银行去工商不成问题。

通知下来了去体检，老大这次没磨蹭，吃了饭就走，也是煤矿派车送去体检。他妈高兴，以为孩子有信心就没跟去，哪想到他没有去。等到通知下来时他妈觉得奇怪，怎么没通知我们家孩子去报到？到矿里去问，这才知道老大压根就没去参加体检，按规定算是自动弃权了。孩子他妈一听就难过了，跑回来问老大怎么一回事。老大说，就是去参加体检了也通不过，去了也是丢脸，干吗还要去？他先前参加过技工学校的体检，因为身体不合格人家没要。孩子他妈没话说了，孩子虽然没明着怪他妈，但这意思也出来了，他妈就坐在那哭得鼻涕眼泪一大把。我心想这孩子也真是的，不管怎么样这也是个机会你好歹也去一下呀，没试你怎么知道就不行？他一米七十五的个头不算矮，虽然不像从老家来时那么胖，不像别的男孩子有肌肉疙瘩，但除了手臂不能上举、力气小，别的也看不出太大的问题，走路、上下楼梯、蹲下、起立都行，怎么就会没希望呢？既然没去也就算了，我和孩子他妈说再想别的门道吧。煤矿不是也年年招工吗？自己单位的，和领导商量一下应该不是什么问题。孩子他妈说也只有这样了。

孩子他妈就去找领导。我这人没用，别看我这会儿说得头头是道，可真让我去找人办事，人一句话就把我打发了。孩子他妈也知道让我做事可以，让我和人打交道不行，所以有什么事要找人的都是她自己去。看她上下楼那么辛苦我没法帮，我心里也愧。好在老二懂事，他妈要去哪他陪着去，当他妈的拐杖，我也多少放心点。可找领导领导不同意，说煤矿招的工人要下井，就我们老大那身体到井下，出什么事他们没法跟我们交差。我知道那一半是实情一半是借口，谁说煤矿工人就一定得下井？地面工种也多得是，就算下井也不全是挖煤打巷道，也有轻松活，不过那些不是谁都可以做的，得有门路。孩子他妈也托人走关系，领导还是不松口，那意思是残疾的孩子不止我们家一个，招了我们家孩子会惹一大堆问题出来。我就不明白了，孩子身体不好这是没办法的事，哪个人、哪家父母不是希望自己、自己的孩子身体强壮得跟武松似的，能三拳两脚打死老虎？摊上了这身体已经够倒霉的了，怎么找个工作还那么难？身体不好就不要吃饭了，这说不过去呀。这世道好像有点和以前不一样了，以前是安排工作看人身体，身体好的去做重活，身体不好的去做轻活，让大家都有饭吃，像孩子他妈身体不好，也没文凭，识得几个字会写会算，就安排去菜店当会计。现在社会不一样了，身体好的有门路的，一个个去做轻松活，身体不好的没人管了。学历？如果那些工作轻松的都是大学生中专生那我们也认了，可问题是人许多还是初中毕业生呢。我们老大怎么也算是高中毕业吧，招工考试还第三名呢，如果身体好不早去银行去工商了？不给安排工作，那身体不好的孩子怎么办？自谋职业？那是1983年，什么自谋职业，根本就没听说，那时人只懂得只有捧了“铁饭碗”才有饭吃。所以我想不通，为什么公家不给孩子发饭碗？孩子他妈也想不通，就三天两头跑去找领导，我们也知道这样给领导找麻烦不好，可没办法，我们不找领导解决问题那找谁解决问题？领导就开始踢皮球，领导说这招工名额有限，招工条件有规定，我们只是执行单位，真要解决问题你得找劳动局，让劳动局给你额外拨一个名额，孩子他妈一听这也是道理，就去县城劳动局；劳动局听了情况说，你们家这情况我们得找民政局，孩子他妈就又去民政局；民政局听了说，我们没有招工权，这事你还得找劳动局……孩子他妈身体不好，大热的天为了孩子的工作这样跑还没个结果，唉，看了真让人难受。最后还是回来找煤矿领导，领导说要不然就先做临时工吧，以后有机会转个大集体工。孩子他妈不答应。那时候大集体工待遇和工人差远了，而且做大集体工的都是“妈妈级”的女同志，让一个十八九岁的男孩子混入她们里面，那不是让人笑话吗？孩子他妈回来说这话时老大接嘴了，他愿意先去做临时工。我当时一听，心里就暖乎乎的，孩子懂事，宁愿委屈些也不要他妈为他的事再东奔西跑。

2

老大刚开始做临时工也不是什么轻松的事，到果林队去挖果树坑，一天挖二十个，每个一立方米。在山上挖树坑如果遇上好的地还好，如果遇上石头多的地方那就够呛。到底身体不如人，别人挖完下班了他还没挖完，没完成定额得扣工钱，一天就一块三毛五分钱扣了还能有多少？老大咬着牙也挖完了才回来。我说下班了去帮他挖他还不要，我明白他是自尊心受不了也就随他去了。挖了一段日子的树坑后又到养猪场去挑粪，挑到树坑里做底肥。养猪场建在山顶上，挑了担子得从梯田一层一层下来，别人身体好挑着担子一步就跨下去了，他不行，得放下担子人下去后再把担子拎下来，又比别人慢得多。孩子回来手上都是泡，我想赚那点钱真是不容易，又不是指望他那点钱养家活口，何必让孩子遭罪。我就和孩子他妈说算了别让孩子干了。孩子他妈不同意，说辛苦是辛苦，好歹能帮家里减轻点负担。那阵子单位开始把菜地承包给个人，蔬菜统购统销的老规矩也打破了，孩子他妈担心她那工作要保不住。唉，我就不明白怎么一回事，什么事都赶着来？真让人烦心。

后来单位组建工艺美术品厂，请了外地的师傅来教人用毛竹做工艺品，老大也被分配去了。到底是高中毕业生，对师傅说的领悟的快，领导就安排他协助师傅，做检验员，生产定额减半，老大这才不必每天风里来雨里去的，算是有了比较合适的工作了吧。我别的想法也没有，就想什么时候单位能让他招工或者转大集体工，饭碗捧得牢一些，过些年再找个媳妇成家立业，我呢也算是完成任务了，百年以后见了他亲爹，我也好交差。

3

老大的事暂时算是有着落，我这一口气还没歇着，老二的事又跟着来了。1985 年老二也高中毕业，他在学校学习还算马马虎虎，从小学到高中毕业一直都是班干部，不过越大，学习越不如小时候好，不是能力问题，他脑瓜子比老大好用，真要学书本上那些问题都难不倒他，是心思不在书本上面。这说来说去还是身体害的，知道自己身体出问题，他怕，整天胡思乱想跟到了世界末日似的，唉，没成神经病已经是不错了。考试的时候他发挥得不好，尤其是数学，他一出考场班主任就问他感觉怎么样，班主任已经看过试卷了，说凭老二的水平百分之八十的题目是轻松的，可老二说他算了一下，能答对一半就不错了，问他怎么回事，他说不知道，只是感觉脑袋昏沉沉的，没法集中心思，老师说那大概是太紧张了。成绩下来了果然只有六十几分。最后分数不够上大学，只到了中专录取线，还是身体检查过不了关。学校书记和孩子说了，她了解了一下，就孩子这病，就是到了大学分数线也不能录取，要孩子和我们商量一下，还是直接找单位安排工作算了，如果愿意，学校方面可以出面和矿里领导谈，给孩子找一份合适的工作。这本来是好事，但孩子他妈不同意，她非得要孩子回学校复读，要孩子考上大学。我也不好拦，她一门心思想让孩子替她争气，中了魔似的，谁的话都听不进去，让孩子去读多少还给她一点盼头，不然我怕她扛不住要发疯。

孩子以前常去看病，医生护士都认识，以前常给孩子看病的一个医生当了院长，就和县医院、部队的医院联系，联合几个比较有经验的医生对孩子做全面的身体检查，看看有没有方法治。老大说查来查去结果还不是一样死活不肯去，小的倒是乖乖的和他妈一块去，检查是在部队医院做，孩子他妈上车下车不方便，孩子又背不动她，我就先陪他们坐早上第一班车进城，然后再赶回来上班，下班了再去接他们。部队医院位置比较偏远，从车站过去还有好长的路，孩子就当拐杖撑着他妈慢慢去。常规的检查做完了，但那时技术条件不行，血清化验得送上海做，所以暂时没下定论，不过医生听说早先做过检查是“进行性肌营养不良症”，就点点头说：“从现在的症状来看，八九不离十。”几个月后结果出来了，没错，就是这病，联合检查的医生联系了一些这方面的专家但都没有确实有效的治疗方法，就给开了一些处方让我们按着治疗。这可把我愁的，孩子还小，这人生的路还没走几步，往后可怎么办？如果有办法让他们的病转到我身上我没二话就同意。孩子他妈也是这想法。

4

既然人力没法救孩子那只有求神拜佛了，人总得存着点幻想不然真得崩溃。那时政府已经不再禁止人信教，孩子他妈就跟着一些香客初一十五禁食净身带着供品到庙里去求菩萨保佑，她那身体跪拜菩萨得一起去的香客搀扶，庙和我们住的地方离得远，不通车，山路难走，孩子他妈来去差不多得要一天，我都担心她饿着肚子吃不消。去烧香她得请假不上班，还十块二十块的奉上香火钱，我们俩工资加起来也就六十多一点，够诚心的了。她还去找那些据说能和鬼神说得上话的人，请她们指点迷津，那些人请了孩子亲爹出来附体，说这么多年我们都没有给他烧纸钱他在那里日子不好过。这倒是，以前不是不让搞封建迷信吗，我每年清明带着老大去扫墓只是清除杂草没烧纸——老大从老家回来以后年年和我去给他亲爹扫墓。老二就从来没去过，开始我们是瞒着他，到了他十六岁那年清明他妈把他叫到床边把他身世告诉他，他那表情一点也不吃惊，像是早就知道，他妈说让他和我们一起去扫墓，他说：“我不会去的，我只有一个爹。”说完就自顾自地走了，孩子他妈先是愣了一下然后号啕大哭：“好孩子呀，好孩子呀……”也不知道她是骂孩子还是夸孩子，我也忍不住伸手偷偷把眼泪抹掉，唉，这孩子。孩子他妈“请神”回来就让我去烧纸钱，我想这么多年没烧，这会得补上，就买了一大堆去，希望孩子他亲爹在那里多打点，保佑孩子消灾避难。

第八章
破屋又遇连天雨

1

虽然在求神保佑，但这东西比较玄，有没有用心里没底，我和孩子他妈整天愁得吃不香睡不香，做什么事都恍惚，这就又种下了祸根了。那天，是1986年5月16号下午，我正骑自行车去上班，车后座上有一个簸箕，里面放的是一些我刚从仓库领回来的风钻配件。这自行车刚买了没几个月，是“永久牌”的，那时买“凤凰”“永久”这些牌子的车得凭票，这车是孩子外婆买了寄来送我的。我上班在河对岸，河不宽，孩子到楼上晒衣服收衣服我在对岸可以看得一清二楚，但上班得绕一圈从桥上过，走一趟得花半个多小时。我很早就学会骑自行车了，这么多年一直没有买车，就是想省下两个钱给孩子买药补身子。孩子他妈以前说过，等到孩子赚钱了第一件事就是给我买车，这不，老大参加工作了，虽然是临时工，他妈也写信给孩子外婆让帮忙买车。上海人就是爱虚荣，我说随便买辆杂牌车就行了，孩子他妈非得买名牌。孩子外婆说我们经济不富裕，车钱就由她们娘家人凑了，我明白他们的心意也就不推辞了。哪想到不用辛苦走路才几个月就出事了。也是我粗心，骑车还在想心事，跟梦游似的一路上人跟我打招呼我都没反应，过了桥是一段小路，小路右边是山左边是河，不知什么时候靠山边多了一块大石头，我也没在意，恍恍惚惚一直骑到石头前面，正好一辆沙石车过来，我无路可走了只有下车，我就偏腿下车，汽车从我身边过去，我觉得我后面自行车被什么东西拉了一下，我突然站不住就坐到地上，我听到很多人在高声叫，我听到已经开过去的汽车在刹车，我想爬起来可一起来又摔倒了，我感觉不到我的左脚，我低头一看，我的左脚怎么在流血，我赶紧用手去抱我的脚，我脑袋“轰”地一下，我想我可能是被车压了，我心里只觉得奇怪我怎么没有觉得疼，我听到很多人跑过来，我抬头看到很多焦急的脸，我听不清楚他们在说什么，我看到有很多手伸过来，我感觉自己在往下沉，我感到被人抬着走，我看到太阳很刺眼，我想我一定是在做梦……

我躺在手术室里听着医生护士进进出出，我感到自己很累呼吸越来越困难，我好像在水里往下沉，我想我是不是要死了，我想我不能死，我死了他们娘三个怎么办？我不能往下沉我必须上去，可是我像不会游泳的人在水里用不上力。我昏沉沉的好像听到孩子他妈的哭声，我转过头从手术室门开合的空隙看出去，我眼睛也出问题了看到的东西都重影了，我模模糊糊看到孩子他妈哭得很伤心，我想和她说没事我一定会没事，我还没看到孩子成家立业我一定不能死，可我什么话都说不出来，我被护士戴上了氧气。我还听到我们区长的声音，他好像是在问医院林医生在不在。林医生是我们医院水平最好的医生，有他做手术我就放心了。我听到医生说林医生刚刚走去福州开研讨会去了，我听到有人跑步的声音。我突然有点泄气，我想起爷爷说的话，人一辈子都在老天爷手上，老天爷要人怎么死人就得怎么死，谁也逃不掉。唉，看来我命里注定要被车压死。我当时就没有想到压到的是脚不会死，我当时不知道是血流得太多还是心里怕死就觉得自己难受得快要死。

2

是汽车刮了我自行车后座上的簸箕把我带了一下摔倒，汽车的后轮从我左脚踝偏上位置压了过去，“左胫骨粉碎性骨折伴软组织受伤”，碎骨头、血管、神经什么的都得重新接，显微外科手术，这在现在也得十分小心，更何况在当时，就算我们区长从火车站把林医生截了回来他检查完也建议截肢，孩子他妈一听，号啕大哭，“扑通”一声从椅子上滑下去跪在地上求医生千万要保住我的脚，我心里也是这样想。煤矿我见过不少工伤失去腿的人装着假肢，那时的假肢都是木头做的，走起路来一瘸一拐“咔嗒咔嗒”响，什么重活都做不了，他们娘三个都没体力，我再少一条腿，那这家的重活谁来做？煤矿的矿长和书记也赶到医院，考虑到我们家情况他们就对林医生下了命令，要他尽一切手段保住我的脚，林医生答应尽力。

手术做了不知道几个小时，从手术室出来我迷迷糊糊听到孩子他妈和两个孩子的声音，可我眼睛睁不开、话也说不出，就像被困在一个四周一片黑暗伸手不见五指的地方，我想离开这黑糊糊的地方可是我辨认不出方向，我只能凭着感觉往有声音的方向爬，我听到不断有人来不断有人去，不断有人在说话，听着声音不远可我怎么爬也爬不出这黑暗看不到亮光看不到人。我拼命喊孩子他妈和孩子，可是他们也不答应我，我只好继续爬，也不知道爬了多久了我终于看到了亮光，我眼睛睁开就看见我们区书记站在我面前正跟两个工人说话，我们家老大也在旁边站着，我看到书记想爬起来打招呼，他听到动静转过头看到我醒了连忙拦住我，书记说：“你不要动，有什么困难你尽管说，我们一定想办法解决。”我想我还能有什么问题呀，我就拉住书记的手说：“帮……帮，孩子吧。”

3

书记走后我问老大，怎么不见他妈和老二。老大告诉我说，医生说我手术麻醉不会那么快醒，醒了也不能吃东西，单位里也派了两个工人分班轮流照顾我，他就让他妈和老二回去休息。我想单位既然派人了老大也不用留在这了，我就让他也回去休息。老大不肯，说他要留下来，说自己家没人陪着不放心。亏得有老大在，单位派的那两个人，年轻的那一个哪是来照顾我的，是来睡觉的，特别监护病房就两张床，一张我睡了，他就在另一张床上睡得呼呼响，醒了也不知跑到哪间病房里打扑克聊天去了，什么事也不管，另一个年纪大的还肯帮把手，打点水什么的，其他喂饭擦洗身子端屎端尿什么的全是老大做。老大请假不上班了，白天黑夜地照顾我，晚上就坐在椅子上趴我床旁边的柜子上睡，我觉得对不起他，怎么说我以前对他都不如对老二，难得他不计较还这么侍候我。孩子他妈菜店正好撤销了，领导暂时不安排她工作，工资照发让她顾着家。她天天赶早上市场去买骨头熬汤，那时候物价才放开，大骨头不像现在比肉还贵，那时候大骨头便宜，买的人就多，迟了还买不到，孩子他妈每天不等天亮就去买回来洗干净用小火熬上两三个小时然后再用饭盒装了送到医院来。从家里到市场有一公里多远，从家里再到医院差不多两公里，她买菜、送三餐饭，来来回回一天得差不多走十五公里，别人一公里用十几分钟，她一公里得走半小时多，一天差不多得有七八个钟头在路上摇摆，再加上回到家还得做事，可真够她受的了。幸好邻居热心常帮忙着送饭做事，不然非得把她给累趴下不可。老二？老二不是正要高考吗，他妈不让他插手，他妈就指望他能静下心好好看书复习，那孩子也真不懂事，不理他妈，下课了没事也往医院跑。唉，也是，我出这么大的事他还能静得下心来吗？

4

手术后第一天孩子他妈不是知道我手术后一直没吃东西吗，她反正也睡不着就直接到屠宰场去买骨头，不到五点钟就熬了往医院送，有点小雨，天还没亮透，她打着雨伞走到半道碰上一个早起练骑自行车的小孩，小孩还小，不能坐车垫上骑，只能站在车杠上“咔嗒咔嗒”，刚练习骑车的生手，看见有人了越是想避越是对着人冲过去，孩子他妈身手不行，看到不对再要避开也来不及了就干脆站着不动，那孩子从她身边“哧溜”过去，没撞上她，撞上她雨伞，孩子他妈本来身体就差再加上这一晚上没有休息，人更是疲软，别说撞她雨伞，就是一指头轻轻碰她一下估计也得把她给推倒了。她摔倒在地爬不起来，只能像只虫子似的蠕动，那孩子一看吓坏了，推着车子紧跑几步，“咔咔咔”没命似的跑了。孩子他妈摔倒了心里还惦记着饭盒，爬了半天看到饭盒没摔坏松了一口气，再找小孩早没影了，幸好不一会儿有出来倒马桶的女同志看到连忙把她扶起来，不放心还一直陪着到医院才转回头。我一看她一身脏就知道她摔倒了，我说：“那么大老远的你也别送了，医院不是有食堂吗，要吃什么我让老大到食堂去买。”她不答应，说食堂的东西没营养：“我送点好的你吃了早出院我不也早省点心吗。”我知道拦不住她，也就不说了，老大说可以让他弟弟送，他妈说：“他正准备高考呢，就别让他分心。”他能不分心吗？下午放学后他就来医院，我看他最近功课压力大又瘦了一圈，就把人探望我时送的罐头给他吃，要是以往他肯定二话不说就吃得精光，这回他自己吃一口喂我吃一口，也懂得疼我了，我觉得那罐头特别的甜。正吃着司机两口子拎着水果和一条香烟来看我，老二看到他们就放下罐头站起来气呼呼地问：“你们来干吗？”司机昨天领教了老二脾气就站在门口不进来，司机的爱人抬头挺胸看也不看老二，边说边走进来：“我来看你爸爸。你怎么骑车的，怎么会钻到车后轮下去？这事可和我们一点也没关系。”老二一听就跳了起来:“你们还有没有人性，我爸都这样了你们两公婆还说这种话？”有句老话说的真好，“不是一家人不进一个门”，昨天老二放学知道我出事后赶到现场，司机看到他说的第一句话也是:“这事和我无关，是你爸爸自己钻车底下去的，不信你可以问人。”老二当时就红眼要和他拼命了。我明白他们两口子是怕承担责任，我也没打算和他们纠缠不清，我知道这事得怨我自己不小心，可他们这时候说这话好像也有点出格，搁谁听了都不舒服。老二要赶他们出去，我让老大把老二拦住，怎么说人家上门来都是客，不好失礼，没想到司机老婆反倒训起老二:“你这人怎么这个样子？这事跟我们没有关系我们好心好意买了东西来看你爸爸……”把老二气得拎起东西朝她砸过去:“用不着你好心，你给我滚！”把他们两口子硬赶走了。我说老二:“你这性子得好好改一改，动不动就发跳，将来到社会还不得吃亏。”老二脖子一扭:“改什么改？难道任人爬到头上拉屎撒尿？没门！”唉，我就奇怪，他爹妈、我、他哥都是老实人，怎么就这小子跟炮仗似的一点就炸。他妈说他这脾气都是我给惯出来的，我看也是。

5

我腿打石膏固定在架子上，整天躺在床上动也不能动，真难受，伤口又疼，医生说“杜冷丁”用多了会上瘾不让用，我也只好忍着。这些还好，最讨厌的大小便全在床上拉，孩子力气不够抱不动我，帮我穿、脱裤子费劲不说，屎尿盆接得不好弄到被褥上，弄得一屋子的臭味，孩子他妈就自己缝了几条内裤，腿两侧绑带子，和婴儿尿布差不多。唉，真是不好意思说，我这么大人还用那玩意。天热，不能洗澡也得擦身，人都说我身上有伤不能用冷水，不然会落下后遗症，以后遇天变化要难受，老二就到医院附近他同学家去烧了热水来给我用，老二去了一次，以后同学的父母就主动让孩子上学的时候把热水给顺道送来了。后来医院送开水的阿姨知道了，也每天把病房开水送完后剩下的热水挑到我这儿给我用。这世上还是好心人多。

6

老二又参加高考，就凭他这段时间的状态我就知道考不好，孩子无所谓，考完回来就和他哥两个轮流侍候我，三餐饭他负责送，他妈就不用每天跑医院了。我吃完饭他给我洗碗洗脸，端屎端尿，晚上他陪我，他哥回去休息。人都夸两个孩子孝顺能这样尽心照顾我，我听了也高兴。以前总担心孩子不是我亲生的长大以后就不管我死活呢，现在可以放心了，我就想着脚快点好让他们娘三个省点力，也好给家里省点钱。那时住院是公费医疗，免费，但我工伤只能拿基本工资，孩子他妈没上班拿基本工资照顾我，老大也不做临时工了，一家收入不到五十块钱，孩子他妈天天大鱼大肉的让我跟太上皇似的吃，就我们那两个钱已经不够用了，她还去买什么西洋参给我补身体。那时药店里还没西洋参卖，是人香港亲戚探亲时捎带的，更显得金贵了，拇指那么大一个就要五十块钱。五十块呀，要是买红参得多大一捆呀，我心疼得吃不下："哪来的钱买这玩意？"孩子他妈说是借的钱："这时候是用钱的时候，该借的就得借。"孩子他妈一贯节省，电视机刚出来那会，周围邻居条件好些的都买了，她好强，不想让孩子老腆着脸上别人家去看，想自己买，可家里的钱又都用在孩子看病吃药上了，一下子拿不出那笔钱，一家人硬是吃了一年的咸菜把钱凑足，买了一台 12 寸的黑白电视机，她是宁愿自己吃苦也不愿开口去借钱，这会儿却去借了。我知道劝也没有用，就说："要吃就一块吃，你们照顾我也辛苦，别把自己累坏了。"她让我放心："都有的吃。"后来邻居告诉我为了省钱，他们娘两个天天吃酱油拌饭，老大在医院陪着还吃了点我剩下的菜，回到家也是酱油拌饭。唉，这过的是什么日子。

老二成绩出来，这次连中专分数都上不了，去技校体验又通不过，他妈还不死心要让他继续复读，哪想到就遇上学校收费改革，复读生要读得多缴三百块钱，我们哪还出得起这笔钱。听说学校老师的子女可以享受优待不用缴，正好孩子他舅舅舅妈姨夫都在老家中学当老师，孩子他妈就和他们联系把孩子送回老家去读书。我也同意，孩子换个环境兴许能安心读书，就是这孩子从来没出过门，这次跑那么远还是一个人我不放心。孩子说："没关系，如果走迷路了就在上海滩上当乞丐。"他气他妈呢，他妈说他如果考不上就让他滚出家去当乞丐。孩子他妈让我别瞎操心，说家里有人会到车站接，就是没人到车站接孩子也可以买本地图认路，读了那么多的书还迷路那我们那么多钱供他都算是白花了。我想想也是这才放心，只是老二在这里多少还能帮着做点事，老二这一走他娘两个不是更辛苦？我着急，就让医生给我拐杖练习走路，医生说还没到时候，怎么也得三四个月以后。好不容易等到医生同意，我架着拐杖练习走路，我这人笨，看别人用拐杖走路很轻松，可我怎么也控制不住，比小孩子刚刚开始学走路还难，胳膊下夹着拐杖在走廊里走我还想着要扶墙壁，还不如单脚跳走得快。慢慢的可以架着拐杖走到楼下就每天在操场里练习走。人真是没用，以前天天上下班走那么远的路也没事，几个月没运动现在我走两圈操场就累得大喘气，走到家不知得累成什么熊样了。

7

我能自己拄着拐杖行动就方便得多了，能自己上厕所什么的，我就让老大回去帮他妈做事，本来三餐饭我也打算吃医院食堂的，那样就不用他们来回跑着忙了，可孩子他妈不让，说吃食堂营养不够还花钱多，我也就随她了，就想着早点走回去。慢慢的我走得快了些，估计体力也恢复得差不多，就决定试着走回家。我们医院是单位自己的医院，管理比较松，早上晚上医生查房时有人在就行，我早上等到医生查完房护士给我伤口换好药我就把要吃的药放在口袋拄着拐杖回家，晚上在家吃过饭后再慢慢拄着拐杖回医院。事先没有和孩子他妈说，说了她肯定不同意，就怕我再出什么意外。已经入冬，早上九点多的时候有太阳，很暖和，我走在路上不断有人过来关心我，那感觉真是说不出的舒坦。我一个小人物，平时又不喜欢和人打交道，除了上班就是待在家里，没想到我出了事以后那么多人关心我，我住院的时候到医院看我，现在见我往家走都问我好，还怕我累着了，推了自行车说载我，我这辈子从小到大就没这么被人重视过，我能不觉得感动吗。我谢谢他们了，也不麻烦他们，好久没自由活动了，我要自己慢慢走回去。我还没到家消息就到家了，孩子他妈和老大出来到路口接我，邻居也出来，一大群人前呼后拥的，夹道欢迎什么大人物似的，弄得我都不好意思了。受伤后第一次走那么远的路，我浑身都是汗，老大连忙给我毛巾擦汗，邻居也帮着倒水给我解渴，还是自己家里感觉舒服。

第九章
会不会柳暗花明

1

孩子他妈上班了，单位里分她到服装厂去缝衣服扣子，工资按计件，这可苦了她了。衣服是井下的工作服，布比较厚，几层布一起缝，没点劲还真不行。她班上做不完就带了回家做，看她坐在桌子边上把衣服裤子翻过来翻过去，针穿过去，针屁股顶在桌子上，两手把布按下去，半截针上来了，低下头，用牙齿咬住针，左右摇头，把针线带过来，那费劲不算，还老把针扎在手上，我想帮忙可粗手笨脚的怎么也抓不住针，只能看着她累。老大看我能自己照顾自己了就寻思着出去做事，好早点把家里欠人的钱还上。工艺品厂的位置早让人给顶了，领导一时没法安排，就让他去洗厕所。我一听就不同意。现在的厕所都是冲水式的，又干净又卫生，可那时的都是旱厕所，洗厕所还得到外面公共水龙头去挑水，又脏又累又臭还男女厕所都得洗，还得洗好几个厕所，怎么说他一个大小伙子去做这事也有点不像话。孩子开始也不想去，怕抬不起头，后来想想还是去了，说要用钱呢，先干着，等到有机会再换工作。我想想就觉得对不起老大，如果不是因为我出事他在工艺品厂干得好好的，也不会落到这个地步。

到底面子上放不开，老大洗厕所都是趁早上四五点没人的时候去，洗完了回到家换了衣服上街去买菜做饭。也不知道是谁那么……缺德，看我们老大爱面子他就故意捣乱，老大清扫完厕所后他把粪便拉在粪坑外面，还一泡屎拉几个地方，你说他费那么大工夫是不是吃饱了撑的？居委会的人检查卫生就说老大没清扫。居委会的人说话不太客气，板着脸，跟领导训斥做错事的下属似的，老大感觉人是在故意刁难就和人吵起来。老大脾气好一般不和人斗气，洗厕所本来心里就觉得委屈这会再被人训，他自尊心受不了。我也生气，旱厕所全是水泥墩子，把人拉在粪坑外面的粪用水冲了、把人乱扔的废纸烟头扫了不就行了，谁还真的左一桶右一桶的可劲挑水洗？我们孩子大冬天的起大早，弄得一身湿拉拉的回来，多辛苦，遭这样的罪还要受气。“不干了。”我说。孩子他妈说管别人怎么说自己问心无愧就行，她还想让孩子去，我生气了：“你还嫌脸丢不够是不？不许去！就是饿死了也不能去！”这事才丢一边去。老实说，孩子洗了两个月厕所我这心里就没舒服过。那时候都在说“学好数理化，不如有个好爸爸”，国家也开始重视知识分子，说干部要知识化、专业化、年轻化，孩子他亲爹老顾如果还活着肯定也能混个一官半职，那孩子哪还用得着去做这被人看不起的事呀。说来说去，是我没本事。

2

老大不想在单位找事做了，想自己开店。他妈开始不同意，一是说没本钱，二是考虑以后没劳保。我说别考虑那么多，找工作找那么久也没有找到合适的，现在允许人做生意，不如就让老大试试，老大做事踏实，说不定将来做成大老板钱多得用不完还在乎什么劳保，没本钱我们去借。我这么说其实是想弥补老大。老大从小在他外婆身边长大，和我们之间感情就有点隔阂，有事不爱和我们说，所以以前我也就不太注意他，自打我出事后我才发现他其实挺懂事，我想我应该多支持他关心他，让他不要再什么事都埋在心里。孩子第一个想法是开书店，那时候武侠小说不是正红火吗，老大说这生意错不了，但他妈不同意。他妈反对孩子看小说，说浪费时间耽误功课影响学习成绩会毁了人前途，说这事昧良心。我想也是，谁家父母都指望自己孩子能有出息，我们如果不租书给人孩子看就没收入，租给人孩子看人父母知道了不高兴，万一孩子学习不好家长找上门说是我们纵容坏的那就麻烦了。我就让老大另外想法子，老大一下子也想不起来，整天就跑阅览室图书室去看报纸找出路。那时候信息不像现在发达，那时电视上报纸上还没什么乱七八糟的骗人广告，也不知道老大要怎么找、找什么事做。

到了三月份老二回来了，孩子回来时我吓一跳，怎么变得那么难看了？老二小时候长得可好看了，后来有病，脸皮有点僵，不如小时候招人喜欢了，但模样还是过得去，怎么半年不见就……老二自己说是摔跤摔厉害了，牙摔掉了，下嘴唇也差点被自己咬掉，里里外外缝了十几二十针，现在下嘴唇豁突出去，两嘴唇合不拢，破相了："反正摔都摔了，说了也白说，不如不说，还省得你们瞎担心。"他说的跟没事人一样，可把我给心疼的。我知道得这病容易摔跤，他妈、他哥也都摔，可都不像他摔得这么厉害呀，我觉得其中可能有什么蹊跷，他不想说我也不好问，就他那脾气问了也没用。老二回来准备报名参加高考，谁知道高考又改花样了，体检提前，这下老二连进考场的资格都没有了，他妈这才彻底死心。他妈也不再去拜菩萨、敬鬼神了，也难怪她不信，什么"菩萨慈悲为怀"，对我们可一点也看不出来；什么"有钱能使鬼推磨"，烧那么多纸钱给孩子亲爹，也不见转运。还是省点力想想怎么自己努力得了。

老大又选了一个事，是机器编织衣服，小日本的机器，要到职业技术学校去培训。孩子他妈又不同意，说谁家女人不会织毛衣，哪还要用机器帮忙？学织毛衣不如去学做裁缝。这话说得也有几分道理。我们孩子他妈虽然身体不好，织毛衣的技术可是出名的。以前买不起毛线就让我把单位里领的擦洗机器的棉纱头往家拿，她一根根抽出来接起来绕成团，然后几根合成一股织毛衣毛裤，天冷有厚的天不太冷有薄的，全家人一人还几件换洗，每件还花样不同。我们邻居的女人织衣服的时候有什么不明白的都爱来问她，晚上坐在那边聊天边看电视边织毛衣。我本来心里同意孩子他妈的意见，我觉得织毛衣这事是女人做的，他一个男孩子去学好像有点不伦不类的，裁缝不一样，有男有女，衣服做得好的还大多是男师傅。但我看老大有点不高兴我就改口了，我说："到底怎么样连看都没看到，现在说不行好像早了点。不如先让孩子去看看再说。”孩子他妈是聪明人，一听就明白我这话的意思，她也怕老不同意会伤了孩子自己找事的积极性，就给了孩子五十块钱去学校看看，合适就报名不合适就回来。

3

老大是想法子自己找事做，老二整天到外面和同学玩，他哥去学织毛衣这事本来也想听听他的意见，可他说这不关他的事，他不管，他妈说他没心没肺的，我说：“你别看他嘻嘻哈哈的没事人一样，其实他心里不好受。”老二从小就要强，输不起面子，同学都上大学中专技校什么的，让他躲起来不见人那根本就不可能，他宁愿跟没事人一样照常和人玩也不愿让人看出他难过。有天晚上他在医院附近同学家玩得迟了就不回家到医院陪我，睡到半夜我听到他哭，我吓一跳问他怎么了他没答应我，我才明白原来他是在做梦。唉，这孩子是把伤心留在梦里了。

老大去了几天就回来了，很兴奋，说机器编织如何好如何快，还带了件样品回来给我们看。真稀奇，想都想不到机器能织出这么复杂这么漂亮这么整齐的图案来，更让人动心的是效益：“我们老师一天能织十几件，一件加工费三块。”听得我心怦怦跳，一天三四十块，一个月不就是一千多，一年不就是“万元户”了？那时候“万元户”就是小康生活的目标，就像现在人讲的百万富翁一样。我说：“既然这样那就赶快干。”一问机器价钱也吓一跳，一台机器一千六，再加上培训费，再买些备用零件，怎么也得两千，我和孩子他妈的工资加起来才几十块钱，不吃不喝也得存上两三年，我们还欠人钱没还清呢，再上哪去借这么一大笔钱？孩子他妈想了想，只好向她娘家人求援了。孩子小姨两口子正好在宝山钢铁厂工作，效益不错，知道外甥要自己开店有困难二话没说就把钱给寄来了。孩子马上就带着钱去学习技术去买机器了。那时候还没百元钞票，也不能银行异地取钱，两千块一大包孩子带着挤火车，火车上人多扒手也多，也不像现在有电话可以随时联系，孩子一去半个多月没一点消息，孩子他妈是吃不下睡不着，就怕出什么乱子。我对她说："放心，老大办事稳重不会出问题，现在正在学校学技术呢，你别瞎操心。"话是这么说，其实我自己心里也害怕。现在世道不如以前了，人为了钱什么坏事都敢做，希望老大没遇上坏人。

老大终于回来了，他也不发个电报自己一个人半夜三更地到车站，还带了机器回来，两个箱子，他扛不动就学蚂蚁搬家，这个箱子搬到前面几步远放下，返回头去搬那个箱子，那个箱子搬到前面几步远放下，再回头搬这个箱子，倒腾着把两个箱子硬是从车站弄到家里。他妈睡不着，听到门口好像有动静就起来，好不容易坐起来了再听又没动静了，她还以为自己幻觉了呢，就坐在黑里想老大。老大把两个箱子都搬到门口了才拿钥匙开门，他妈这下听明白了高兴得就往外去，走得急了摔倒，真是添乱。老大进来看到连忙放下机器喊老二起来，两人一块把当妈的扶到椅子上。老二看到机器觉得好玩，要他哥来个现场演示。老大说："不行，还有许多准备工作没做好。"老大一五一十地说还要这个还要那个，老二一听那么麻烦就没了兴趣，上床睡觉。

4

我第二天回到家知道要安装机器得先要有桌子，那机器有一米多长，普通的桌子还不能用，我就找了木工师傅打一张桌子；还要有铁架子，我就按老大画的草图找以前单位的焊工师傅焊了几个铁架子。孩子他妈也到街上买了几斤绒线，忙活了一个星期，万事俱备，就让老大开始练手，我们三人和邻居围着桌子睁大眼睛看新鲜，老大织起来像模像样的，抬机头、挑针、编织，可是拿出来的东西怎么看也不像是衣服。也是，一个月的时间不长，只能学一些基本功，都是些花拳绣腿。孩子他妈有点着急，就在边上瞎指挥，把她的经验拿出来要老大按她说的织，可机器编织和手工编织不一样，按她说的织出来的东西还是不成样。好在织出来的东西不合格可以拆了，线不会浪费。我就想，幸好没有听他妈的让他去学裁缝，如果是布，这一剪刀下去就只能当抹布了。他织，我拆，拆得我都想冒火了，想想还是忍住，我把气往老二身上出："你别跟猴子似的只顾着自己玩，帮着想想。"老二他看出我心事就没顶嘴。老二和老大不一样，老大有点一根筋，织了不合格就扔一边，老重复错，老二灵活，他拆之前拿了尺子比、量、记，然后问老大"织了多少行""起了多少针"什么的也记下来，拿了计算器在纸上写写算算，再让老大按他说的织，织出来的再看看哪不行，再算，慢慢的织出来的东西就像样了，东西写在那再整理整理门道也就摸出来了。

织的问题解决了，可是新的问题又来了。织出来的是一片片的半成品，得缝合起来才行，除了老大没人见过怎么缝。老大说很容易就用缝纫机缝，他坐到缝纫机前面去缝，缝纫机不是正着走，是倒着转。他从来没碰过缝纫机，还以为那玩意很容易呢，真是"看人推磨不吃力"。他妈也试了，不行；邻居懂得缝纫的也来帮忙，也不行。毛衣和布不一样，布是硬的平的，懂缝纫的人脚踩踏板"咚咚咚咚"的布就过去了，毛衣是软的还缝隙大，试的人踩踏板都成这声音了"咚—咚—嘎"，满头大汗缝下来，衣服全变形了，像燕尾服似的，长角了。没辙了，老二说："还是我去学校一趟吧。"问了老大怎么走，拿了二十块钱出门，头尾去了三天，也是半夜回来，回来就把放在那的半成品拿来缝，等到我回家一看，缝好的衣服已经挂了好几件在那。呵，这小子，开始让他帮他哥他还不乐意。我觉得有些东西真的是命中注定的，比如老大买的这机器就叫"兄弟牌"，好像就注定他两兄弟得一块做。

说是他两兄弟做也不完全对，我和孩子他妈也得打下手，我负责纺线，他妈负责衣片串口，织下来的衣片如果没有串口就会散线，那人穿不了三天就变成破衣服了。老大说他们老师是用缝纫机沿着串口缝一道，孩子他妈说那样是偷工减料，时间长了一样会散，都是煤矿的以后谁还找你织，还是用针慢慢串的好。反正他妈服装厂也没活干了歇业在家，就让她去串了。邻居也支持孩子做事，我们还在试验他们就把线买来了，让孩子大胆试，还帮着参谋帮着缝纫，现在试验成功，我们不好意思收他们钱，他们非得给，我们就收一块钱一件。为了多招生意，我们商量了一下搞三个月的优惠，每件衣服收一块五，半价。本来是担心没人来，谁知道这新鲜玩意还挺受人欢迎的，来订衣服的人不少。我真高兴，看来孩子这条路是找对了，看来我们的日子从此以后就那什么了，对“柳暗花明”了。

第十章
这可真是遭罪呀

1

本来固定在我脚里头的钢板医生说等到一年后伤口愈合了要取出来，可我的伤口愈合得很慢。“胫骨下段粉碎性骨折并伴有软组织挫伤容易导致胫骨下段供血能力差，如果处理不好就会发生创口感染、皮肤坏死、骨折延迟愈合或者不愈合等等并发症。”这些是现在有了网络以后孩子在网上查到的，当时哪会知道这些，也没人和我们说这些，我们还以为没有截肢就没有问题了。医生知道，他本来说要取钢板的现在说不取了，伤口不愈合他要给我做植皮手术，把好的地方的皮植到伤口上去。第一次植皮用的是右大腿上的皮，为了保证皮肤的活性，右大腿上的皮只是割开三边，一边还留在右大腿上，然后把左脚架到右大腿上，割开的皮覆盖在伤口上，再用绷带把左脚右腿绑在一块，那姿势就跟小孩玩斗鸡似的。玩斗鸡人输赢后就放下来了，就一会儿，不难受，我这得二十一天，还不能动，得躺在床上，那多难受呀。难受还不算，又得孩子他娘三个侍候我了，生意刚开始有点起色就不得不停下来。二十一天，吃喝拉撒，全在床上，手术还没有达到预期的效果。从 1987 年到 1989 年，一共做了三次，我现在两条腿还有屁股上全是取皮后留下来的疤，到了夏天这些疤就特别痒，汗出不出来似的。三次还都没有成功，医生还想做我可受不了了，再做我可真要体无完肤了，那多遭罪。另外还有一个原因就是到了 1989 年以后孩子他妈身体已经很差了，走路很困难，老大的病也开始显得严重了，这个家越来越需要我了。

2

我住院一年多不上班，劳工股领导对我有意见了。唉，人没有身体就是要被人嫌，我 1959 年到煤矿，从来就没有借口生病不上班，以前要出去办事不是利用休息天就是和人商量好了顶班换班，这一是因为我老实，二是因为请假不管是病假还是事假都得扣钱，我舍不得那两个钱。工伤没奖金三个月以后还只能拿百分之七十的基本工资，几十块钱吃饭都不够，他以为我愿意呀。那天我从医院拄着拐杖溜达回来在半道上被他堵了，给我通知单让我去报到。那天离我第一次植皮手术拆了绷带还没几天，还不知道手术成功不成功，光看到好像伤口没有炎症了，我以为已经好了，就接了通知单回医院去收拾东西准备回家。正好护士过来看到觉得奇怪，问："嗨，你干什么呢？"我还奇怪了呢，我说："干什么？收拾东西出院呀。"她不相信似的看着我："你要出院？"她以为我发疯了，"你还没办出院手续呢，怎么出院？"我说："办什么出院手续，我是工伤。"我以前住过院，一次是井下中瓦斯，一次是胆囊炎，都没办手续，不对，应该说都不是我自己办的手续，都是别人帮我办的手续，所以我一直以为是免费医疗不需要办这些手续。我们家老二住院倒都是我办的手续，那小子肺炎、肠炎、肝炎什么的住院好多次，他那是要付医药费住院费的，不办手续怎么算钱？那护士跟我讲不明白就让我等等，她跑去找林医生。林医生的样子好像要打架似的，气汹汹的："谁同意你出院的？你要出院可以，以后出什么事你自己负责！"我吓一跳，说："可我要去上班了，没出院怎么上班？"我说着从口袋里掏出通知单给他看。"谁让你去开通知单的？"他也太抬举我了，我这人脑袋瓜子不会转弯，眼界又浅，只能看着眼前的路走一步是一步，从来没想过拨开草丛找别的道，虽然我财迷，但压根就没有想过自己去开通知单。我把今天路上劳工股领导的事和他说了，他听了才沉着脸不吭声，停了一会把通知单递给我，说："你就告诉他还没出院，不能上班。"我都蒙了，这到底听谁的？林医生也不理我就走了，护士看着我吐了吐舌头也轻手轻脚地走了，我只好回到家把事情和孩子他妈说，商量着怎么办。她气坏了，说："还怎么办，不去！现在还是社会主义呢，他还以为自己是资本家，人伤还没有好就逼着人去上班。不行，我得去找他说清楚。"她就摇摆着去井口找劳工股领导，人谁爱理她，一句话说是上面领导的意思，推得一干二净。孩子他妈说："你说是哪个领导？"那意思是哪个领导说的她就去找哪个领导，人当官的谁会那么傻？不说，孩子他妈就和他吵了一架，然后又摇摆着到矿里找矿长，矿长听了后说："没这回事。"怕她不相信还带着她到矿劳工科去问个究竟。矿劳工科领导说现在不是正在搞承包吗，下面的人事安排他们不干涉，只是备案。矿长说："那也不能这样，没医院同意怎么能安排人？这通知单退回去。"这事表面看好像就这么过去了，其实没完呢，得罪了井口劳工股领导他还不报复你？你有能耐找矿长，好，等到矿长出差了我再安排，看你有能耐还是我有本事。上次安排的是去党校值班室，离家近些还有房间可以遮风避雨，这次就安排去井口看自行车，路远还露天。我说："我还没出院呢。"他看都不看我一眼："你爱去不去随便，不过我可告诉你，不报到就按旷工处理，后果嘛……你自己知道。"我一听就怕了，旷工没有工资，时间长了还要开除，差不多三十年的工龄一笔勾销不算，以后的劳保也没有，那我不是亏本大了。我越想越怕，连医院都不敢回就去报到了。孩子他妈知道了说我胆子比老鼠还小："你就让他开除看看，我不信共产党就不管我们小老百姓死活。"她去找矿长，人家出差学习要半个多月才回来呢，再找别的领导，都说不敢做主。我不听孩子他妈的，拿我的劳保做赌注这风险太大了，我还是先去上班。我架着两支拐杖到井口去，我出事后孩子他妈就把自行车卖了，一是因为缺钱用，二是那自行车放在那老二会拿去骑，他妈怕他再出什么事，三是看到那自行车她心里难受，本来想让我省事的，没想到却让我出事。以前我走到井口得半个多小时，现在得花更多点时间，架拐杖走习惯了本来不会慢多少，但总是不方便，走一会儿得歇一会儿。看自行车是露天，还三班倒，几百辆自行车先管下班的收牌子发钥匙，后管上班的收钥匙发牌子，忙得我头昏脑涨，打发完人后得去整理自行车，上班的人为了抢时间，自行车是看到空位就放，横七竖八的，不整理好下一交接班的人上班没地方放车子。要做事我架着拐杖不方便，就把拐杖放一边，开始还没感觉，后来就觉得脚伤口的地方胀、痛、麻，我只好一只脚站。已经是冬天了，晚班时在露天里冷得我够呛，旁边机房里的人就喊我到机房里避风。别人值班是家里到点了送热饭菜来，我不想他们娘儿太辛苦就自己带饭来，虽然用的保温饭盒可放了三四个小时也没多少温度了，我就用热水泡来吃。孩子他妈等到矿长回来又去找，矿长说："既然已经上班了那就先上着吧，如果吃不消就说一声。"人到底是当大领导的，不像劳工股小人得志，好拿鸡毛当令箭弄权使坏。我知道矿长的意思，矿长管干部，干部管我们工人，矿长怕再越级干涉会影响干部工作的积极性，我不想给领导添麻烦我就说没事。能没事吗？干了不到三个月我的伤口植上的皮就像长痱子似的起红点，接着就整块溃疡，到医院去林医生又让我住院，准备给我做第二次植皮手术，这回劳工股才没有话说。

3

孩子开始做生意时打出三个月加工费收半价的优惠，开始是担心没生意，可没想到人还挺喜欢机器织的毛衣，都来定，我第一次植皮他们要照顾我，定的衣服都积压在那，后来我要上班没法帮忙，他们娘三个既要招呼顾客还要做生意做家务，忙得团团转，但都高兴。干了一个月后结账，居然赚了差不多两百块，激动呀，如果不是半价，那应该有四五百块钱，他们娘三个想想就觉得搞优惠吃亏了，想提价，我坚决不同意。虽然我们当初说半价也只是在口头上说说，并不像人大红纸写在那有底可查，但做生意讲究的是本分，说了三个月就得三个月，不能失信。"说出来的话放出去的屁，是香是臭都得认，赖不了。"我这么说他们娘三个虽然不高兴但也没有把价钱提上来。两个多月后是春节，订衣服的人更多了，我们忙得连年货都没有准备，卫生也是到了大年三十吃过年夜饭才应付着清扫了一下，初一休息了一天，初二就有人上门来订衣服，孩子他妈不答应，说老家规矩春节里不兴动剪刀什么的，要避讳，要等到正月十五以后再开工。孩子笑他妈老封建，不理他妈，接了活就开工。不过节后生意少了许多，一是过节把人的钱都花得差不多了，二是天气要开始转暖，人要准备也是准备夏天的衣服。

三个月优惠到期了，他们娘三个又要提价，我还是不同意。我说："现在生意都已经少了，再提价就更没人来了，要提也等到以后再提。"老大说："说好了三个月优惠的，这时候不提以后提就没有说法了。"我说："没说法就不提了，一块五一件也不错了，一个月挣得比工人还多。"老二说："凭什么呀，人家一天十几件手工还没我们做得细都收三块，我们干嘛不能收三块呀？"我说老二："人家是人家，你干嘛什么都要跟人家比？"老二说："我怎么就不能跟人家比了？我就不爱看你这样，老觉得自己低人一等似的。自己都瞧不起自己了你还怎么让人瞧得上你呀。"这话把我给气的，我桌子一拍就要发火，老二才不怕我呢，他故意斜着眼看我。孩子他妈赶紧骂他，让他少说两句，又对我说："这事是孩子找的事，他以后靠这吃饭呢，提价不提价我们就不用管了吧，让孩子自己拿主意。"听听，她这什么话。我更生气了："怎么啦！把他们养大了，翅膀硬了，嫌我碍事了？今天这事我还就非管不可了。不行提！"邻居听到我们吵起来都赶来劝："做生意就要念生意经，现在生意好一个月赚三四百，那生意不好的时候就不要考虑了？自己做生意没劳保，以后养老的钱、看病的钱、讨媳妇的钱、养孩子的钱，还不都得往里算。这些远的不说，说近的吧，你看这机器一根针就得一块钱，这机器上下合起来两百根针，这些都是换下来的吧，才多长时间就换了这一大堆了。还有机器坏了得到福州去修，这不也是钱？你不能光用加法还得算减法，看看把这些都减了还有多少钱赚，如果还有钱赚那不提价也无所谓，如果没有钱赚还不提价钱那不等于白干，那还不如在家老实待着一家人还清闲。"我听邻居分析得在理也就不吭声了。我不爱低头认错，我不吭声就等于默认同意了。

这时候一个顾客来取衣服，穿在身上挺合适，她脱下来仔细检查。一般人也会检查，看线头有没有接好免得以后散了。她没有查出散线，查出衣服缝的缝隙不平整，在那发牢骚了。我明白碰"刺"了，以前也有过，没毛病也要挑出毛病来，表面上是显得自己高贵讲究，其实就是想不付或者少付加工费。老二和她解释说毛衣不能和布比，不能用熨斗烫，所以没法平整，但越穿越服帖，她不听，说要赔她毛线钱。我就和她说好话，意思是不收加工费衣服她拿走。老二和我正斗气呢，一听我这么说就不干了，和她吵起来。开门做生意和顾客吵架，这说出去不是要影响生意？我就说老二："你自己没缝好还和人吵，不像话。"老二一听就不和她吵了，看着我冷笑，笑得我心里直发毛，我说老二："你看我干吗？怎么？说你还不行不是？"老二说："哪敢呀，是我没缝好，那就拿我这只手向她赔罪吧。"他本来就坐在那里缝纫，说完就把左手摊在缝纫机台子上右手拿起剪刀就往左手上扎下去，我的心突地就跳到喉咙上了，虽然我离他也就两米远，但就算我脚还好的时候也来不及去阻止，何况我现在一只脚……幸好有个邻居就站在他背后，见势头不对就扑上去抱住他把剪刀夺下来，老二推开邻居跳起来就往外走。

这孩子怎么敢这样？我、孩子他妈和他哥都吓得不会动了，孩子他妈最先反应过来："赶快去看住他。"我一听就赶紧追出去，我才走到门口就听到外面人在失声叫，就听到"咕咚咚"的声音响，就看到老二从楼梯上滚下来头在地上一磕，就看到他想伸手扶地起来，手一软，人就趴下去不动了。孩子得的这病，常常会走着走着突然间脚发软没力气，这会准是受了气上楼跑急了脚发软踩空人就跌下来。我三步并作两步跑过去抱住他，他脸上擦破皮，额头上破了一个口子正汩汩往外冒血，我叫他也没有反应，也不知道是谁一只手绢递过来，我抓过来就捂在老二额头上，我抱起老二就往医院跑，我跑了一会儿老二醒过来他让我把他放下来我没有答应，老二说你别跑了，你脚不行。我说我没事。老二用力推我，我发火了，我说你给我安静点行不行。正闹着邻居到值班室打电话叫的救护车到了，到医院他脑袋上缝了七针，拍片说有轻微脑震荡不过没什么大问题住院观察两天。这小祖宗，居然敢和我动刀子，我算是怕了他了。

4

到了四五月天气热了，生意也没有了。老二说想出去找事做，他妈同意，我和他哥不同意。老二从小身子就弱，力气小，脾气却不小，争强斗胜一点亏也不吃，到社会上去准比老大要摔得惨，我怕到时候出什么事就不好了。老大是担心老二出去做事会把家里这摊生意搁下。老二明白他哥的意思，他说他可以利用下班时间来帮忙，保证不耽误事。看他信心满满的，我们也不好反对，就由他去了。孩子他妈就带他去劳动服务公司，那是专门管煤矿子女安排工作的单位，就像现在的职业介绍所。经理正好是孩子他妈以前的厂长，老上级，人不错，有什么话就开门见山："我这里工作倒有不少，但都是要体力的活，你先回去，我看看找个适合孩子做的事再通知你。"过了几天，他找到孩子他妈："给孩子找了个值班室的活，先干着吧，有合适的再换。"他那说的纯粹是客套话，就这工作他还是得罪了人才争取来的，他想了一想又和孩子他妈说："不管他们提什么条件都先答应下来吧，有什么困难到时再说。"这话我听了心里就觉得不大对劲，感觉孩子出去做事不会顺利。可不，孩子他妈带孩子拿着工作介绍信到开发公司去报到，人家经理鼻子里喷气："就你这孩子能干什么呀？"孩子他妈是见惯不怪了，她低声下气赔笑脸："孩子身体不好，但心细，值班不会出差错，扫地烧水的也还做得。""会烧水我也不要。"经理转身对他边上的人说，"劳务公司把我这当什么了，随便找个残废就往我这里塞。"边上的人听了不好说什么，只能尴尬地笑。我就不知道人怎么能那么无情说出这样伤人的话来。孩子他妈伤心得哭了还在求，还让孩子给那经理下跪："求求你就当做个善事，给孩子一个机会吧。"孩子他妈也是的，找工作也不是这种找法，为一个临时工，值班，让孩子给人下跪，老二那脾气能做得到吗？老二气得把她的手用力甩开，差点没把她甩得摔倒，老二对他妈喊："你让我给他下跪？让我给这个畜生下跪？那你还不如让我去死！"老二说完就哭着跑了。年纪轻轻的遇上这样的事，这孩子可真是遭罪了。

我和孩子他妈说算了，不用去找了，就让老二和他哥一起做生意。他妈说，这生意不如预想的赚钱，还是让老二出去做点事好。她又去找领导，找矿长。矿长就把原先准备安排老二去的开发公司配件厂的厂长找来做思想工作。配件厂是私人承包，人事安排还得尊重承包人，厂长开始还是不答应。其实他也为难，开发公司是他直接上级单位，老二骂人经理是畜生，他安排老二不就是不给经理面子？他对孩子他妈说："不是我不安排，是没法安排。我这里天天跟钢铁打交道，要的是壮劳力……"孩子他妈跟他耗上了，天天去找他，他吃不消了就说："你自己看，你认为我这里什么位置适合你孩子，你说，我安排。"要无赖了呢，他明知道安排的是值班。孩子他妈也不客气："我看你厂长这个位置就很合适，我们孩子当了不会比你差。"这话……这话就算不假吧可也不能当人面这样说呀，说了不是更把路给堵死了？最后还是矿长多次协调才解决了问题。厂长同意老二去上班，我心里却犯起嘀咕，人谁没有脾气没有喜怒？和厂长吵了那么久，说了那么多得罪人的话，他对孩子能有好印象吗？孩子去他那上班他要是想报复，那还不是有的是机会，那孩子还不是得吃不了兜着走？我心里发愁可又不敢说，怕影响他情绪，我就说："先去看看吧，如果不顺心就不做。"

没想到那厂长不仅没刁难孩子还安排孩子做工具管理员："你不是在自学大学课程吗？好好学，以后用得着。"老二那会儿闲得没事就把上大学中专同学的财经课本借来看，还报名参加了中国人民大学的财经函授班，也不知道是孩子他妈说的还是厂长自己打听到的，他就说老二去值班室屈才，就安排老二到工具室，闲差一个，让老二有时间多看些书。呵，我没有想到他这么大度，我枉做一回小人了。去上班前老二和同学一起去算卦玩，算卦的说老二时运不顺，但最后会遇上贵人相助。我有点相信了，我心里念叨，但愿老二从此逢凶化吉，往后的日子一帆风顺。

5

老二第一回拿工资，他和他妈是谈妥条件要留十块钱零用。他临时工一天一块三毛五，那时还不是双休，一个月上二十六七天班就是三十五六块钱，加上物价补贴十六块五，粮食补贴三块五，奖金八块，一共六十出头，留十块也不过分。他十块钱也没自己用，花六块钱买了六尺布做了两条裤子，他自己一条他哥一条，又买了一瓶米烧酒一包烟孝敬我，再买几瓶啤酒请朋友，这十块钱也就没了。我不忍心就又偷偷给了他三块钱。老二从小就懂得持家，过年的压岁钱、平常打酱油剩的零钱，他都存着，存够了就买衣服买鞋子。这点老大就不如他，老大有点钱全花在买书上了，不是学习资料，全是闲书，什么《三侠演义》《说唐书》《绣像英烈传》《封神演义》《镜花缘》等等，几箱子，都是我以前听说书的说过的故事，他妈不喜欢孩子看这些书，趁他不注意把书全当废纸卖了，把老大伤心得一个多月不理他妈。听说现在这些书也挺值钱了，早知道就不让他妈卖了，呵呵。

老二在单位里表现不错，领导也重视，厂子里的会计准备调动工作，厂长就对老二说："你有空就和会计多交流，学学经验，他走了我就让你上。"老二去会计室玩，会计知道老二看了不少专业书，就对老二说："你那么聪明，干嘛不参加自学考试拿个证书？自学考试毕业国家承认学历，拿到证书就等于当了国家干部，还怕找不到工作。"原来那会计也是工人出身，先是"以工代干"，后来参加自学考试拿到文凭转为国家正式干部。老二一听挺来劲，回来就说想报名参加考试，好像干部的帽子就在前面等着他戴似的。他哥可不那么乐观："自学考试没人指导，所有功课都得靠自己摸，虽然说考试没及格还能再考，但十二门课程轮流，万一不凑巧，一门没考好吊在那不知道得等到什么时候才安排到补考，那一张毕业证少说得六七年才能拿到。再说了，国家统一招收的大学生统一分配，自学考试的还得单位愿意认才行，千辛万苦考出来单位不用，那工夫还不全白费。”我也同意老大说的话，我们现在连找个正式工作都没门路，哪还敢指望着弄个干部当？人越想往高爬跟头摔得越大，还是把野心收了，踏实点好，现在天凉了生意也开始有了，下班回来帮忙把衣服缝好比什么都强。不知道是我们这么一说，老二打了退堂鼓，还是过了没多久发生的一件事，让老二灰心丧气，自那以后就不再提自学考试的事了。

6

那年的冬天，看机器编织还不错，街上很快就又开了一间，用的是国产机器，成本比我们的低，又在街面上，对我们的优势就显出来了。老大一看生意不行，也寻思着到街上开店，可一问，租金都不便宜。孩子他妈单位在街上有间门面，已经出租给别人了，孩子他妈打听到租期快到了，就找到单位领导要租门面，领导不错，一口答应下来，交代底下办事的不和人续租，到期就把门面房给我们。那房子挺大间的，有二三十个平方米，不过是木板房，又正好在路口第一间，夏天太阳从早上晒到晚上，冬天门一开西北风就往里吹，房子的门面朝着马路，房间却是悬空搭建，一条臭水沟从房子底下过，得时常疏通，不然淤塞了水就会从木板缝里往上来个“水漫金山寺”。老二去找了几个同学来帮着我把房子修理了，水沟疏通了，又用木板钉了两个货架子，找个好天气把机器搬到街上，放一串鞭炮正式开张。到街上生意当然比在家里要好，老大正准备大干一场，谁想到却突然生病了，开始以为是天气变化感冒发烧，他自己到街上药店买了感冒药片吃了，又在床上休息两天，还没好利索，但他看衣服积多了就支撑着想去做，可他好像突然不会走路似的不敢迈步，他以为是生病把体力给消耗了，就手背在身后保持平衡慢慢走，刚一走，人就想要往后倒，脑袋像是被人系了什么东西似的，头朝后仰，累得他喘不过气来。我连忙过去牵住他，让他不要急，先休息好再说，但他不肯，让我把他扶到机器边上。我把他扶到机器边上，他想推机器，可没推动机器他人就趴倒在机器上，脸被机器上的针扎得一排血印，我赶紧把他扶起来让他去休息，可他突然发火了，“嗷”地叫一声，像是狼被人打了一枪似的，把我吓一跳。我还没反应过来，他又把机器的推拉杆往地上摔，然后站在那儿流眼泪。我愣在那儿看着老大，我突然明白了老大为什么那么失常了，我的心也慢慢沉了下去。虽然知道孩子得了“进行性肌营养不良”，但我们一直在给孩子用药，孩子的病发展得很慢，我们还以为已经控制住病情了，可哪想到……我叹了一口气对老大说：“既然事情已经到了这样，难过生气也没有用，看开点，能做就做，不能做就不做，只要开心就好。”

老大伤心了一会儿以后什么也没有说，他懂事，知道再生气也没有用，日子一样还得过。不管老大怎么再装作没事，但一家人心里都明白，不管我们怎么努力，不管我们多不愿意承认，那病还是一天天把孩子身体往坏处拖。我心里难受，就想着多帮老大分担点事，省得他因为做不了影响情绪。以前我只管纺线，现在有时间我就帮着老大推机器，让他在一边当指挥，那些挑针、调机器什么的细活我做不来，我只管推机器，老大喊停我就站一边去，后面开领口什么的，还得他自己慢慢做。做些事我倒不怎么样，就是孩子的身体让我很担心。孩子他妈身体已经垮下来了，走路动不动就摔倒，以前她摔倒了别人扶一下，她还能起得来，现在别人很难扶得了，好几次人好心想扶她起来都没成功，最后人只好让她在地上躺着，然后跑到店里喊我去扶；以前买菜什么的都是孩子他妈在做，她嫌我买东西不会讨价还价，现在也不得不将就让我买了。不知道是不是我神经过敏，我感觉老大这一场病下来身体衰弱得非常快。老大那时二十三岁吧，但他身体比他妈二十三岁时候的身体差多了，他妈现在这样无所谓，反正年纪也大了，我可以侍候，可孩子不能啊，他那么年轻，还没说上媳妇。他这么突然发病，这个家现在又这样，要想给他说媳妇我看也不容易，那孩子以后不是还得我来养？现在还行，可我也会老，会死，那孩子可怎么办？还有老二，别看他整天没心没肺的，可我知道他比老大更禁不起打击，他脾气又坏，要是病发了我不知道他会做出什么事来。想着这些我就觉得头疼、心烦。

7

那天晚上我边抽烟边看电视，其实电视里演的是什么我根本就不知道，我心里全是那些乱七八糟的烦恼事。我突然觉得胸口闷得我喘不过上气来，好像被香烟给呛了，好像有痰，我就走到外面去吐，一边咳嗽一边吐，后来不咳嗽了，只觉得恶心，喉咙里不断有东西往外冒，我只能扶着墙“哇哇”地吐，晚上，天黑我看不见吐的是什么，但有股腥味，我觉得有点不对劲，但我没法开口，正大口大口吐着呢。孩子他妈看我在外面“哇哇”地吐，边走边说：“是不是吃了什么不新鲜的东西呀？”走到门口把路灯打开，这一看把她吓得喊救命了。我正吐血呢，前面不知道我还用手抹嘴巴，这下一脸一手一身的血，跟吸血鬼似的，把听到喊声赶过来的老二和邻居吓得半死。我心一凉，人能有多少血呀，照这样吐法不要多久就吐完了。以前听说书的说周瑜是吐血死的，我还说周瑜死得太不值了，没想到我也会到这地步，我更不值，人好歹还找诸葛亮背黑锅，我连鬼都找不着。邻居赶快用自行车把我往医院送，医生也不知怎么弄我就不吐了，医生告诉我有什么事想开点，别自己跟自己过不去。这不是废话吗，谁吃饱了撑的自己要跟自己过不去？发生那么多事你让我不担心那能成吗？唉，我就想，我这人怎么那么倒霉呀，难道真的是我老祖宗做了什么坏事，报应落到我身上了？越想越难受，越难受越想，想得我喘不过气，想得我头脑像是要爆炸，连着好些天都这样，然后我就突然吓一跳：再这么想下去了我非想成神经病不可。既然我这一辈子没指望了，那就这样吧，就算是我替老祖宗还债吧，希望孩子以后不要受苦，希望下一辈子我能过上好日子。这么一想，心里倒不那么难受了。人呀，有的时候就得自己骗自己。

8

我三次植皮手术都失败了，刚植皮时看起来好像有点好转，伤口在慢慢变小，可没过多久就不行了，伤口边上就跟长痱子似的起红点，接着就溃疡成一片，伤口就往外扩大。医院也没有什么办法，就弄些“庆大”“青霉素”什么的注射药水往伤口上倒上一两支，然后用纱布包起来，我想就这换药我还得天天跑医院，麻烦，就和医生商量，把药水纱布药棉多领一些自己回家慢慢换，开始医院没承包，答应，后来承包了就不行了，说不在医院里换就得自己掏钱买，老二为了这事没少受气。老二身体好时都是他在办这些事，为了给家里省点钱，也为了讨说法他没少和医院领导闹，最后医院烦他了就退一步，答应药费按门诊收百分之十，医院换一任领导就变一回，老二就得再闹一次，他前后跑了有十年吧，把医生都得罪光了。后来老二身体不行了我只好自己去，我这人嘴笨，也不会和人争，医院说自费我就自费。在医院里买药水纱布药棉，加了挂号费管理费，比外面买贵了要一倍，后来就托一些好心人进城时帮我到市里面药品批发部去买。唉，人生病就已经够倒霉了，为了看病弄得倾家荡产，病治好了还好，病没治好就人财两空。我这伤口拖了二十年，天天要药棉纱布药水消炎药止痛药，还有孩子看了电视报纸去邮购的药、去好心人介绍的土大夫那里买的药，把家里的那点钱全都搭进去了，为了给我治伤，孩子的病也没有再看了，老二就自己按那次联合体检时医生开的处方，买胰岛素回来自己给自己注射。他开始是让我帮他注射，让我往他细得棍子似的胳膊上扎针，我哪里下得了手，他咬咬牙就自己给自己扎。人家护士打针手起针落，那叫利落，老二不行，他挑刺似的针头慢慢往里推，他龇牙咧嘴的样，我在一边看着都觉得疼……这小子半死不活的还有这股子狠劲，真看不出来。

第十一章 会平安无事了吧

1

我不能上班，也不能一直挂在医院，矿里就给我办了提前退休手续，孩子他妈身体也不能上班，领导也给她办了病退，我们俩一起提前退休了。本来按单位福利，我退休可以安排一个孩子当工人，可单位说孩子身体不符合招工规定，没给办，说是以后给孩子转大集体工，我们也只能这么着了。

那年政策又不允许私人承包了，老二单位归到公司里去，厂长也调走了，换了一个领导，对人员进行重新配置，工具管理员的岗位要撤，老二知道要设置统计员这么一个岗位，他就找领导自我推荐，可人家根本就瞧不上他："我们有比你更好的人选。"把老二赶到值班室去，说原来就是安排他来值班的。值班室已经有两个女同志，情愿两班倒也不愿意多一个小子三班倒，说共用一床被褥不合适，老二表面没什么，但心里肯定也不好受。值班室除了值班还得扫地、烧水、洗厕所，扫地，整个厂区除了车间和办公室之外的公共面积，那单位和钢铁打交道，废铁扔得到处都是，大块点的他提不动只好用拖；烧水，里面的工人不是抡大锤就是电焊、机床，都是重体力活，喝水就多，电水壶的水烧好了没一会儿就喝完了；厕所也是旱厕所，就在厂区内，得用皮管子拖去接水冲，老式的黑橡胶皮管子二百米长，平常卷成一团放在值班室角落，要用时他不能像别人两手合抱拎走，他也用拖，拖一头走几米，回过头换另外一头拖。我说去帮他，可他不让，说他能行，孩子他妈也说让孩子自己去做，当锻炼，锻炼参加社会的经验，我想想有道理也就不去了。值班室空闲时间多，没事时他就在值班室里看书。

2

在值班室待了三个多月，领导找老二，让他去搞统计。说是统计，其实还兼了不少的活：管仓库，一个五金材料库、一个钢材库和几个半成品仓库都得管，不是光发发材料就完了，厂子小，资金有限，得根据生产进度报材料计划，不然不是把资金占用了就是耽误了生产；算工资，得每天记录每个人都干了什么活，到了月底再按记录核算工资奖金，弄差错了一准闹得鸡飞狗跳；记考勤，每天记录人有没有上班，有没有迟到早退，旷工的，记起来月底扣工资；当文书，上传下达，传达会议精神，反映职工生产积极性，得写材料；当然还要统计，计划任务多少，实际完成多少等等。原来那个出纳转行做了一个多月忙得哭起来，甘愿到车间去拉板车也不做了，又换了两三个，都手脚忙乱弄得一团糟。领导这才想起老二曾经主动要求做，心想不如让他试试，就找他了。老二接手正好是五一，工人都放假，老二自己到厂子里把仓库账目边核对边整理，用了两天，第三天整理工作分配记录，按人名装订成册子……那时国庆就放假两天，加上星期天，三天休息时间都搭进去了，第四天上班，他提早半小时到厂子里，先把自己办公室地扫了桌子擦了开水打来茶泡好，然后到门口考勤。人故意趁他不注意往车间溜，想让他错记成旷工什么的扣钱，谁喜欢被人扣钱呀，人是存心找茬呢。老二也聪明，他就堵在门口，眼睛睁得雪亮，过点后，他再一个个车间串过去复核一遍，让人没地方躲。考勤后他回办公室根据派工单让人签字领材料，然后拿了单子到仓库逐一发材料，发完材料回办公室登材料账目，然后抽空把前一天检验员的检验单子、发材料的单子、退回材料的单子一一核对，看有没有多领冒领浪费材料，再把人的工作量逐笔登记到各人的册子里……说起来好像不复杂，但材料进库出库退库都得核对数量登记账目，工分超过计划或者不足的还得去查原因，都是些琐碎事，一个粗心乱了头绪再整理起来就让人头疼，他还没法安静地做这些事，他管的事不少，公司开相关的会他都得参加，连抓计划生育的会他都得去。到了月底他更忙，计划表、统计表、工资表，做好了还得往公司供销、生产、劳工、财务等等相关单位去报，去批。那时工资还都是实发，他还要领支票到银行去取现金回来发。开始人都以为老二也是"兔子尾巴长不了"，没想到他一切都弄得有条有理——还把以前的乱七八糟的账目都抽时间整理清楚，领导要什么数据什么材料，他本子翻出来就报，当天的，当月的，当年的，去年的，增长多少，降低多少，什么都有，老二说什么"模向比较"和"纵向比较"是最基本的分析——他平时看那些书真没有白看，这下都用上了。这下不但厂领导佩服，公司领导也知道他有能力，总经理想把他要过去，厂领导还不答应了。那厂子里头大多数人都是和老二年纪差不多小年轻，开始还瞧不起老二，以为他是"混饭吃的"，后来看他做事清楚，有原则，对事不对人，就都和他成朋友了。老二喜欢和人交朋友，以前他在学校时也常有同学来我们家里玩，后来同学都考出去了，来玩的少了，现在他在单位又结识了朋友，我们家又热闹了。

3

领导重视，经常喊他开会加班，参加制定厂里的规章制度，厂长还让他着手在厂里实行计件工资，制定各种奖励和处罚，鼓励工人多干活挣钱，完不成任务的扣钱。他成了大忙人，我既高兴又烦恼。高兴的是他干得好，得到领导和同事的器重和信任，以后就有前途；烦恼是他时间都让单位占了，家里的事——不，家里的事他也没耽误。他刚走马上任的时候是五月，家里的活不多，他还轻松点。到了九月十月，家里的生意多起来了，他的时间就不够用了。不过就算是加班，他回来也把衣服都缝好，经常忙到夜里十二点多，最迟的一次是到了早晨三点多，睡不了几个小时就起床去上班了。他自己是考勤不能迟到，每天还都要早到。我是担心家里的事会影响他，会把他身体拖垮，可那缝纫除了他，别人谁也帮不上。哪想到他看起来弱不禁风的，居然天天精神十足，没有一点抱怨。人就是这样，只要有事做，生活就好像有了盼头，累一点也没关系，心情一样舒畅愉快。

4

转眼就到了1990年，知道我的脚一直没好，孩子的外婆、舅、姨，就说让我到上海去，他们帮我联系上海的医院，希望能治好我的脚。我不想去，一是不想给他们添麻烦，他们对我们真是没话说，我们家里的东西，冰箱、彩电、洗衣机，都是他们凑钱添置的，孩子要做事，老大的编织机，后来老二的电脑，也都是他们资助的，老大开始做生意的时候为了让我们多招揽生意，他们还去批发了绒线几百斤寄过来，后来寄费涨高了不合算了才不寄了。二是我这脚要治，恐怕时间不会短，我们不在家——孩子他妈也二十年没回过老家了，也要回去看看父母——孩子要做生意要上班还要持家做家务，能吃得消吗？三是我们正在申请新房子，煤矿在街上附近建了两栋房子，我们想搬得近点好照顾生意，但因为地段好，申请的人多得要打架，分配方案贴出来几次都没通过，拖了大半年了还没分下来，我怕万一我们走了就分不到了。孩子他妈说这些事都比不上给我治伤：“孩子都已经是大人了，有什么不放心的？也该让他们自己当家了，难道要我们操心一辈子？”孩子舅舅他们也写信来劝，说他们是远水救不了近火，这个家以后还得靠我撑着，治好了脚以后做事也轻松。我想也是，早几年我住院，老大还能照顾我，现在他身体垮了，连编织都得我帮忙，孩子他妈以前还能上班，现在走路都困难，以后我有什么事是指望不上他们了，还是趁现在把我自己顾好了再说，我就同意了。六月去的，赶在学生放假前，免得车挤，老二的朋友一大群，男男女女的送我们去，孩子他妈也是他朋友背上车，其他人从不同的车厢里散开一节一节找座位，那时火车人多得座位底下都有人躺，要找个位子不容易，总算人多力量大，找了一个座位给孩子他妈坐，边上的人是到江西的，也是好人，看我脚有伤，就和我轮流坐，还没下车就把座位让给我。

到了上海，孩子他舅舅来接，他知道我们不方便所以进站台来接，可是和我们一起坐车的人又好心帮忙把我们送出车站了。车站人多得跟蚂蚁似的，我们和孩子舅舅互相没看见，我出了车站见不着孩子舅舅就急了：“是不是老二电报拍错了？”孩子他妈说不可能，说可能人多一时找不着，要多等等，我说不能等，你身体不好走路慢，磨磨蹭蹭的耽误了班车就麻烦了。我就搀扶着她走了。从车站到她家，一路上要换三趟车一趟轮渡，都是我抱着拽着硬把她弄上去弄下来，可把我给累坏了。我们到家时孩子舅舅他们正在着急呢。在站台上没见着我们，出了站台也找不着我们，他想会不会我们走错站台，又跑了几个出口去找，也找不着，没办法他只好回来了。他特意找了熟悉的司机开车去的，所以反而比我们早到家。看我们没事大家才松了一口气，怨我性子急。

第十二章 天哪！你放过我吧

1

孩子舅舅带我跑了几家医院，可是医生打开我伤口的绷带一看，都摇头说不行，除非截肢。我一听就不乐意了，要截肢我还大老远地跑这来干吗呀？后来孩子的大姨托人找老中医治，老中医说慢慢调理兴许能有效果，他们就轮流陪我去看老中医。别说那老中医的祖传秘方还真管用，我的伤口慢慢缩小了，肉的颜色也好看一些了。可调理的时间太长了，出门都快半年了，天气也开始变冷了，孩子要生活要做生意，忙得过来吗？老二是常常写信来汇报家里的事，说领导照顾，房子分到手了，还是那两栋楼位置最好的，楼下头一间，光线充足。他问我怎么样了，听说伤口有好转就让我不要急，慢慢治，没治好就不要回来，还说难得没人管，他日子过得舒坦着呢。这小没良心的！我能不急吗？孩子他妈也着急，她的意思是她先回去，我在这慢慢治，我说你回去不是更添乱，孩子还得照顾你，要回去就一块回去。孩子外婆他们都急了，不让走，他舅舅还写信告诉孩子，让孩子劝我。孩子听了也急了，写信来说不就是怕耽误生意吗？他说不要紧，他不做统计了，回值班室去了，有时间帮忙了，让我别急着回来。孩子他妈收到信后觉得出问题了，我也有这感觉。老二的性格古怪，做事凭兴趣，他觉得不正确的就会向领导提出来，还会和领导理论。领导有时候碰上我就和我说，你家那孩子呀，脾气够呛。边说边苦笑着摇头。我和老二说了好多次，让他好好做事不要和领导争长论短，可他说他拿的是公家的钱不是领导的钱，领导决策错了不纠正，那不是害了企业，厂子效益不好了，工人不都要跟着受苦？他大道理一大堆，我也没话说，但心里总在担心，领导是那么好得罪的？他要是不喜欢你，觉得你碍事，那还不一脚把你踢到老远？什么拿公家的钱，公家谁说了算？还不是领导说了算。他们刚从学校出来的孩子就是这样，觉得自己是国家的栋梁社会的主人，什么要为理想奋斗，拳打脚踢的，以为自己能耐着呢，哪知道社会的险恶？收到信我们反而更待不下去了，说什么也要回去。他舅舅没法，只好去买了火车票送我们走，孩子外婆让买两张卧铺，让我们舒服点，可是车票难买，只买到一张，我也让孩子舅舅退了，从起点站出来有位置坐就行了，哪那么多讲究浪费钱。

到家是晚上十一点多，老二和一帮朋友来接，晚上没班车，就雇了一辆面包车回去。到了新房子一看，收拾得挺好，邻居告诉我是老二和一帮小青年打扫整理，弄了部车子把家具也的搬来，邻居直夸我有福气呢。孩子他妈也得意了，说我："一天到晚瞎操什么心哪，别以为没你就不行。"我赶紧点头说："那是那是。"这房子位置真不错，门口还有块空地，我有时间就整理整理，种些花草。孩子他妈的意思是种点菜，我说不行，怎么这也是公共地块，种花草人没意见，种菜难保人没意见，又值不了几个钱，弄出意见就不好了。

2

老二确实是和领导闹矛盾挨整了。老二看报纸知道国家要整顿小煤窑，而他们的产品主要客户就是小煤窑。所以老二建议把产品小批量生产，万一销路不畅，材料留在那还好转变生产别的。可领导不同意，说材料留在那还是材料，产品留在那就是成绩。老二说产品留在那如果卖不掉就成废品，资金还全部沉淀在里面，厂子将来转变生产就困难了，没生产工人的收入不是也要受影响？国营企业领导哪管这些呀，他完成生产任务有成绩就可以另谋高就了。老二说他太自私，两人就闹矛盾了。领导看他不顺眼，要赶他去值班室。老二才不怕，他找公司总经理反映情况，总经理说：“这事我怎么不知道？他没有权力撤换车间骨干。你先干着，这事等到主管你们单位的经理出差回来后再说。”但是他领导哪里等得住，天天就逼着老二交账目交钥匙，老二和他斗得正紧张呢，就接到我们的信说要回来，他急了，就把钥匙账目交出去，去值班室了。写信来说他现在有时间了可以帮忙家里做生意了，让我放心治。老二移交出去的工作分摊下去用了三个人来做，领导还报材料说是精简人员呢，真是打着灯笼说瞎话，不害臊，还给老二罗列了十宗罪，什么“给别人考勤不给自己考勤”，什么“自由放任车间技术人员流失”，什么“不服从领导安排”等等，真是笑话。老二每天都比别人早到，考勤表上没他的名字也成了罪了？按说应该别人给他考勤、监督他有没有迟到早退才对，没听说自己给自己考勤的，再说了，他考勤一年多了，每到月底他都要把考勤记录拿给你领导签字，你领导觉得不对早应该说出来，哦，一年多了你现在才说，那要我说还是你领导失职才对。平时和老二关系好的工人跑到外地去打工，这也成了老二的错了？难道要老二用裤腰带把人绑了，不让人走？再说了，要是你领导听老二地劝，别把材料都浪费了，工人都有活干，人用得着跑到外面去打工、用得着想办法调走吗？老二是和你领导闹矛盾了，那是另一码事，他工作不照样应该干啥就干啥？你领导错误决定，把资金都沉淀了，没钱发工资，你领导自己不出面，还不都是我们老二到总经理办公室去找总经理，从别的单位借钱来先发工资的？唉，人要整人真是什么话都敢说，放古代这样的领导就是秦桧一类的奸臣。也听说主管经理回来后也很生气，拍着桌子狠狠训了领导一顿，但为了不影响领导的威信，也不恢复老二的工作。我觉得对不起老二，如果不是为了让我放心，他不至于放弃。老二说这一切大概都是天意。他说就算等到主管经理回来做主，不去值班室，天天让领导挑鼻子挑眼的，也没有意思。话虽然这样说，但看他那灰心丧气的样子，活像斗败的大公鸡，蔫头耷脑的。

3

我们回来对老二确实是个不小的打击，我们不在家的日子，老大在店里忙，老二下班除了做家务，还得帮他哥做生意，还得抽出时间去城里采购绒线。邻居说半夜一两点还听到老二在踩缝纫机，早晨不到六点就又听到他在厨房里忙活，都吃惊，想不到他瘦瘦的身体居然有这能耐，谁想到他是硬撑的。事情多，耗体力不算，得罪领导被赶到值班室，他精神上的压力更大，我们一回来他就崩溃了，连着发高烧，他要请假领导还不准，我要去替他上班他又不答应，他支撑着去上班，最后病倒了，躺在床上一动不动，一动就感觉天旋地转摔倒在地。等到他病好了问题也出来了，他身体终于垮掉了。他走路左脚不能像正常人那样屈膝前伸，他脚抬起来，脚尖就不受控制地朝下垂，走路的姿势也变了，好像随时要往前扑倒似的，他只好双手背后面，左脚踢什么东西似的往前踢着走，他原来左右手都会打算盘，在单位做事，他左手打算盘右手记账，又快又省事，现在他左手也伸不直了，鸡爪似的缩着……唉，真是祸不单行，老二整个人一下子变了，整天绷着脸和谁也不说话。他对我们生气，我能理解，我们真的太没有考虑他了，我们提前回来不算，还又买了台机器。

4

再买一台机器是老大的主意，他妈同意我也没反对，事前也没有和老二说。看到新机器老二气得不行，说一台机器已经让一家人忙成这样了，再买一台谁做？他哥说不用你操心，我会做。老二说你别吹牛了，你现在一台都还要老爸帮忙，还再来一台，你行吗？他妈说你哥忙不过来就我来做。老二说你做？你有这本事吗？他妈急了，骂他不会说人话。我开始没吱声，其实买这机子的时候就是想让他做的，这时候都知道他在气头上，谁敢说让他做？也不好意思说。这事我们做得的确不地道，有点逼他上梁山的意思。老二聪明，既然我们不点破他自己点："这机器是为我准备的吧？告诉你们别做梦，趁早死了心，这台机子我死也不会碰！"他话说得那么难听，他妈也气坏了："别以为没你这地球就不转了。"我也听不下去了就说："自己家人的事你能帮就帮不能帮就不帮……"老二打断我："什么帮不帮的，别说那么好听，我没那么大的头不敢戴那么大的帽子。想我死就直接拿把刀杀了我好了，用不着拐弯抹角。"说的是什么混账话！气得我都想给他一个耳刮子。可机子不该买也买了，总不能把这五千多块钱当废铁扔了吧？老大只好自己试试，可是机器安装好了他连一下也推不动。这台也是日本"兄弟"牌的，不过织的是粗绒线，摩擦力大，推起来很费力。看他不行，他妈也想试，她更不行了，还没推动人就差点摔倒。我倒是想帮帮忙，但我笨手笨脚的，只能做些粗活，这台机器店里放不下只能放家里，让老大到家里指点我那店里怎么办？老大也没法指点，这台机子比那台要宽、高、大，就算我推，让他做后面那些细活，他也对付不了。我愁啊，愁得晚上睡不着觉，听到隔壁老二房间里有动静，我就起来去看，哪想到老二一个人坐在那喝闷酒呢。白酒，也不用下酒菜，喝水似的大口喝，喝完了就把酒瓶往橱柜里塞，然后一头倒在床上。这小子什么时候成酒鬼了？我本来想进去说他几句，但一想又忍住了。看来是他这段时间接二连三遇事不顺心，心里不痛快，睡不着，只好用酒来麻醉自己了。我去说他，搞不好他发酒疯和我吵架呢，半夜三更的，还是算了。第二天上街我特意去买了瓶“十全大补酒”放他橱柜里，把那瓶烧酒换了。我想同样是喝，与其喝烧酒伤身不如喝药酒，多少还能滋补不是。哪想到第三天他就不声不响地弄起编织机了。一瓶药酒就能让他改变主意？早知道他要求那么低我早买给他喝了，也不用一家人烦恼那么久，呵呵。想想也有点后怕，老二如果还在做统计，还经常加班，那就算他心甘情愿做这台机器，那他就不用睡觉了，那还不把他给累死？就算他去了值班室，如果他狠下心来不做，那这台机器不是也等于废铁一堆？看来什么事都有天数……唉，想想我们也是欠考虑，总是逼他做他不愿意做的事，委屈他了。

5

年底的时候他的领导换了。新领导知道他受了委屈，对他比较宽容，白天值班的时候他没事可以回家帮忙做事，工人下班之前赶回去就行。单位里厕所也拆了建厂房，值班主要是扫地烧水。可老二是心高气傲的人，他不甘心一辈子值班，于是又想起自学考试的事。第二年夏天，他就进城去报名，选的是会计专业，厦门大学，和他亲老子同一所学校。自学考试一年考两次，一次在四月份一次在十月份。家里生意一般是秋天到第二年春天，夏天没什么事，他想早点拿毕业证又不想耽误生意，于是四月份的时候考一门两门，十月份的时候考三门四门，一有时间就拿着书看。那么厚的书又没人指导说重点，学起来也不容易，好在他脑袋瓜子好用，能学进去。就是去考试对他来说不容易，得进城，那会儿班车还是一小时一班，车一来人都抢着上，装罐头似的塞得车门都关不上，哪像现在十分钟一班，不是高峰期的时候还放空车。老二那体格能跟人抢？没座位只能站。人挤人，车在山路上晃荡，人身体好平衡能力好，晃荡一下腰用力就站住了，老二不行，晃荡一下就往人身上扑，边上是男的还好，如果是女的还不当他耍流氓？他也不好意思，就赶最早的班车进城，考试八点半他六点就走，图的是有个位子坐。到了考场，学校看门的大爷还不让他进去，人不相信他是来考试的，直到老二准考证拿出来。他看起来也不像是考试的，人来考试的都穿得整整齐齐，夹个皮包什么的，抬头挺胸，多有风度，老二就拎个布袋子，一瘸一拐的，埋头走路，怎么看都不像做学问的。下午考试结束时正好是末班车的时间，考场门口就有个停车点。身体好的人出了考场正好上车，老二不行，他至少得提前半个小时出来，走到公交公司里去坐位子，搞得他紧张地一直看手表，就怕回不来。老二运气好，他排科目基本不漏。考试办的老师也热心，他报的科目的书都给他留着。他交的一个“考友”也常常替他去拿课本，他用三年半就把毕业证拿到手了，平均分达到 76 分，是市里第一个参加自学考试拿到大专毕业证的残疾考生。考试办的老师把他作为典型报送到省里去评奖，还不错，拿到了“励志成才”奖，奖金一千元。他本来还想一鼓作气参加本科考试，但他身体越来越差，考场在六层楼七层楼，他爬半天上去坐在那两眼直冒金星。上下车也更不方便，他抓住车门用力蹬腿上去，常常小腿撞在车踏板上，乌青一块，走路更困难了。他上车时我常陪着去，有时候他上不去我就从后面托他一把，可我不能陪他到城里去，家里还有两个也得我照顾，他只好放弃了。

6

老二一门心思想证明自己，可就像老大说的，就算你是千里马也得有伯乐才行。老二确实有点经营管理的能力。他们厂的产品果然像他判断的受政策的影响没了销路，那年做的产品卖了六七年也没有卖完，产品多得没地方放，露天摆着，风吹雨淋太阳晒，都是铁家伙，还能不生锈吗？又得时常油漆，免得烂了。工人也没有活干，三天打鱼两天晒网的连工资都拿不全。不少人闲不住都跑外地打工去了，基本上就剩下一些女工因为舍不得丢掉正式工的身份只好混着。本来领导就应该根据这件事证明老二的能力，检讨自己的错误，可人家没有。

7

单位里总算是有了转大集体工的机会，老二的工作年限过了三年的要求，也在重要岗位做了两年多，符合转的条件。但我们还是有点担心，我退休那会儿矿长保证将来给老二名额转大集体工的，可这会儿他调走了，原来对老二有好感的公司总经理也调走了。我们只好找公司里参加讨论的熟悉人打听消息，人都说名单上有老二的名字，还说："别说你们家孩子符合条件，就是不符合，根据你们家情况也应该照顾，俩孩子总得安排一个吧。"我们心里也就踏实了。可谁知道别人都开始填表了我们还没接到通知，老二就问厂领导，厂领导说公司没通知让他找公司，他找公司经理，经理说找劳工股，劳工股说是矿里劳工科的事，劳工科说他们管的是全民工不管大集体工，老二回头再找经理，经理的话就变了："你是犯了错误的，单位没开除你就已经不错了，你还要转大集体？"这经理和给老二小鞋穿的那领导正好是老乡，人是合起来报复呢。也真够缺德的了，事情过那么久，我们不计较他们倒还不放过。为企业负责反倒犯错误了，冤不冤呀，老二怎么肯服气，和经理理论起来，可谁理他呀，他想想不行："我就不信没有我说理的地方。"他这话人一听就知道要去找矿长，他前脚走人家电话马上就打到矿里去。他到矿机关，矿长的办公室门关着，他听到里面有说话声，于是他就站在外面等，终于等到矿长开门，他赶紧上前，哪想到矿长看到是他，两手在他肩膀上用力一推："你的事别找我，我管不着。"想把老二推出去好关门，老二生病后身体已经很差了，哪经得起他推呀，幸好老二反应还算机灵，赶紧伸手抓住门框，这才没摔倒。老二也火了："你这人怎么这样呀，你不是矿长我还用得着找你吗？"矿长看自己这动作有点过了心也有点虚，就停下来听老二说，然后对老二说："这事情你还得找你们单位，我们不好插手。"老二明白这是官场的游戏规则，官官相护，矿长没必要为了不相干的人去做什么裁判。

老二失望地回来，我和孩子他妈都气不过，要去找经理，孩子不让，他说根本就没有用。我说："不管有没有用我们当父母的总得去试试。"我就搀扶着孩子他妈去了。孩子他妈现在身体非常差，平时手拄着拐杖在家里走都还会摔倒，已经有阵子没出门了，这回我不让她去但她非要去，她说我嘴笨不会说话她不放心。我就小心地扶着她慢慢到办公室，经理早从窗口看见我们了，他赶紧把窗帘拉起来，门关起来，让我们以为他不在。可他不该抽烟哪，烟从门缝底下往外冒，我和孩子他妈敲门他不应，孩子他妈说："开门吧，我知道你在里面，今天见不到你我们不会走。"他知道躲不过就开门了，我们开始是赔笑脸好言相求，什么好听的话都说了，可没一点用，孩子他妈说着说着就忍不住伤心，哭了，鼻涕眼泪流得满脸都是，她手不方便不好擦，我就拿手帕给她擦，经理不耐烦了，赶我们走："再不走我叫公安来把你们抓走。"我一听就傻了，公安可是抓坏人的呀，我一辈子安分守己，长这么大岁数了什么坏事也没做过，今天居然为了孩子的事要被人抓了？我桌子一拍："抓我？你抓吧，我今天也开开眼，看看你怎么抓。"他还真的打电话把公安叫来了。我们两口子伤的伤，残的残，又没有犯事，人公安怎么敢抓？只好给经理咬耳朵，意思是这事不成。经理本来还挺嚣张的，以为可以把我们两口子送去坐班房，看这回出丑了，赶紧溜了。他不溜我们也不打算再求他了，这样铁石心肠的人怎么求也没用。唉，也不知就他这素质怎么还给他混上经理了，如果再给他大点的官，不知还怎么胡作非为呢。

8

我们这事成了矿里的新闻了，谁听了都说这事当官的做得太不地道了。可人心黑呀，反而认为是我们给他们找了难堪，存心要报复。我和孩子他妈退休，老大是自谋职业，麻烦找不到我们头上，就只有找老二麻烦了。给他调动工作，说得多好听呀："你是残疾人，值班不合适，万一遇上小偷偷东西被你发现，人还不杀人灭口？"把他从配件厂值班室调出来到竹片厂当统计，看起来是不错，其实是给他出了一道难题。竹片厂里面清一色的大妈，他一个小子去算哪门子的事呀，更何况那些大妈是出了名的难对付，为了一分钱可以打得头破血流。人还以为他会拒绝去呢，哪想到老二经过了那么多的事，早无所谓，二话没说就去报到了。这出乎他们的意料，不过他们哪肯善罢甘休呀，没过一个月就找老二，说是每个月只给他六十块钱，其他什么奖金、福利一概不享受。那会儿正遇上物价飞涨，一斤大米从三角六分涨到一块二，还要排队抢购，做工的工资也提高，那时小集体工资有差不多一百块，更大一块是奖金，季度奖、半年奖、年终奖什么的加在一块比一年的工资还多一两倍甚至两三倍，逢年过节的还发一些生活福利，那不都是钱？抛开这些物质的不说，给他一个人这特殊待遇，还不是想羞辱他，让他知耻而后退？老二问为什么，人假惺惺地说："搞企业也不容易，要采取各种措施开源节流，不然就经营不下去。就这还是考虑你家困难领导照顾你。"老二说："哦，那么大一个公司，原来就靠我那点钱支撑？"人听了挂不住了，撕开脸说："你要干就干，不干就走！"老二说："干！怎么不干？不干不是对不起领导的'照顾'。"

回来和我们说了，我们都难受，老二从回来就躲在房间里哭，我边抽烟边叹气，越想越生气，胸口都要炸了似的，我忍不住跳起来走到门口骂："丧尽天良的，事情做得那么绝也不怕报应。看我们家老实就可劲的欺负，算什么本事，你真有本事去找几个厉害的欺负……”我越骂越激动，想想我这一生，想想这个家经历的那么多事，我忍不住就指天骂地，骂老天爷瞎眼了，我越骂越伤心，忍不住就号啕大哭了起来，我从小到大就没有这样哭过，还当着那么多的人的面哭——我们家就在路口。我这一骂把路人都招来看热闹了。人都在劝我，问我怎么回事，我就把事情一五一十地说给人听。我这正说着，就听到孩子他妈喊救命，那声音和二十几年前的一样，像被人割断喉咙的鸭子叫，听得我一个激灵怔在那不会动了。老大在店里，家里就三个人……我感觉天正往下塌，地也在陷落，我想跑又不敢跑，就怕一跑真的就陷下去了。我心里说这不是真的，我一定是听错了。本来围在我身边的人都跑到门口去，我听到邻居在屋子里喊我，我心空荡荡地往里走，我看见孩子抱着床架子不放手，邻居正在拉他，我觉得奇怪，他不是活得好好的吗？他抱床架子干吗？他哪来的力气连邻居都拉不开他？孩子他妈看到我就指着地上流着眼泪“呀呀”说不出话。地上有米粒……我们家米放在厨房，客厅里怎么会有米？这……不是米粒，是我买的毒耗子的药呀！我的天，这不是我杀了孩子吗？我一下子醒悟过来，我用力跳起来拍大腿：“老天爷呀，我造孽呀。”我用头去撞墙，“老天爷呀，求你放过孩子吧，你要我怎么样都行，我再也不敢骂你了，你要我怎么样都行，求求你放过孩子吧……”邻居终于把孩子拉出来了，我和邻居一起紧紧抱着他坐三轮车去医院，灌肠洗胃吃泻药，折腾得孩子连站都站不住了。

9

我彻底认命了，我们这样的家庭谁都瞧不起，好像我们存在着就是让人随心所欲地拿捏的，让人取乐的，连老天爷都一点不怜悯，我想这还是我爷爷说的老祖宗做了坏事报应在我们身上了。以前我还想着孩子能结婚生孩子传宗接代，现在看来是没指望了，我爷爷说的“断子绝孙”，也应验在我身上了。老二出生后他爷爷不是也说他会给家人带来灾祸的话吗？也搞不清楚是我的老祖宗做了什么十恶不赦的大罪还是他老祖宗做的，我们这一世再不报以后就没地方报了，所以我身上这报应才这么凶狠吧？往后我们还是夹着尾巴老实做人吧，就当是替老祖宗赎罪。想想也没法解释为什么我们这样的人还能凑成一个家，只怕天底下再也找不出第二家来了吧，还真算得上是人间奇缘。唉，反正事情已经坏到不能再坏了，也不要再去想那么多了，只要一家人开开心心过日子，把这一辈子的情缘了了，也算是不枉人世间走这么一趟。这么自己安慰自己心里慢慢就舒坦些，人也就不那么郁闷了。

第十三章
过一天算一天吧

1

老二出院后休息两天还是到竹片厂去上班了。人都爱幻想，我们都还希望将来有一天孩子能转大集体，以后老了可以有劳保，生活多少有点保障。竹片厂那些大妈倒没有给他出难题，都是当妈的人，有儿有女，人设身处地想一想，反倒对孩子有同情心，让他待家里帮忙做生意，有事她们上门来喊他。老二也就有事去一下，没事待在家里做生意、看书。他越来越不爱和人来往了，总觉得人会笑话他。他以前多活泼的一个人呀，现在却变成这样，都是这该死的病造成的，现在医学不是发达吗？连“克隆”都出来了，怎么就没能仔细研究怎么治这病呢？

老大的身体越来越差了，以前我帮着他一天还能织五六件，现在一天顶多织三四件。他走路也越来越困难了。自从我们搬家以后，因为离得近，以前到了做饭时间我回去做饭，做好了我到店里换他自己回去吃饭，现在不行，得我陪着他回来，不然他就可能在半道上摔倒。以前门口台阶他可以跨上去，后来就要靠着墙才能上去，再后来得用椅子放在门口他坐上去。刚开始做生意的时候我最轻闲，除了纺线就没我什么事了，家务孩子他妈可以慢慢磨着做，编织是老大，缝纫是老二，现在我的时间倒不够用了，买菜洗衣做饭纺线编织，还得一天三趟陪老大来回，家里店里走马灯似的来回跑。问我什么感觉？我这是没办法的感觉，他们不能做了我也不做，这日子还要不要过了？我怎么不难受，我难受，可他们也不好受，起码我还自由，能自己动自己做，他们却不能，他们也不是好吃懒做的人，他们那么辛苦支撑着，还不是想给我减轻点负担，我还能怎么样？

2

竹片厂生产的竹片是井下采煤用的，1994 年归并到原煤，分到供应股。老二也算是遇到贵人了，井口从主任到股长，都没有因为他残疾瞧不起他，人反而佩服他，说他自强不息，是人才，让他当文书，和那些正式工文书一样拿系数奖金，1.2 倍，比工人还多。虽然是临时工他工资奖金加起来也有三百来块钱，比我退休工资都多。他成了我们家收入最高的了。他毕业证拿到的时候，矿领导和他原来公司领导已经换人了，都给他发了奖金，领导还来家里慰问。煤矿现在的形势和以前不同了，说是资源枯竭，人员只出不进，不招工了，为将来关闭做准备。领导想给孩子安排到外地联营企业去做事，待遇按聘用，比临时工要好多了，可我们拒绝了。如果早些年我们会很高兴也可能会让孩子去，可现在孩子身体一天不如一天，他一个人到外地去生活，我们怎么放心得下。人的想法会改变的，以前我们还巴望着孩子当工人转大集体，现在时代变了，铁饭碗打破了，用工形式多样化，孩子身体也不行了，我们只希望病情慢点发展。可老天不愿意。

到了 1995 年，老大走路更困难了。他脊椎变形得很厉害，走路手背在后面，脖子朝后仰，那怎么看得见路呀，不但看不见路，连气都喘不过来。他只能走两步停一下，看看前面的路，然后再走。从店里到家里短短一段路，一般人走不要五分钟，他得走半个多小时还老摔倒，他来去我都得陪着。正好街道改造，他租的店面也要拆，如果愿意可以交十万块钱盖楼房，有五十年的使用权。三层楼，说起来不算贵，可一来我们拿不出这笔钱；二来老大身体这样了再开店也不行；三来编织生意也不如以前好了，街上店里、地摊上卖的成品衣服多的是，人厂家是统一采购规模化生产，成本低，衣服卖得挺便宜，我们没法和人竞争。所以我们就想“收山”了，孩子的意思是借钱把地盘买下来，以后出租给别人，我和孩子他妈没有同意。这地方靠的是煤矿的人气，煤矿资源枯竭了，不招人反而一批批地把人往别的煤矿调，年轻人会读书的考出去，不会读书的就出去外地打工，人气是越来越弱了，以后煤矿再关闭，不是更没人气了？别到时房子没人租，钱也还不上，那就糟糕了。再说了，就我们这样的家庭去找人借钱，人都怕没能力还，谁愿意借？还是老实回家待着好。就这样把房子退了。老二管那叫“金盆洗手”，我说就你那手有塑料盆洗洗就不错了，别指望我买金盆。

3

生意停了以后，收入就少一块了，我看病的钱有时候就得动老本儿了。我从上海回来以后，都是自己在家换洗伤口。开始用的药是孩子舅舅从老中医那儿配的，后来老中医不在了，他的儿女没有继续行医，都下海经商去了，我只有到其他地方买药了——他们母子看到的广告、邻居朋友留心到的广告，都寄钱去买，大多是说有特殊疗效的祖传药方配制的中草药、药膏。起初一个月二三百还吃得消，后来中草药一个劲地往上涨，涨到后面一个月得五六百，再加上其他的医院里配的药、药棉、纱布、胶布，一个月怎么也得六七百，生意不做了，我和孩子他妈的退休金加上老二的工资顶多就一千一个月，要付水电费、生活费，就得动老本儿了。我这病没治好倒把孩子的养老钱都给贴进去了。我寻思着这样下去不是办法就不到外面买药了，只到医院拿点消炎药抗生素什么的，到医院拿点药多少还有公费医疗可以补贴。这公费医疗改来改去改得我都不知道怎么回事了。最早是全免，后来是收百分之十，再后来门诊自费住院免费，再后来工伤又可以免费，可没过多久每月给十一二块钱就不管了。真是什么都可以有就是别有病，尤其是这大病、慢性病，要命又破财。

孩子他妈妈和老大身体垮下来后，生活越来越不能自理了。孩子他妈在家里也老摔倒，摔倒就骨折。我就纳闷，她以前也老摔倒但都不会骨折呀。孩子他妈说自己是“贱骨头”，老二说哪儿，贱骨头经得起摔，你这是“越老越嫩”。这小子油腔滑调，跟小瘪三似的，说话从来没正经。孩子他妈摔倒了没办法躺在床上，好一点就撑着自己下床，想给我省点力。1998 年摔倒以后就再也不能走了，我就把她抱到毛竹椅子上坐好，然后拖来拖去，拖她去厨房吃饭，拖她去卫生间洗澡——我们房子没有配套的卫生间，这卫生间是杂物房改的，杂物间还是和楼上邻居换的。我们原来的杂物间在房子后面，得绕一大圈，不方便，后来和邻居商量了换了，然后从厨房里打通了！安台热水器，就当卫生间用。那热水器还是老二进城买的。他先是采购线的时候到处去挑选，第二天就只带了二百块去和老板讨价还价，结果还让老板从二百块钱里给他留出路费，这小滑头。不到二百块钱用了快二十年了，现在的热水器能有这样的质量？后来老大不会走了也是这样用毛竹椅子拖来拖去。老大身体弱得比他妈还快，但他也是一直坚持走。1997 年开始得我牵着他才能走，他头后仰着，我牵他的手，我只能倒退着走。我后脑勺没有长眼睛，有的时候我走的位置就不大对，太靠近门框了，老大就走不过去，他走路全靠身体的摇摆，身体往左侧倒，右脚在地上往前一点点蹭，身体再向右倒，左脚在地上往前一点点蹭。过不来，让他往后退那就更没门，我只好抱着他往后退。老大个头比我高，我一米六，他一米七十五，我脚上的伤有时候又会和我作对，突然一阵发麻，或者一阵酸痛，我站不稳，就抱着老大一块往后摔倒，我怕摔着他，就用手用力把他往上撑，我摔倒在地，老大再砸在我身上。有一次他的膝盖正好跪在我的伤口上，那真是疼得我老命都没了。他爬不起来，我得先坐起来，把他翻过来，把他手脚摆好，他没法在地上坐稳，我就从他后面抱着他往后拖，如果老二在家就叫他拉张椅子来，我把老大抱到椅子上。我牵他有的时候心里都在犯怵，就怕他摔倒。后来他摇摆太大了，怎么都过不了门，我就用椅子拖了。看我用椅子拖费力费事还费椅子，老二就想了个办法，托朋友进城买了几个沙发轮子，让我找了棍子做成塞子，塞在毛竹椅子腿底下的孔洞里，再把轮子用螺丝钉在塞子上，就成了活动的椅子了，还别说，省力多了。老二管我要“技术发明费”，我给他脑袋瓜子一个暴栗子。

4

都这样了还会出状况。有一次我拖孩子他妈去厨房吃饭，已经到了厨房桌子边上了，房间小，我得先把她转过来，往后拉一点才能推到桌子前面。我感觉我脚后面好像是碰到了什么东西，我就回头看，边看边往后拉，谁知道孩子他妈就在这时候身子往前伸——平时我拉的时候他们身子都是靠在椅子背上的，就怕平衡掌握不了会摔倒——她往前伸，我往后拉，她只来得及“哎”一声，就一头栽下去，她手脚不能动，就像木桩似的直直往下栽，我赶紧过去抱她起来。她和孩子不一样，两个孩子瘦得浑身上下没二两肉，她这些年不知怎么的就发福了，一身的膘，我都抱不动了，我用力抱起她往椅子上坐，没坐好，椅子反而跑了，我没后劲了。抱着她扑下去，这么摔倒下去，她屁股就坐在她小腿上，她本来已经摔得鼻青脸肿了，再这么来一下，又把她的小腿胫骨给摔断了。自从她不会走以后、到这次摔倒以前，我还每天早、中、晚，一日五次——起床、三餐后、睡前，抱她起来，她还可以扶着桌子站会儿，让血液循环一下，舒缓一会腰酸背痛，这次摔倒以后，她连站的能力也没有了，除了坐，就是躺。躺着也不让人省心，他们自己不会翻身不会动，给他们脱了衣服放倒在床上，光是整一个让他们觉得舒服点的姿势都得花上好长时间，枕头往上一点、头往左边一点、屁股往外一点、脚架高一点……摆上来拉下去，有时候我都想发火了，我就不明白就差那么一两厘米他们怎么就那么不舒服呀？想想还是叹口气忍住，如果他们能动还用得着开口吗？姿势整得好我晚上也睡得踏实一点，不然还得多起几趟床，去帮他们翻身。谁还能一个晚上保持着一个姿势一动不动的？就说孩子他妈，就是坐在那也得我把她的脚，搬过来一点、搬过去一点……找一个合适的位置放好，然后用皮带在膝盖位置扣起来，不能太松，也不能太紧——如果没有用皮带束住，她膝盖会自己向着外侧倒，导致她的股骨头像从骨盆里掉出来似的疼。

我们这房子没有配套的卫生间，附近的公厕在一个大斜坡上面，如果要把他们一个个弄到厕所里去还不把我给累死，就只有买个便桶在家里用了。便桶上口大下口小，他们自己没法控制身体重心平衡，让他们直接坐便桶上那还不得人仰马翻？也是老二的主意，用木头做了个四方形的架子，把便桶放在里面，人坐在架子上保险多了。也有意外，有一次我把老大抱到架子上坐好，我到厨房里去洗菜，没多大工夫就听到房间里面“砰”“叮当啷”“嘎吱”“扑通”一阵乱响，我菜一丢，三脚并做两脚赶到老大房间，还没打开门，一阵臭气就冲出来了，打开门，地上又是粪水又是碎玻璃，老大倒在上面。原来他坐在架子上觉得没坐好，想调整，就自己挪动，没想到失去平衡，身子一歪，一头把边上柜子的玻璃给撞碎了。碎玻璃掉一地，老大歪斜着倒在柜子上，屁股底下的架子受力不均，往一边翘，翻了，老大就摔倒在地上。我吓坏了，连忙上去抱他。老二不在家，没人帮我递椅子，我只好把老大往他床上抱。我穿拖鞋，往后退，鞋子掉了，我脚就踩碎玻璃上，我还不敢撒手。老大已经一脸、一屁股的血了，我再撒手，不把他屁股扎马蜂窝了。把老大放在床上，先把他身上的玻璃渣子清理干净，上药水止血，把地板洗干净，再把老大拖到柴火间去洗澡，最后还得把床上的席子枕头的也拿去洗，幸好是夏天，如果是冬天那不是更够呛。

5

他们的身体是越来越差，我的脚伤口也越来越大。以前吃老中医的药还能控制伤口，后来吃乱七八糟的中药，用医院里开的外用药——不是“庆大”“金霉素”就是“红霉素”，不吃中药后就吃医院开的抗生素——不是“先锋”就是“阿莫西林”，早些年还有些用处，伤口一会儿好，一会儿不好，以后大概是用得多了用得久了有抗药性，不管用了，伤口只肯扩大不肯缩小。另外血管缝合的手术不是很好，血液循环不好，整个小腿从伤口往上、往下，皮肤的颜色变得发黑，我时常会感到伤腿酸、麻、胀、痛，有时走着走着就一阵抽筋，我就只好一只脚站着等缓过来再走，止痛片开始时一天吃一片就挺好的，到了后来一天吃五片也顶不了什么事。哪种止痛片？就最便宜的那种，五块钱一瓶一百片装，应该叫“去痛片”吧，孩子说瓶子上是那么写的，我叫止痛片习惯了改不了口。血液循环不好，就会发生暴血管的事，这和下水道不通畅要冲出来一个道理。二十年里发生了好几次，第一次最轻，那天吃过晚饭收拾好碗筷，已经七点多点，我就把自己用压力锅消毒好的用饭盒装着的纱布、药棉，还有药膏胶布什么的放在一张小椅子上，坐在灯下，边看《新闻联播》边给伤口换药，换好药以后我也没有起来，还是坐在小椅子上看电视。老大突然发现离我三十几厘米的地上有一滩水渍，我用自制的盐水清洗伤口时有用盆子，不会漏，更不可能弄到三十几厘米远的地方，我们还以为是楼上洗地板了。我们房子建筑质量不太好，楼板好多裂缝，楼上洗地板我们楼下就会漏水。我还奇怪，以往楼上要洗地板都会先和我们说一声，让我们做好接水的准备，怎么今天没打招呼呢？看了半天楼板没有渗水的水渍，我就用手去摸了一下地上，晚上光线不好，在地上看起来只是一团暗颜色的水印，到了手上就看出是红色的，还明显感觉是血。我赶紧看我的伤口，奇怪，纱布没有渗血呀，我脚翻来覆去地看，没发现破口。正纳闷呢，我手背上也突然有了血，细细的一道，跟护士打针时针筒推出来的药水似的，这下老大看到了，在我脚上伤口上方有一个针眼大的小孔，细细的喷泉似的正往外喷。我赶紧用药棉去堵，可是这血渗出药棉，药棉压上去就变红，压上去就变红，好像不是止血是吸血似的。老二赶紧喊楼上邻居帮忙用三轮车把我送医院去。医生说很正常，以后还会遇上，告诉我用力将药棉压住出血的地方就行了，再在膝盖处用绳子扎紧，叫“压迫止血法”。以后我遇上这事就按医生说的方法做。最厉害的一次也是最后一次是 2005 年 12 月 31 日，时间比较特别所以我记得非常清楚，那天早上我在厨房里洗菜，那时候我脚上的伤口已经溃烂得很厉害，几乎是整圈包扎的，十五厘米宽的一圈纱布。我感觉棉鞋里有点湿，我没在意，连看都不看。我这人做事粗糙，洗菜洗得一地都是水，鞋子湿了一点不稀奇。后来我出去倒垃圾，在门口换鞋子时也没有低头看，我用手扶着墙，换了鞋子就一瘸一拐去倒垃圾，回来时发现门口有一溜的血脚印，我就觉得有些不妙，到门口一看，换下来的棉鞋还在那流血。我扶着墙低头抬脚，一看袜子都变成红袜子了，我再到厨房里一看，满地都是血印子。灶台边上我切菜时站的地方是一大摊血，我赶紧进到客厅，我坐到椅子上卷起裤脚看，纱布已经红透了。我拆开纱布，原来是包着的还好，我这一拆开，那血喷泉似的就出来了，血柱子有筷子那么粗。我一下子就发怵了，抱着脚坐在那一动不动，都忘了止血。孩子他妈坐在缝纫机前面看书，一回头看到我这样吓得又喊救命。那时孩子他妈、老大已经不能动了，老二也站不起来了，我们那两栋房子现在人少了，年轻的上班，上年纪的退休的到外地儿女家去帮忙，这会儿都没有人，孩子他妈就是喊破嗓子也没有用。老二坐着滑轮椅子从卧室里滑到门口，看到我傻愣着坐着，就大声喊醒我，让我用手卡住膝盖弯，他自己去抽屉里拿纱布找绳子。抽屉位置高，他站不起来，他只能坐在椅子上，右手扶着椅子扶手，身体向右斜着，左手向上甩，甩了几次才抓住抽屉的拉手。他拉开抽屉，又把手甩进抽屉里翻腾，抓了药棉纱布和绳子，然后脚蹬地滑出来。我连忙接过绳子扎紧膝盖弯，然后往伤口上堆药棉扎纱布。那些纱布是我平时按照伤口的比例裁剪好的，很厚，一块有八层，那都是怕伤口的溃疡把衣服被褥给弄脏了。我从老二手上抓过两块，十六层，往伤口上一放，雪白的纱布立马就像染布似的变红了。血渗出来，顺着我的手、脚往下流；再扎，还渗，也不知道扎了多少层，才把血止住。老二又滑到柜子里去拿葡萄糖，往口杯里倒了半杯，让我自己兑水喝。他和他妈商量，打电话把以前的邻居叫来。我们两口子现在信基督教了。感谢上帝，我们信了基督教以后，教会里的弟兄姐妹常常来探望，帮我们进城去买药品、春节帮我们大扫除等等。尤其是那邻居两口子，他们也信耶稣，平时我们就“弟兄姐妹”的称呼。他们两口子常来我们家帮忙做事，真跟自己家亲人似的，有事我们立刻就想到他们。可惜了，弟兄去年患癌症去了天国，姐妹今年也中风了，这情我们就这么欠着。唉，不说这些，一说我心里就堵了棉花似的难受，我还是接着往下说我自己的事吧。那天姐妹的儿子骑了一辆借来的三轮车一起来，都没法进门了，那血从我坐的位置流到门口，一大滩，他们没法下脚，只好先到厨房拿一些煤渣垫着，要送我去医院，我不去。现在医院都跟榨油机似的，我去了还不得让我住院，血已经止住了，就别费那个钱了。起先不知是血流多了还是被自己给吓了，我感觉头晕，胸闷，喝了葡萄糖水后感觉好多了。他们劝服不了我就只好算了，姐妹就让她儿子先回去，她留下来帮我煮饭、清洗地板，吃完中午饭我就让她也回去了，她和儿子媳妇一块住，也有一大家子的事要做，不能太麻烦人家。

6

流那么多血对身体多少有些影响，我老觉得没力气，一动就喘，还老想睡觉。他们母子要请人去买了什么“白蛋白”给我打，三百多块钱一支，我一听就不干了，三百多块钱一支！有那钱还不如买点好菜吃。为这事我们还吵了起来，孩子他妈说：“你就依我一回吧，现在这家全靠你撑着，你倒了我们怎么办？”

我说：“要死也不打！三百多块钱，打一针就能救命？那医院不早关门了！”

孩子他妈还是背着我托人去买了两支，买来了我也不想打，我想转手卖出去。可是这么贵的药，人一般不买，放着还不如用了，不然过期了不是更浪费了。没想到这什么“白蛋白”注射费也贵得离谱，打一针四十块钱。不知道是不是我这人反应迟钝，那么多钱花了我也没觉得有什么效果。我倒真希望这药能把我撑起来，能多做一天是一天。

7

老二是1998年年底失业回家的。年初，煤矿开始全面清退临时工，考虑到我们家情况，领导破例，没有把老二清退。说来也惭愧，老二的身体现在那么差，我们还赖着，可没办法，对我们来说能赖在单位里面混着总比在家里待着好。一来孩子有事做不会胡思乱想，二来也起码可以多少收入贴补生活不是。我们希望单位效益好，单位有效益，我们的收入不就也跟着水涨船高了。可是谁想到1998年全国都闹洪水，我们这也没有幸免。是六月底吧，连天的暴雨，老二去上班都是一身湿的去一身湿的回。回来还好办，把湿衣服脱了换身衣服，到了单位里就没办法了，只能靠体温把衣服烘干。夏天还好，权当凉快，到了春秋天又湿又冷的，那滋味不好受。其实就是小雨他也得一身湿，他手不能平抬，雨伞跟步枪似的扛在肩膀上，顶多遮脑袋肩膀，如果风大点雨大点，那就等于没打雨伞。那天他正好要报一份材料到劳工科，怕雨把材料打湿，他把材料卷轴，套上两个塑料袋，挂在雨伞手把上，出门没多久就回来，说是涨水了路不通。我说：“真快，早上去耙水沟还没见涨。”老二去上班的路上有条水沟，盖板只剩下一块了，遇上这样雨，平时人乱扔的垃圾会把水沟堵了，水漫出来看不清路，人身体好可以大步跳过去，老二不行，他得在水里探路，有次没走好就掉水沟里去了，从那以后遇上大雨我就去掏水沟。

那条河几乎年年涨水，所以我们也没放在心上，哪想到这年会涨那么厉害。越来越多人从南边往我们北边跑，邻居去看水情，说快要涨过来了。其实不用出去看，就站在家门口看前面农民自己盖的土墙房子“轰隆隆”，一幢接一幢地倒，就知道水马上要涨过来了。我直担心，不知道怎么安顿他们母子，怎么转移家里的东西。这水转眼间就顺着马路涨上来了，我们这是上坡路，再涨一米的高度就到我门口了。邻居让我们收拾好东西，他们一会儿过来帮忙搬到他们楼上去。这风大雨大的，能把他们母子弄走就不错了，哪还指望把东西都保全呀。我们就在门口看那水，一个邻居不断做记号看时间，测量水的涨势，慢慢地感觉这水不涨了，顶多就差三十几厘米的高度，这水就要进我们家了，真是老天爷保佑。水从中午一点多开始退的，我们这才放心做中午饭。

后来听说这是百年一遇的大洪水，煤矿大部分住房都被水困了，就我们北边靠山的部分人家幸免，最糟糕的还是矿井也进了水。本来煤矿就资源枯竭了，这矿井进水，一部分的煤区又没了，不是更雪上加霜了？煤矿一方面搞生产自救，一方面准备减员。本来领导想不动老二的，但好多人不服气，找领导闹：“我们正式工身体好都下了，他一个临时工还是残疾怎么不下？”领导也难，找到我们商量，说要把老二辞退了，作为补偿，每个月给他发二百四十块生活费。不干活还能领钱，这样的好事我们做梦也没敢想呀，怎么不答应。这一届的领导真的是好呀。自从他们上任后，把我们家列入困难家庭帮扶。逢年过节的，上门慰问，有什么困难找他们，不论是书记、矿长、工会主席，一般马上都给解决，一时解决不了的就交代给底下职能部门去办。像老二这事，就是劳工科长亲自上门来办的。领导能这样关心我们，我们还有什么不知足的？说实话真要让老二继续上班他也干不了多长时间了。他现在走路老是摔倒，今天回来牙齿摔掉一颗，明天回来脸上几道擦痕，看得我难受。我说要接他上下班他又不要，他去上班我在家一颗心里也是悬着七上八下的，直到他下班才放下心。现在不用提心吊胆等他了，还有生活费可以领，我感觉真像是天上掉馅饼一样。有人给我们出主意，趁这机会和领导多谈谈，给老大也争取一点生活费，我没答应，我说能有这样的机会见好就收吧，领导现在要处理的事多了，我们就别再给领导添什么麻烦了。

第十四章 我只想做个好人

1

1999 年春节的时候，老二的一个朋友来拜年，知道老二现在是无业人员就介绍他去炒股票，说老二自学的是财经方面的专业，做这事挺合适。什么合适呀，股票，听说过，是让人倾家荡产跳楼的事，是我爷爷说的败家的事，不能做！他朋友走以后我就给他泼冷水，没想到他妈妈倒出来支持他，说买股票是国家允许的："如果是坏事国家会让干吗？这和赌博是两码事，这是投资，是支持国家发展经济！国家抓贩毒、抓赌博、抓妓女，不抓炒股。"我说："就算你说的有道理，可这事风险大，没听说人炒股票炒得跳楼、炒得卖儿卖女？还是在家老实待着好，不要把辛苦攒的两个钱都给输光了。"孩子他妈说："人炒股还炒成大富翁的，你怎么不说？再说那两个钱放在那生利息，生一百年也不够孩子养老的零头。十年前我们还在想如果有一万块钱了孩子一辈子就吃穿不用愁了。现在你看看，大米多少钱一斤，青菜多少钱一斤？一万元就是光给孩子买大米青菜也吃不了几年，还不如让孩子去试试运气。这钱的分量老二心里有数，你就别再说了，说得他不敢做了，我们有时间就祷告，求基督耶稣引导孩子，不要赚多，够生活就行。"连一向谨慎的老大也说这事可以试，他平时看电视都是看新闻、财经，懂的事比老二多。老二这点不行，什么新闻财经他都不看，每天就和朋友喝茶聊天、溜达、看电影。有时人说他，他就说他这是"享受生活每一天"，一点也不害臊。1989 年学潮闹得乱哄哄的，老二居然一点不知道，喝茶聊天的时候他还以为人在讲故事，被他同学朋友讥笑，说他是什么“世外高人”。

他们母子对我，三比一，我反对也没用。我心里还在犯嘀咕，可是仔细想想他们说的也不是没道理，就觉得这好像又是一个机会，就让老二自己掂量。这个家的财政大权从很早开始就是老二在做。去银行取钱、买贴花储蓄、买国库券等等。他知道我们没什么积蓄，也清楚我们存这点钱有多不容易。他没有马上去做，先买了书来看，然后选中几只股票，每天晚上看浙江电视的证券节目，把价格记下来，写写算算，买了水彩笔，拿以前在单位时揩油来的本子画图，画得红红绿绿弯弯曲曲的，像蚯蚓爬。那时玩股票的人还少，别说我们这，就是城里那会也没有证券营业部，没地方看行情，电脑又贵，只能这么将就了。

后来介绍他做股票的朋友带他到街上一个店里看电脑行情。那店老板买了台电脑，组织了什么“沙龙”，就是几个炒股票的每人一个月出三十块钱入会，聚在一起研究炒股。那些人我认得，都是这里的有钱人，不是有海外关系就是做生意发财的，你说老二去那里算怎么回事呀，别人不知道的还以为我们多有钱呢。我上街买菜，遇上人就和我说："你家老二在‘富人俱乐部’呢。"还富人呢，家里的钱能拿出来的都拿给他也就八千块钱。听的话多了，开始我还觉得脸面挂不住，心里生他们母子的气，后来知道人没有恶意，习惯了，也会打趣说："什么时候花三十块钱，让你儿子也当富人过瘾。"

不知道真的是上帝保佑还是孩子运气好，他做股票没多久就来了个什么“519”，前一天他还担心呢，说美国炸了我们在南斯拉夫的大使馆，搞不好要和美国打仗了，真打仗那股票还不跌得一钱不值？你说美国鬼子讨厌不讨厌，动不动就跑到别的国家去打仗，他以为他是谁呀？幸好我们中国人讲道理，不跟他们一般见识，没和他们动枪动刀。不是怕他们，以前小米加步枪都能打赢他们，现在我们都有原子弹了，怎么还会怕他们？我们国家现在一心一意搞经济呢，不然那么多人没饭吃，不等到人家来打，自己就先要内乱了。

那一波行情起来，老二的八千块钱赚了近五千。股票这东西真的那么好赚钱？我听了都不敢相信，老二说他赚的还算少了，他买的是造飞机的股票，十块多买了，十六块多卖了，卖了第二天就连着升到二十五块多。他妈妈问他："那你干吗那么早卖？"他说："我看涨了那么多走势上又有点涨不动了，就卖了。"他哥哥说老二胆小太小，赚不了大钱。老二说："安全第一，安全第一。"我支持老二，我说："不亏本就行了。"这股票我真不明白，你说十块买的人十二块卖，十二块有人买我觉得还可以理解，可十块钱买的到了二十块卖还有人买，我就想不通，那干吗不早买呀，难道是钱多了闹的，想白送人？我问老二，他想了半天和我说："股市其实就是投机倒把，买股票的就是投机分子，就好比你来迟了，前面便宜的都被人买了，现在就剩下贵的了，没得选。你以为二十块买了还能转手卖出去你就买，买了卖不出去你就只好放着——也就是我们说的'搏傻'，谁最后买了谁自认倒霉。"

2

电视上天天都在说股票，好像全国人都在炒股票赚钱，人对股票也不那么抵触了，一些熟悉的人就找上门要拿钱让老二帮忙做，老二不愿意，他说："虽然我们国家不像外国，外国股票，公司不行了会被清盘，股票就变成了废纸；我们国家股票，公司不行了，政府会出面挽救，就算股票被套了、亏损了，那也是暂时的，迟早会涨上来。自己的钱无所谓，套了就放着，别人的钱就不好交代了。"他妈妈说："你选那些好公司就行了，别碰坏公司。"老二说："这公司好坏你没办法判断，上半年还是绩优公司，下半年说不定就变成垃圾公司了。造假的多了去了。"他妈妈说："那些人都是平常帮助过我们的人，人家相信你，拿钱让你打理，你不肯，那人家会怎么想？"我在旁边说："人家会说你忘恩负义。你就答应下来，尽量小心做。"老二这才没话说。

这人两千，那人一千，最多的五千，陆续收了有三万多块钱，老二说这段时间股票都在跌，先不急着买。他妈说：“又不是所有股票都在跌，你买没跌的不会？”自从孩子做股票后我们也跟着看浙江电视播的行情，但一个个股票翻过去，很快，我们俩老眼昏花看不清数字，光知道红的涨，绿的跌。老二说：“我看了，今天涨的明天不跌后天也会跌，没什么机会。”老大说：“没错，这正是人家主力建仓的好机会。看准好股票大胆买，不怕，等到涨起来你就来不及买了。”老二也是没主见的，就真的买了。那么多钱投下去，不担心还真不行，老二每天上班一样到店里看行情，他回来吃饭我们三个就要问他怎么样，“涨两毛了”，“亏八分了”，他妈妈最多话，涨了就不说，亏了就怪他：“你怎么不卖？昨天还赚了三百块钱，今天反亏了五十块钱。”老二说：“赚三百块钱扣除手续费就等于没赚。股票每天不是涨就是跌的，很正常呀，明天不定就涨上去了。”天天被他妈追问，老二受不了了，就求他妈：“你就别管了好不好？你这样我不敢做下去了。”他妈说：“那么多钱在你那，我不盯紧着能放心吗？”

有几个月时间吧，老二炒股票这里赚了，那里亏了，手里的钱没见长反而亏了些，他妈妈更急了，埋怨他，说他水平不行，现在收了人那么多钱，她没法和人交代。老二也急：“股票本来就有风险，我说不收你要收，我说不急着买你又非让我买，现在亏了又怪我，干脆你自己来做好了。”好了，母子两个现在为了股票闹起来了，当初不同意他们还不行呢！我说：“要不就别做了，把钱退出来还人算了。”孩子他妈说：“现在都亏了怎么还？别人还以为我们骗人钱呢，还是再等等。”这一等还真等到了。年底的时候他买的两支什么“网络科技股”开始涨了。第二年春节来得早，在一月，到放假过年前他已经赚了一些，过年后又在涨，老二说不行了，涨得有点疯了，他赶紧要卖。谁想到买卖的人太多了，电话挂了好几趟才通。回来一说，老大就说他错了：“现在是什么时代？科技时代，现在国家的口号是‘科技振兴国力’，科技股票买都来不及你怎么还卖？”老大虽然不能出门，但现在电视天天都在说股票，他看得多了也算行家了，说起来头头是道。老二说：“不管什么股票，都要业绩才行，现在科技股有几个有业绩？这段时间上市公司好像发神经，一个个都出来说搞网络科技，都成灾了，不是好兆头。我先退出来再说，找几个便宜的、还没有涨的、有业绩的传统股票买，或者就补我手上被套的。”老大说：“科技的业绩不能以常规衡量，现在没业绩，但以后一旦爆发，那是成几何增长的，你看微软、英特尔，就是典型的例子，其他的股票以后都是垃圾，没人要的。”老二说：“你这都是看电视股评家说的吧，千万别听。什么股评家，都是骗子，推荐的十有八九都是走到天上的，那还不是帮忙庄家出货，买了肯定被套。”老大不乐意了：“你意思是人股评家水平不如你？你是坐井观天，什么事都自以为是，跟不上时代，所以你这样的人注定一辈子发不了财。”这话说得老二生气，两人公鸡似的斗起来了。

老二钱不多，股票不少，这两支科技股票赚了有百分四五十的收益，但他手上另外的汽车、钢铁、化工股票还在亏损，他说这是“不要把所有的鸡蛋放在一个篮子里”，可以降低风险；老大反对他这么买，老大的意思是“所有的鸡蛋都在放在一个篮子里”，赚钱快。为这两人以前没少争论过，我和他妈觉得两人说的都有道理，不知道应该支持谁，也就由老二了。这次孩子他妈插话了，问老二：“你能不能肯定科技股涨到头了？”老二说：“这我不敢肯定，又不是我当庄家，但我就觉得悬。”孩子他妈说：“老二你胆子就是小，买了好股票要不是赚一点零头就跑，要不就没赚钱被人庄家赶出来，你这次就听老大的好了。”老二想想也是，对自己的判断也起了疑心，就问老大：“那你说买什么？”老大说：“要追就追龙头股。”老大说了两支股票，老二一听就不干：“这两个股票都五十多块了。”老大说：“五十多块怕什么，你没看到有的股票都已经突破一百块了。”老二还是坚持：“我没那么多钱，你换别的股，要不然我不买。”老大没办法就让老二把卖掉的那两支股票再捡回来，老二照办了。谁知道买了第二天就“科技神话”破灭，都在跌，老二急忙卖，电话委托又总是占线，好不容易挂通报完价格，放下电话再看，卖不了了。老二就埋怨老大，老大倒挺镇静的：“慌什么？谁让你卖了？下跌就是机会，应该筹钱再补。”他要老二把手上不是科技的股票卖了，老二不干，说科技股票才开始跌，别的股票早就跌到底了，不能卖，要卖也是卖科技股。吵的结果是不买也不卖，后来科技股票又连着跌几天，把前面赚的都赔进去了还不够。老二和老大又吵起来，他妈又说老二了：“问你行不行买你又说不知道，现在亏了你就没份了？事情是你在做，我们最多只是帮你起个参考提个建议，最后还得你自己判断操作。”老二气得发急，冲他妈说：“哦，我叫你们别管，你们偏要管；我要卖，你们又不让卖。现在亏了，倒全是我的错了？我不干了行了吧？”我说：“你这什么态度？你说不干就不干了？自己家的钱可以不管，别人的你总得给个交代吧？还是打起精神好好做。”老大还是坚持不让卖科技股，老二说：“好，那两支股我不动，你看什么时候可以卖了告诉我。”话是这么说，后来网络科技股票成垃圾，老二还是忍不住偷偷卖掉，二十多块钱买的十二块卖了，再后来听老二说那股票被“特别处理”了，摘牌了。

幸好老二手里还有什么“传统行业”股票，涨上来弥补了亏损还赚了一点。我说这事太让人操心，和孩子他妈妈商量，见好就收，把别人那的钱先退了，免得以后亏损了没法和人交代，他妈也同意：“这东西今天涨明天跌的，让人睡觉都不踏实，看来也不是我们应该做的。”让老二算算，不多，赚了差不多百分之十，就按条子给人退了，剩下自己的钱，让老二去做。没想到没多久股票就不行了，跌得好几年，老二手上的股票也亏损得厉害，不敢卖，就放着等行情。

3

老二在家里没事干，还在琢磨着找什么事做，他朋友也帮他参谋，他朋友说现在网络文学很流行，让他去试试。老二说：“写作？这我可不敢，作家那么大的帽子，我头小，戴不了。”他朋友说他落后了：“干吗要把写作看得那么神圣高不可攀？网络文学走的是平民化路线，只要爱好文学就可以写。”他知道老二以前读书的时候语文不错，当了好些年的语文课代表。老二说：“会唱歌的就一定会作曲？这是两回事。写作得体验生活，得诗书满腹，还得有想象力，别的不说，光想象力这一条就把我困住了。”朋友说：“没有谁天生就是写作的，反正你没事干就试试呗。”我也觉得他朋友这建议不错，我说：“你就试试看吧，你从小不是想当这个家那个家的。”老二说：“拉倒吧，我现在都快饿死了，什么家也不想当。”话是这么说，但看得出他的心开始活了，把以前买的小说都翻了出来看。老二在读书的时候爱看小说，但出了校门以后他不怎么看了，看的都是专业书，十几年了，以前看的都差不多还给老师了，这会儿想写，还不得从头再来？他的课本早十几年前当废纸卖了，他就去邻居家把人孩子的中学语文课本借来读。

网络写作得有电脑，得有网络不是，电脑那东西那会儿多贵呀，新的一台得五六千，旧的也得两三千，孩子寻思着买一台旧电脑。但他对电脑一窍不通，怕被人骗，他舅舅家的老二正好在单位搞电脑的，他就打电话和他表弟商量，让他表弟帮忙买一台电脑。他舅舅知道了就说：“不买旧的，要买就买新的，买品牌机，质量有保证。钱我来出。”他舅舅本来打算买了机子从邮局寄，但担心路上会出什么闪失，知道我们城里也有品牌机子卖，就汇了六千块钱过来，说让我们就近买，保险。他舅舅两口子都是当老师的，他两个孩子都是男的，上大学、买房子、找媳妇，他们家还欠银行贷款没还，寄那么一大笔钱来，我怎么好意思收。他舅舅说外甥想着找事做，他这个当舅舅的高兴，得支持；又说他们离得远，平常生活照顾不上，他们心里挺难受的，能在经济上尽点力，也心安些。话说这份上了我也不再推辞了，让孩子努力点，别辜负了舅舅的心意。我是孤家寡人，没亲戚可以依靠，幸好孩子他妈的娘家人都不错，从我踏进这个家以后，他们就没少过资助。早先是孩子外公外婆寄药给孩子治病，逢年过节寄一些年货；后来孩子大姨、小姨有工作了也加进来，三家合起来寄衣服被套之类的生活用品，还寄钱给我们买编织机、彩电、冰箱、洗衣机；那时孩子舅舅在城里学校教书，舅妈在镇上学校教书，他们两个孩子一个在复旦附中读书，一个在交通大学读书，一家人分四个地方过日子，想帮我们也是有心无力，现在孩子有工作了，他舅舅也帮衬我们了。有亲人的感觉就是不一样，日子再苦也会有个安慰。

老二找朋友帮忙挑选买了一台电脑，老二就开始一天到晚泡在电脑上，文章没写多少，朋友交了不少，都是喜欢文学的，在一个社团，叫“此刻天涯”。那些朋友真不错，知道老二身体不好都想法子帮他，给他寄书、寄杂志，让他好提高水平，还有人给他寄钱，他说是他在的那个文学社团的 CEO，都是好人呀。不过我觉得有点不合适，你说连面都没见过，万一老二是骗子怎么办？还别说，后来他网上认识的朋友还真来了，还是两姑娘，一个从上海来，一个从宁波来。来的时候也没和老二说，都快到家门口了才打电话来问路，把孩子他妈给吓的。电视上不是常看到人利用网络交朋友来欺骗女孩子吗？孩子他妈连忙问是怎么回事，老二说不是我叫她们来是她们自己要来，说以前聊天时她们有说要来他当她们开玩笑，哪想到真的还来了。你说我们这样的人家来了两个漂亮的大姑娘人能不觉得奇怪吗？都好奇地问。我们哪敢说是老二在网上交的朋友呀，就撒谎，说是孩子的表妹。你别说，两姑娘还真跟自家人一样，虽然是第一次见面，可一点也不生分，也没有被我们一家“三分人样七分鬼样”给吓着，或许是吓着了但人书读得多礼貌做得好，反正我是没看出来。

两姑娘心地好呀，看到我们一家这样她们心里难受，回去以后就商量起来，在网上查，看哪个地方能治这病。还把事情和社团 CEO 汇报，发动捐款给老二筹集治疗费。开始还是悄悄做，怕伤了老二的自尊心，后来老二还是知道了，他不同意。他想得远，说这病现在根本没法治，盲目去治是白花钱，是无底洞，总不能为了我们把朋友都给拖累了。他那些朋友也很热心，说大家都是朋友，既然知道这事不尽点心意不行，就算不治病筹集一点钱改善生活也好，还是凑份子，有经济能力的一千、两千，收入少的五十、一百，没几天的工夫捐了两万多块钱来。本来说好就在社团内部做，但一些社团外的甚至不认识老二的朋友知道了也自愿加入进来，这世上还是好人多呀。另一家网站“新青年”知道了我们的事，正好他们和山东电视台《天下父母》栏目有合作关系，就把我们的事整理了一份资料给《天下父母》栏目，《天下父母》的制片人一看就拍板要给我们做一期节目，还亲自到我们家进行采访，还邀请我到北京去做节目。我做梦也没有想到我居然能有一天上电视，我吓坏了，和他说，我不行。制片人劝我：“你的事迹很感动人，现在不是建设和谐社会吗，作为媒体，我们应该把你这种精神宣传出去让更多的人知道。另外你现在年纪也大了，身体也不好，我们希望能通过媒体的报道，呼唤社会的爱心帮助，对改善你们的生活起一点作用。”我给他表扬得怪不好意思的，我只是做了一个家长应该做的事，怎么就感动人了。感动人不感动人我不知道，但通过电视报道得到帮助让我动心了。他说得没错，我年纪大了，万一哪一天我两眼一闭，他们母子三人可怎么办？我就答应了。

可是我要出门这一家人可怎么办？把事情和孩子舅舅他们说，孩子小姨夫二话没说就请假赶过来帮忙照顾。邻居说这事我们做得不对：“不就几天时间吗，说一声我们邻居一起帮忙照顾就行了，干嘛还让孩子他姨夫那么大老远的请假跑来？”我是觉得麻烦邻居不好意思，所以不敢开口。男女有别，孩子他姨夫照顾孩子他妈不方便，还得教会的姐妹和邻居一起帮忙。照顾人的事解决了，我和老二就放心去北京了，《天下父母》的制片人知道我担心出门时间长不放心家里，就让我们坐飞机来去。呵，坐飞机、去北京、上电视，这三件我以为一辈子和我没关系的事这会全让我赶上了。你别说飞机票还真不便宜，一个人来回得三千多，如果是自己掏钱我哪敢坐呀。贵是贵，但人服务也真的没的说，看我们父子两个行动不方便，上下机他们都用轮椅送，进出机场还走特别通道。我高兴，我激动，紧张，结果还晕机了。

4

到了北京，老二在网上认识的北京朋友和电视台的工作人员来接机，还打了红布的横幅欢迎，还拍录像，那感觉，呵，跟欢迎什么领导似的，让我紧张得手都不知道往哪儿放了。来的男男女女都是年轻人，上次从上海宁波到我们家的那两个姑娘也来了，还有从广东、天津赶来的朋友。天津来的那男孩子还送了毛茸茸的玩具给老二。北京一个女孩说明后天没空不能陪我们，就拿钱给我们用。我说老二有面子，老二说：“人不是冲我来的，人是冲你来的。”管他们冲谁来的，老二的行动就交给他们了，上下车、上下楼，都是他们抬，我乐得清闲自在了。到北京是傍晚了，我们坐电视台的车去旅馆，一路走他们一路介绍北京的景点。北京的车真是多，一路上堵车，车边上是车，闻到鼻子里都是汽油味，那个难受呀，我都吐了。他们没料到我会不适应，找不到东西，吐在车上又不好，老二的朋友就把自己的包腾空了让我往里吐。真是不好意思，才来就给他们添了那么大的麻烦。路过天安门的时候司机师傅特意开慢车，让我们看看天安门。电视台的记者和老二的朋友还和司机约好第二天早起拉我们去看升旗。以前只在电视电影里看到天安门，现在真的到了天安门，我怎么觉得这天安门广场好像没有电影电视里那么大呀。

第二天早上四点多老二的朋友就来了。他们一宿没睡，就怕误我们的事，说我们来一趟不容易，得保证让我们玩得尽兴。天安门那不能停车，我们得老远走过去，幸好前年残疾人联合会和民政局给我们送了辆轮椅，这下就派上用场了。他们几个轮流推着老二，还怕我累，怕我脚伤受不了力，就左右搀扶着我走。天还黑着，天安门上已经好多人等着看升国旗了。我们赶得那么早还不行，前面已经站了至少有两排的人。老二坐轮椅上根本看不见。老二朋友和电视台的记者就和前面的人商量，人一看我们这情况，立马就让了位置出来。呵呵，不知道没有摄像机跟着人会不会让。以前我不知道为什么那么多人要去看升国旗。那天在广场上看到国旗班走过来，那步子就跟一个人似的整齐。听到音箱突然爆炸似的奏响国歌，看到国旗慢慢升到顶端时天光突然一下子放亮，我整个人就是一抖，鼻子有点发酸，为什么。我说不上来，就像是有什么东西在我心上撞了一下似的。后来我和老二说，老二告诉我，升国旗不单单是升国旗，那是一种仪式。在祖国的心脏，五星红旗和太阳一同升起，象征着中国人迎接每一个曙光。曙光代表了希望，意味着无论多少困难和黑暗最终都会成为过去。老二说神圣的庄严仪式具有一种神秘的力量，可以让最刚强的心在瞬间变得柔软，所以想哭是很正常的。我想想还真是这么一个理。人还真是要多读书才行，我就说不出来这么多意思来。

后来他们还带我们参观清华大学，然后录像。我第一次上电视，一看观众席上两三百人，我更紧张，脑袋是一片稀里糊涂。主持人问我话我也不知道怎么回答，净出丑了。节目最后是“童年慈善基金会”秘书长代表基金会给我们捐了两万块钱。这事我们根本没想到，应该是制片人事先联系好的吧。好人呀，请我们做节目，请我们到北京玩，还请人给我们捐款，好人哪。节目录好了，老二的朋友本来还想多留我们几天带我们去参观长城、故宫，带我们去后海，带我们去麦当劳、肯德基，我一听不行，那得花多少钱，老二坐公交车不方便，我们都打的，我看了，没多远的路都要百来块，这么跑下来，别的不说，光车费都不知得花多少。谁赚钱都不容易，不能这样让人破费。我就说身体不舒服，说不放心家里，得赶回去。他们也怕我们吃不消，还准备了氧气袋，一听我们说不舒服，他们也紧张了，万一真有什么三长两短，那不是好心办坏事了，也不敢带我们跑了，就去订了机票，买了北京全聚德烤鸭，买了麦当劳来旅馆给我们吃。我和老二开玩笑说："我们有的吃，你妈和你哥就没口福了。"他们一听，说对不起，没想到这点，不然就多买些，要再去买，一看时间来不及，就把东西分两份，一份让我们吃一份让我们带回去。呵呵，真不好意思，我只是随口那么一说，把他们给紧张的。

节目在山东卫视播出，全国都看得到。当天我们家电话就没停过，向我们表示敬佩和慰问的，也有说要给我们提供帮助的，也有人给我们汇款尽点心意帮我们解决生活困难的。老二不是会上网络吗，他聊天的那个什么Q，人加他朋友都加得他的电脑死机。真想不到呀，电视的力量这么大，我们一下子成"名人"了。老二的一个朋友把这消息发到邵武的网络上，邵武论坛的人也被感动了，约了一起来探望，送水果送慰问金，还送了一个牌匾，上面写着"笑对苦难爱共今生"八个字。牌匾，那是多大的荣誉呀，不是一般人能得的吧？我高兴呀，就找了钉子把牌匾挂在客厅的正中间，让来的人一眼就能看到。

年底的时候，山东电视台举办"感天动地父母情"十大人物评选，我也幸运入选并获奖，被邀请到济南参加山东电视台的正月十五的颁奖晚会。节目得提前录制呀，坐飞机得转机，我出门是两眼抹黑，不把自己转失踪才怪。坐火车得2月6号动身才赶得上。正春运高峰期，火车票难买，老二到处打电话联系，最后还是煤矿出面弄了张卧铺票。电视台本来还邀请老二一块去，但坐火车得两三天，吃喝拉撒的实在是不方便，老二就不去了。我出门，家里就交给邻居老张和教会的姐妹了。老张照顾两个孩子，教会的几个姐妹轮流来照顾孩子他妈。烧菜煮饭，晚上一个老姐妹陪床，给他们娘三个夜里翻身。好人哪，正月里呢，人放着年不过来侍候，不容易呀。

5

得了这奖，我的名气更大了。地方报纸电视台，从市到地区，从地区到省，也都报道了。省红十字会书记看了《福建日报》的报道也很感动，说他们红十字做的就是救助贫困的事，就成立了一个小组专门负责，联系南京军区福州总医院的专家，书记亲自带了价值五千块的钱生活用具上门给我诊断要给我彻底治疗。医生看了我伤口，说要做彻底的检查才能做治疗方案，建议我到他们总医院去治。我问他得多长时间，他说这不一定，得看检查结果，最快也要三个月。我一听就心里打鼓了。三个月，不是三天呀，三天请邻居请教会姐妹抽空来帮忙还行，三个月就不好办了，人谁没个家，家里总有这事那事不是，谁还能白天黑夜三个月的帮忙？我寻思着不去治，反正这么多年都熬过来了，我年纪也这么大了，能支撑得了一天就支撑着照顾他们娘三个一天，到哪天我两腿一蹬……麻烦别人的事还多着呢。

他们娘三个不同意，老大说："这机会是别人求都不一定能求到的，不能放，现在不治，将来想治恐怕就没机会了。"老二说："家里的事我们可以请人帮忙，应该花的钱就要花。黄书记不是也说了吗，有什么困难可以提出来，他们会想办法解决。"知道的也都劝我，正好电视台的人来做节目，记者也劝我："红十字会要帮助的人很多，你不去，人家不可能一直等。要把机会给别人，过了这村就没这店了。"我说："要去也行，得先安排人照顾你们，不然我走了，你们不要饿死了？"就张罗着找人帮忙。邻居老张一口答应，说："你这是大事，你治好了以后照顾他们也方便些，反正我退休了没什么事，我帮你照顾孩子没问题。不过你家属，还得找个女的照顾才是。"好人哪，我找他的时候心里还七上八下的就怕人不答应，哪想到人连考虑都不考虑就应了下来。我连忙说那当然，赶紧请人写了招聘启事贴出去，找个保姆来照顾孩子他妈，给他们烧菜煮饭做家务。启事贴出去后下午就有人来，说愿意帮忙。

红十字会把我接到福州总医院，医院组织了专家对我的伤进行了会诊。结论出来了，我的伤口里病灶很多，要治疗得分阶段一步一步来，有没有效果还不一定，时间还至少要一年。另外就算治好了也不敢保证病灶不复发，所以他们的建议是截肢。这个我心里已经有了准备了，我一口答应了，二十年前不肯截肢受了这二十年的苦我已经受怕了。我截肢住院治疗没人照顾不行，总医院不但派了最好的护理人员来护理我，还免除了我一切的治疗费用。红十字的人把我当亲人一样照顾。我手术要补充营养，他们就轮流天天给我送鱼汤、排骨汤，还是他们自己掏腰包。后来联系了假肢中心免费给我安装假肢，他们也常常抽空来看我，说怕我一个人待着身边没亲人会寂寞。《天下父母》栏目知道我动手术，他们专门到福州来探望我、到我家去探望，还怕我们生活困难，栏目组凑份子集了五千块给我们。我幸福呀，遇上了这么些好人，红十字会的朋友说这种情况大家都会伸手帮忙，他们说“生活中并不缺少爱，缺少的是释放爱的契机。”这话说得太对了，就像我这事，本来没人知道吧，电视报纸上一报道，关心我们的人就多了，邵武女子健身会所在她们的新产品推广活动上为我们设“爱心终端”捐了两千多块钱，长乐“今生缘”婚纱影楼也在长乐组织活动为我们筹集了一万六千多的善款，其他的个人的捐款就没法一一细说了，多的两千，少的五十，加上单位煤矿和总公司的慰问款，加上老二朋友和童年慈善基金会的捐款，再加上这两年获得的奖金，我一下子存了有十万。我给孩子他妈说：“有这么多钱以后我死了也不怕了，你们可以请保姆。”孩子他妈说我：“什么死不死的，你是嫌我们拖累你了不是？十万块钱要吃要请人能用几年？你长命百岁身体健康我们才有指望。”我说：“那倒是，我这超级保姆不但不要花钱请，还得把我那点退休金全搭进去。”

社会上知道我的人越来越多了，各种荣誉也跟着来。“2006年感动福建十大人物”、“感动福煤十大员工”、“百名感动中国的矿工”、“南平市道德模范”、“首届感动闽北十大人物”等等，我是做梦也想不到呀，我只是做了我应该做的——这不是什么谦虚话，是我真心话。从小我爷爷就告诉我不能做坏事，做坏事要遭报应，所以我只想做个好人平平安安过一生。记者采访我时问我有没有后悔过，我也是实话实说，我说是来不及后悔，要早知道会走到这一步我宁可打一辈子光棍也不会结婚。真的，当牛做马一辈子，身体累，思想苦，这日子真不是人过的。还有记者问我，有没有想过抛弃他们母子三个？这我可以拍着胸脯说从来没想过。是，刚和孩子他妈在一起的时候我还想着好好待孩子。我不指望孩子将来如何孝敬我，我只想着他们长大了给我生个孙子，让我的香火能传下去，让我可以像其他老人一样，散散步，逛逛市场，接送孙子上学放学，等到我老了那一天，有儿孙披麻戴孝为我送终。后来知道这一切都不可能了，可我也没想过离开他们母子。做人哪能光想着占好处不吃亏不是，既然摊到这命我就得把这担子扛起来，一看不对就转身跑那样做太缺德，我怕遭到报应。

人越是活得艰难越是对命运有恐惧，真的，我就是这样。我时常会想我怎么会这么倒霉呀，遇上这么一摊事，到老了都没的安生，还得拖着一条腿，从早忙到晚。我白天这么想到了晚上准保做梦，梦到我爷爷哭着对我说："报应呀报应。"我一身冷汗醒过来。我就想这是我该得的，是在替祖宗赎罪，我想是不是到了我这一步"断子绝孙"了，要往后报应没机会所以加倍报应在我身上呀？我只有老实小心做人，做好人。

真的，别把我想得思想有多么高尚，别把我说得有多么伟大，我只是想做个好人。

就是这么简单。

2005山东电视台"感天动地父母情"十大人物颁奖词：他不仅不会用华丽的辞藻来解释自己行为的高尚，他甚至没有去思考自己每天行为的意义，他只知道用一个人的坚韧，从青年到暮年支撑起一个残疾家庭的天空。他与孩子们没有血缘关系，但是谁又能否认他用自己的行为为父亲这个词做了最好的注脚呢？

"2006感动福建十大人物"读者颁奖词：一个生者对死者遗言嘱托的承诺，他用一生的大善、大爱和强烈的责任感来践行"一诺千金"的古训。他身上有古典义士的风范。39年来日复一日无声的行动，他的大善大爱铸就了一座道德丰碑！

"2009感动中国十大人物"

散文

快乐，是因为感动

一本书，《亲密无间的孤独》，带着油墨特有的芳香，静静地躺在我的案头。

这是一场期待已久的见面。

我仔细地看着他——夜行天涯，行云流水般的蓝色钢笔字，一种难以言语的愉悦，也许就是禾页青青在《萍水相逢的感动》一文中所描述的，是一种“相知的愉悦”吧，满满地溢上心头。

“你快乐么？”看着扉页上淡蓝色的签名，我笑着自问。

我想，我是快乐的，至少，我找到了我的精神家园，并非所有的人都有幸得到这种善待。

第一次知道这个文学网站，是在电视上，一个叫陆幼青的，竭尽全身的力气，用嘶哑的声音诉说着《死亡日记》的故事，他那面对死亡的镇静，让我感动落泪。

那时，我还没有电脑——其实就算有电脑，我想，在那个时候，我也不会因此而登录这个叫“榕树下”的网站，也不会点击任何与此相关的话题。因为，在那时，我没有勇气去面对死亡，这么一个沉重的主题。

杜拉斯说，“我在十八岁的时候已经变老。”而我，在十八岁已看到死亡的影子。是的，十八岁，还没有盛开的生命，就已经被死神递上了通知书，那是度日如年的青春岁月，窗外有自由的热风快乐地吹过，而我只能默默地收回无力的双脚，黯然地等待死神的随时召唤。 我小心翼翼地控制着自己的梦想和热情，那是别人的翅膀我的茧，吐的丝越多，窒息得越快，痛苦也越多。

艾滋和癌症，困扰现代医学的两大顽症，世人皆知，而与其并称为三大免疫系统绝症的进行性肌营养不良症，却可谓知者寥寥——也许是此病患者的人数不如前两种触目惊心，也许是多数的患者幼年便告夭折，稚弱的呼声过于苍白，又或许此病的患者不像艾滋和癌症患者那样，在肉体饱受撕心裂肺的痛苦之后，生命的归结留给后人噩梦般的惊怵。

是的，我们的消亡是与世无关的安静、凄凉——肌力在不知不觉中一点点地丧失，最后心肌衰竭面色灰暗悄悄地远离人世，即便是偶尔的几声有病呻吟，也显得力不从心的无可奈何。

医学书上说，患有这种疾病的人，一般的，活不过20，最多到35岁便“寿终正寝”。

身患此顽疾而能苟延残喘到如今，也算是奇迹了。可是，面对这奇迹，我不知是应当庆幸，还是应当悲哀？

“悄悄地，我走了，不带走一片云彩。”那是诗人的豁达。我想，如果我走了，注定是带着满腹的悲愤。

我是懦弱的，在痛苦面前，我的选择，只有逃避。

但我不能拒绝感动。

我想，大概就是在那一刻，有一片树叶，在我心中留下了点点绿荫，因为，那一刻的感动。

为了打发我几近枯竭的生活，舅舅慷慨相赠了一台电脑，它于我的用处，除了聊胜于无的收发几封邮件，就是偶尔的看看新闻。我的游览界面，始终是朋友事先设定在收藏夹内的名震遐迩屈指可数的几个网站，此外，我不敢轻易打开任何一个新的链接，就像在生活中，我的循规蹈矩——太多的失败，太多的挫折，我早已丧失了尝试新鲜事物的勇气和胆量。

一次错误的操作，我的电脑屏幕从新浪的新闻频道，进入到新浪的文化频道……不经意地点击了一篇文章，菊开那夜，带着微微痛感地说“人生的意义就是寻找快乐的感觉。快乐就是随心所欲，快乐太难太难，也许是欲望太高太高。”

突然之间，有一种锐利的感觉在内心翻江倒海。

病榻缠绵，唯有苦难如影相随，紧绷的神经，敏感脆弱得几近杯弓蛇影。旁人支离破碎的话语，不经意间的简单形体动作，经过脑海的丰富加工而变成歇斯底里的悲伤。快乐，只能是停留在梦境里奢侈的享受，一旦梦醒，快乐便仿佛海市蜃楼的遥不可及。

岁月的磨难化做百转千回的哀怨和愁叹，快乐太难太难！于是心安理得地终日沉没于怨天尤人之中，在晦暗的自我关怀枷锁下自欺以欺人。

从未想过，原来，欲望，在既成的现实面前，是如此的不切实际。从未想过，原来，快乐和幸福，可以随心所欲。从未想过，快乐，其时就在身旁。一种用心寻找的感觉，——虽然，寻找的过程，可能依旧是疼痛清晰伤感难免。

一种渴望在心底蓬勃高涨，犹如一片积蓄已久的云层，涌动着等待着喷发。

也许可以在虚拟的世界，将所有的痛苦和悲伤，隐藏在心底的角落，固守着尘封的心扉，尝试着寻找快乐的理由，尝试着，在苦恼中期待收获的喜乐，以慰藉绝望的心灵。

我萌发了堆文砌字的欲望，因为，追求快乐的感动。

感谢菊开那夜，让我在行尸走肉的黑暗中看到一抹光亮，开始了与网络文学的亲密接触。

虽然写文字对于我来说，困难重重，困难，超乎常人想象的困难。但我还是尝试着开始编织语言——至少，这可以让空虚的心灵找到一个停泊的港湾。

文字，在手指下凝滞地跳跃，一种挤牙膏似的感觉。“眼见心生句自神，闭门造车总非真。”没有写作天分的我，因着痼疾的困锁，眼见心生已是无能为力，情非得已，也只能闭门造车凭空臆想地虚构了。

通过一个个虚构故事我常变换性别和性格，融入那一个个虚“我”之中，为的是寻找一种相对真实的感觉。

忐忑不安地将心底的锦愿呈现在朋友眼前，换来的却是嗤之以鼻、不屑一顾，于是一次又一次，“毫不在意”地把那破碎的、不成文的文件，从我的文档里删除、清空。因为太在意，所以，才会装作不在意。我害怕，那一个个虚构的“我”，与真实相差十万八千里的“我”，会不会像真实世界里的我一样，遭人唾弃？

人的两面性，在我身上一览无疑。

时间在指头上悄无声息地流淌，我吃力地点着一个个键盘，心中忐忑渐渐平静，不管身处何境，我总要有所作为。

“既然写了，那多尝试尝试又有何妨？努力过了，最后，就算失败了也可以无悔无怨。”四月的一天，对着电脑屏幕发呆的我，终于鼓起了勇气点击了“那棵树”，那棵在新浪友情链接处，无数次在我眼前闪动的绿茵茵的榕树，按照提示的步骤，小心翼翼地操作。

“就当是了却一桩夙愿好了。”我竭力平息狂跳的心。

光标在笔名栏上闪烁，手指在键盘上犹豫，眼神游离地望向窗外，望向窗外那丛竹子——这已经成了一种习惯——无助时逃避，疼痛时隐藏，逃避的，隐藏的，是身心空荡，无所依托，却又不足为外人道的无奈。

南方春来早，那丛竹子，枯枝犹在，新芽已发。新生的竹叶惬意地舒展着卷曲的身子，嫩绿的叶脉，在阳光下显示出近似透明的颜色。“正是因为经历了寒冬，所以才更显得欣欣向荣。”我的心莫名的感动，笨拙而坚定地在键盘上敲下了三个字：竹寒欣。

一次次的尝试，终于学会把榕树设为首页，从此连上线就可以看到蓝天白天下那棵郁郁葱葱跳动的榕树，终于学会了用一键排版来发稿，终于，像一个陷入情网的人，心有所属，心有所牵——尽管心系的可能是“荣幸”的召唤，也可能只是一句轻轻“遗憾”的叹息。

带着期盼的等待，让平凡的日子，让生活，变得鲜活而又妙不可言。

4月26日，第一篇文章投向了榕树下网站的“爱情城市”，29日，在规定的时间内收到了编辑的退稿信。虽然心里已是有所准备，但仍忍不住地，有微微的失落在心底徜徉。在反反复复的审视和修改后，5月13日，将另一篇稿件投向了非常小说。15日，我很荣幸地得知，我的稿件第一次被榕树下录用。

感谢刘莉，你那封带给我希望和快乐的邮件，将是我一生的珍藏！

成功的喜悦，初恋般的喜悦，赋予了我继续敲击键盘的动力，于是将自己完完全全地隐藏在屏幕背后，坐在冰冷的机器面前，不知疲倦地将情感和心灵寄托，让一个个不复辨认的“我”带着我梦寐以求的快乐，走上前去。

在榕树下改版后，我转向社团，以寻求更多的投稿机会。团花似锦，我一路走马观花，在社团投稿要求和社团宗旨间寻觅……雀之巢里凤舞鹤鸣，而社团专注散文的特色，让我掩目黯然而过；盘思洞中妖文荟萃，幻武江山社刀光剑影，装神扮鬼，舞刀弄剑也绝非我所长；“让每一位爱好文学的人都执起笔来，写出对生活的热爱！”当丁香文学社的宗旨映入眼帘时，一股暖意在心头如水般荡漾，于是我轻轻地摁下投稿箱……

很幸运的，秦潮老师不但录用了我的文章，并加上了编辑推荐。

感谢秦老师，是你的推荐，让我带着诚惶诚恐的喜悦，进入了一个写手创作的高峰期。

一般情况下我都是快速地切换着屏幕，直接来到丁香文学社，投完稿，进入论坛，看看版主和编辑有什么新的指示，然后退出。来去匆匆，生怕突然暴涨的电话账单，迎来母亲不满的抱怨。她已经为我付出太多太多，既然顺从可以让她寻找到一丝心灵上的安慰，我何乐而不为？

不知道从什么时候开始，一向只知苛求的我竟然也会变得如此的善解人意。

网上网下孤独依旧，可我的心已然有了说不出的喜乐。

8月初的一天，一样来去匆匆的我目光若有所思地停留在网站首页上艾文老师的《有夫如此，妇何复求》。

天意巧合，彼时，“我”正以一个弃妇的面具，出现在丁香文学社的《家有男人》之中。在那里，“我”有“得夫如此，夫复何求”之叹，两者相比，艾一文老师的“有夫如此，妇何复求”，韵味则较“我”更深更巧更令人回味。仔细揣摩之后，我一叹三服。于是会心一笑地走入此刻天涯社团，以一个过路人的身份不露声色地窥视“过往众人”。

慢慢地，一种不可抵挡的诱惑，让我更多的时间在此刻天涯，流连忘返。

那是一种怎样的诱惑呀——虎皇傲天和叶沧浪的侠义情肠，白江的严谨务实，风神之彩的行色匆匆，十九楼的率性，笛声如风的从容，泌涵和何似在人间的婉约清秀，秦雨巷的奇思妙想，还有荡雪风霜等新生代的校园学子的清新脱俗……不同的人，不同的性格，不同的性别，不同的年龄，在亦庄亦谐、宽容大度的大家长夜行天涯和长袖善舞的二当家禾页青青的周旋下，这里和谐共鸣，一种大家庭式的快乐在其间弥漫。

不经意间，风景无限……

我的心莫名地感动：这不是我正苦苦追寻的世外桃源么?

于是，虽然命运早已注定是寂寞孤独，然而不甘于寂寞的我在寂寞中不由自主地加入到了这个因共同追求相聚在一起的大家庭。

感谢艾文老师，如果不是你那令人折服的文章，也许，我现在仍是网上一只来去匆匆的超级大菜鸟。

在那些日子里，我因为被一个健康光明的群体接纳而兴奋着，这里有我梦寐以求的平等、自在。

与网络鲜有接触的我，是一只名副其实的超级大菜鸟，不知道怎么写评论，不知道怎么跟帖和回帖……是此刻天涯里那些欢快年轻的前辈，用热情激励着扶助着我这个“笨小孩”一步步地成长。禾页青青向我讲解网络通用符号的涵义，教我应用鸡毛信和笔友建立基本的交流，白江耐心地在网络的远方，一步步地指导我QQ聊天的应用，何似在人间不辞辛苦地帮我寻找需要的资料，虎皇傲天告诉我个性空间如何的开启，夜行天涯鼓励我说成败得失不必在意，关键是写有自己风格的东西，快乐就好……

这一切，他们只是因着一个陌生的ID、一个不经意闯入他们的世界向他们索取快乐的陌生的I D而慷慨给予。我深深地感动着，被一种前所未有的快乐深深地感动。

“快乐就好。”快乐，是人世间最慷慨的馈赠。

让快乐流行，这是我进入网络文学社团后除了写作外最大的收获，正是夜行天涯以及此刻天涯编辑们给予所有写手最慷慨的鼓励，才让我们这些刚起步的业余写手们努力写作，焕发出创作热量。此刻天涯已不再只是一个生硬的栏目，而是一个只抚摸心灵的温暖大手。

经过一年多的投稿和交流，我也鼓起勇气申请加入到编辑队伍，整理大量投稿、筛选文章、写精品导读，并和志同道合的文友们一起参与论坛管理。虽然，我在文学鉴定能力还有待提高，但我也想传递快乐和温暖，向在写作路途摸索的朋友送上我真诚的重视与鼓励。

快乐是什么？快乐是爱和自我存在感！

当快乐点亮了我浅陋的生命时，随之而来是一种恐惧，恐惧这种快乐的失去。

社团朋友们常常举办各种活动，贴照片、讨论写作、交流各自的心得、互赠书籍等等。而我却因着自己小小的心结，始终是藏头藏尾，行踪少露。

一个又一个网友，一次又一次地试探着穿越我重重的帷幕，想和我建立坦诚的友谊。而强烈的自卑却使我将他们善意的呼唤拒绝在越裹越紧的层层幕帐之外。三缄其口，只是因为无法超越隐藏在心底的恐惧。

假作真时真亦假，一旦揭开我卑微的身世，他们还会接受一个苦中作乐的竹子加入他们的快乐行程么？我害怕，害怕真相一旦大白于天涯，便会失去快乐的理由。

而这一切，随着时间的推移，让我越来越陷入愧疚，一种以小人之心度君子之腹的愧疚之中……

因为，在这里，在天涯，心头，有一种可以奋不顾身的感动。

终于，我鼓起勇气，向榕树下，向此刻天涯，向所有关注过我文章的网友，真诚地袒露真我，并且深深地说一声谢谢，是你们热情的帮助和鼓励，给予了我，一个行将就木的、卑微的、真正的我，坚持到底的勇气。

我慎重地写下一个个名字，这一个个名字是一场场萍水相逢的感动，结成一条结实有力的绳子，把在枯井中坐以待毙的我一步步打捞上来，看到阳光，感到光明，得到快乐，是你们让我知道，无论是谁都可以过上更美好的生活。

也许明天我的生命将不复存在，但我已无憾，我实实在在的快乐过了，那种快乐熠熠生辉。

生日快乐

我和她有缘相识于网络。

这天她问我要生辰八字。虽然万水千山相隔，素未谋面，我还是不假思索地告诉了她。因为她说我们是朋友。

是的，我们是朋友，是通过网络认识的朋友，但友谊已经从普通网友上升到好朋友。

是网友可以藏头缩尾，是朋友就应当坦承相见。

我是很愿意交朋友的，反正吃亏的，肯定不会是我。要钱没钱要势力没势力，唯有烂命一条要死不活，脑门上黑气萦绕，隐隐泛着人皆可弃四个血红大字，像这样一个八分似鬼二分像人，走在大街上行人都唯恐避之不及的怪物，居然有人眼巴巴地撞上来要和我交朋友。

哎，网络这东东真是误人不浅。我想她不是中邪就是走火入魔。

她看到我打过去的一串数字后惊叫起来：你就要过生日了，告诉我要什么生日礼物?

不要。我斩钉截铁地说。生日?我恨不得把这该死的日子从我生活中剔除。

恐怕有此想法的不止我一人。

比如我的爷爷。他常常说他的儿子是被他儿子的儿子克死的。我爷爷有好几个儿子，但被克死的只有一个。

我是早产儿，俗话说七活八死。意思是七个月大的早产儿容易活八个月大的早产儿不容易活。我出生时正好是八个月大，可要死不活的我却不死不活地活了下来。由此可见，我的命真的是硬。

命这么硬肯定是要克死人的。克死谁？备注在我的出生日期：8月4日。8484，爸死爸死，这正摆明了的告诉世人，这小子就是克父的灾星！

我的父亲是在我降生前的二三个月，因心脏病猝发去的天国。

中国人喜欢数字八，但生孩子最好不要选八月。你不信？第一天，八一，爸要什么？这分明是在提示，后面紧跟着就告诉你来了，八二，爸饿，爸要饿死；八三，爸伤，爸要受伤；八四，爸死，爸要死；八五，爸无，爸要无了；八六，爸溜，爸要溜了；八七，爸去，爸要去了……看看，没一天是黄道吉日！幸好现在医术发展，提前生推迟生都不是什么难事。这项发现不知可以为多少家庭消灾避祸。

这样一个破坏家庭幸福的元凶，没有立刻扔进马桶淹死已经是皇恩浩荡了，难道还指望家人每年一度为我的生日唱欢乐颂歌？做梦都别想！

小时候不明就里，看见玩伴过生日很是羡慕，于是也吵着要过生日。继父拗不过，于是煮了面煮了蛋为小寿星祝寿。

母亲看见，狠狠地瞪了眼："吃！吃！吃！最好噎死去！"正在喜滋滋吃蛋的我立刻面色紫涨。生日诅咒果真是灵。

继父急得在我背上拍个不停，终于把噎着的蛋白给拍了出来。

又拣回一条贱命，你说我的命硬不硬？

我真的很不是东西。看看别人家，父母平时对孩子又是打又是骂的，可孩子生日这天父母兄弟姐妹们众星拱月有如侍候皇帝一般，一家人其乐融融的。可我为什么却在生日这天让家里硝烟四起战火纷飞呢？

吃面有什么好？希里呼噜的活像猪八戒在找食，生日蛋有什么好吃的？又淡又涩的，味道比炒蛋差多了，从今往后再也不要吃它们！我抹了抹眼泪说。我的性子一向很倔。

穷在深山也有远亲。那年大姨小姨两家六口人浩浩荡荡地来探亲。父母要上班，老哥几近不食人间烟火，外事接待的重任自然而然地落在我头上。陪她们逛街是不错的选择。

途经蛋糕店时我猛然想起今天是自己的生日。何不借此机会享受一下西式生日？我为自己的计谋激动得两眼冒光。我盯着蛋糕说：今天我生日。

小姨夫第一次见到外甥，于是很慷慨地说：哇，那我们买个大蛋糕好不好？

还没等我带姨夫窜进蛋糕店，大姨就拉住了小姨夫，神情严肃地用方言叽哩咕噜斥责了一番。我虽然听不懂，但从她话中反复出现的“阿姐阿姐”，一向敏感的我猜也能猜出个大概。

蛋糕又不是没吃过，上面的奶油腻得人心发毛，下面粗糙的蛋糕味同嚼蜡，没有什么好吃的。我故作潇洒地对蛋糕说，拜拜。

从此以后对生日兴趣寡然，就连同学们之间红红火火的生日交际，我也是以父母管束甚严为借口，不参加不邀请，清风傲骨，巍然独立，成为同学中的另类。

真是酷毙！

日子在浑浑噩噩中一天天过，生日于我的意义越来越有今昔是何年的淡惑。

现在有人突然地说要送我生日礼物。不要不要，就是不要，我才不要死水起波澜。

可是她却固执己见。

她的难缠我是早有领会。

许是见不得我装男扮女在网络上迷惑天涯众生，于是乎她拍案而起，鸡毛信QQ不间断地轮番轰炸，甚至于打了电话要求验明正“声”。

看那架式，如果我不老老实实坦白从宽，她说不定就要劫了飞机杀上门来兴师问罪。

其实我并不是有意误导网友，实在是现实生活中的我确确实实是个神憎鬼厌的超级无敌大恐龙，一旦显露了真身，从此之后人们会像远离毒品一样的远离网络。

费尽唇舌的解释也无法消弭她的不信，我只好使出杀手锏：我手头上正好有份相关单位索要的家庭简史。这份“黑材料”足以让她所有的疑问迎刃而解，索性把底牌发给了她，同时要她保证不揭穿我的真实面目。

她信誓旦旦地应承。

我的心有点痛。从此之后她会从我的眼前彻底消失吧，我想。

虽然我不想失去朋友，但她的热情是那么的认真执著，我不想欺骗她。

没想到，我错了。

她不退反进，居然要为我的“第一次”负责！

第一次和网友通电话，第一次和网友信件往来，等等，她总有理由堂而皇之地给我“补偿”，不管我接不接受。

此前已经不打招呼地给我邮寄了礼物。

不说都做了，说了我相信她更是做得出。

有人愿意关怀，却而恭之反倒显得虚伪。于是我说既然你诚心诚意，那就送我两本亦舒的书好了。

她一口答应。

一星期后我收到十三本书。十三？十三点？真要命，口口声声说要做淑女，有这么大大咧咧的淑女么？

是的，她不是淑女，是强盗，居然趁着朋友乔迁新居的时候为我去打劫。天可怜见，想不到我一介良民今日竟沦落成了“匪类”。劫就劫吧，那位乔迁之喜的朋友平日里乐善好施，这一劫，好家伙，光是书就劫了二十七本，还有碟片四十三张。

她张牙舞爪说，正在重感冒的这位被劫者居然学着日本人点头哈腰：多谢惠顾！

我乐得差点没晕过去。

这一下子就弄了四十本书。晕，四十，是死，难道是说看到死也看不完？

她又告诉我说，她聊天的时候“无意”地又把我的生辰八字告诉了另一个朋友。那个朋友平日里就有好好先生的美誉。

你看你多幸福，又多一个送生日礼物的了。她说。

丫头，我又不是傻子，怎么会不明白这一切都是你的处心积虑？我叹了口气。

极度的自卑滋生了超强敏锐的触觉。早在她给我的信中我就已经看出了破绽。

她说，不要因为害怕接受爱，而封闭了倾诉的心；她说，其实社团里还有许多人在默默地关心着你。她刻意地将自己真诚的付出小心翼翼地掩藏在大大咧咧的外像之后，为的就是让我能够毫无压力地敞开心扉接受她的帮助。若非如此，她何必要煞费苦心天南地北地找这些口碑甚佳之人做幌子？只要不捅破这层纸，我大可装聋作哑心安理得地坦然接受她无私无欲的帮助。

丫头，我何德何能，竟得你如此的厚爱？我唏声长叹。

这不对等的付出让我于心有愧。

我终于忍不住地揭穿了她。

也许是没有想到我会那么直截了当地捅破这层善意的伪装，一向反应敏捷的她居然有了片刻的愣怔。

但旋即她飞快地打出一大段话将我的论点一一驳回。

她说，她所做的一切都只是为了鼓励我的自救；她说，如果能借助你的事将淡漠的人们同情心激发，这是你的善举；她说，我们的书反正放着也是积灰尘，何不废物利用？

这就是她的逻辑，一向调皮任性的她在极力否认的同时却马脚四漏。我笑了，我的心也恢复了平静。

自救救人，她居然把我当成了济世的良方。

能不能救人我不知道，但自救的信心在一点点增强。

今天，是我的生日，在她的授意安排下，网友在网上为我举办了生日派对。在这天我还接到另一个在网上认识的朋友寄来的生肖玉。

虚拟的生日派对热闹非常，而现实的生活中我却依然没有生日面，依然没有蛋糕和蜡烛，没有家人的祝福。

正当莫名的惆怅蒙上我的心头之时，却接到千里之外的她因为“闲得无聊”而打开的长途。

一个多小时的电话化解了我心头所有的失落。

当我徒然的努力早已让身边的朋友和家人麻木，当我眼中的希冀早已被身边的朋友和家人忽略，远在网络那一端却传来她温暖的问候和关怀。有友如此，夫复何求？

亲爱的秦雨巷，你知道吗？这是我有生以来最开心的生日。

我恋恋不舍地放下电话，眼中有潮水涌动。不管有多遥远，不管天有多黑，那无私的友爱如一团光明正翻山越岭而来……

至少遇见了你

我清楚地记得，那是我上网的第三个年头，2005年的夏天，我三十八岁。有些事发生得如此突然，如此“惊心动魄”，让我终生难忘。

七月一日，正是此刻天涯文学社团成立二周年。社友们在论坛上点起“绿灯”盏盏，“人声鼎沸”，一些久不露面的老朋友也在这个重要的日子，抛却手中繁忙的事务，跑上来发帖祝福，和久违的朋友互致问候，热闹喜庆有如新年。

周游还搞了个颁奖庆典，我很荣幸的被评为第一绅士。因为他们说，我为社团做的事有目共睹，可是却很少人知道。“……看似半潜水状态的你，在背后为社团默默地做了多少不为人知的事，所以我把这个奖赠给你。”

我在论坛里流连，迟迟不愿休息，直到深夜，家人一催再催，才恋恋不舍地下了线。

余留的激动让我躺在床上翻来覆去，几乎一夜无眠，两年来与此刻天涯朋友们一起度过的快乐时光，似梦似醒之间，一一在我眼前涌现：天涯山庄故事接龙、吸血堂写文竞赛、十全十美珠联璧合……每一次活动都轰轰烈烈、有声有色，用文学的形式展现每个人的性情和才华，将陌生的我们感情一步步拉近，成为彼此生命中亮丽的一道风景。

次日，吃过早饭后急忙上网，看论坛里午夜场又有什么精彩节目上演。

正看得起劲，电话响起。是焱阳，她问我吃过早饭没有，还做委屈状，说她肚子饿，向我讨饭。

本来昨天和她说好，在论坛不见不散，共贺社庆，谁知她却失约。一向晚睡晚起的她这下大清早的问候，莫不是想向我负荆请罪？心念于此，我哼哼冷笑，说，要不要派飞机空运早点给你？

不用空运，我过来吃。她果断地说。

她话语中掩饰不住的得意，凝固了我的笑，我整个人背一下子抽紧，心突然提到嗓子里。我叫了起来，什么？！！！

此前，有两次她说了要来，但最后都因为意外状况而未曾成行。难道……她什么也没有说，只是笑，有一种阴谋得逞的得意。

呆了片刻，我稳了稳情绪，问她，你现在到哪里了？她问了司机师傅后告知，快要进入邵武了。也就是说，再过半个小时左右，我就要见到阳阳了。

放下电话后，我脑袋一片空白。虽然知道和她的见面是迟早的事，但真的要见了，心里还是觉得挺复杂的。

突然，我想到另一个人，秦雨巷，这个爱搞怪的家伙，这段时间她与阳阳私下往来频繁，这次突然而至，莫非是她在背后主谋？马上打她手机，居然掐线！

难道是打错？

父亲老早上街买菜，不知道有客来，也不知道要闲逛到几时。幸好母亲的一位教友上门来，母亲便央了她上街采办兼做临时厨娘。

等待的时间真的是好漫长，我也无心做收集整理了。看见清绘在QQ上，和她核对雨巷的电话号码，没有错。这说明她是有心不接我的电话。我便更加相信自己的判断了：那辆车里，除了阳阳，还有雨巷。

因为路状不是很熟，司机师傅带了阳阳在离家几百米外的地方兜起了圈子，差点让我紧张崩溃。

阳阳来了，真真实实地站在我面前，披散着一头乌发，姣巧的身材，一袭黑色连衣裙更衬得肤白如雪，背着一个小肩包的阳阳，看起来像是个在校的大学生。

以为她看到半人兽会吃惊，谁知道她居然无动于衷，太令我失望了。

不过没有看见秦雨巷。我也不敢询问阳阳，怕她骂我得陇望蜀。

阳阳在网上管叫我“相公”，倒真像是回门的小媳妇，翻箱倒柜的把我平时的用药拿出来拍下，准备回去后请教她认识的老医生。看到我在和清绘聊天，搬了张椅子坐下就开始玩双打，把个清绘弄得四处喊救命。用幸福去欺负人的感觉就是爽。

午餐简简单单的弄了几样菜，她拼命的赞不绝口，摆明了是卖乖笼络人心。

吃完午餐让教友送她去招待所休息。

阳阳到了招待所就打电话过来，说是安顿好了想要过来，问会不会影响到我的休息？我说会，让她洗洗休息一会儿再来。她有点委屈的答应。

其实，我也想多点时间和她在一起的，可是，她起大早的赶过来，太辛苦了。

趁阳阳休息的当儿，在博客发了篇日记，然后在论坛和QQ上和人闲聊，用满满的幸福刺激人。友友看见博客了，打电话过来问：是不是真的。他的话音，酸溜溜的。我大笑，让已经坐在我身边的阳阳拿了无绳电话的手机和友友讲话，友友才相信。

友友说，竹子，好好照顾阳阳。看，到底是男人和男人之间的对话。

七月三日，秦雨巷也不顾台风冲毁铁路公路，从福州坐火车到南平，再从南平乘汽车避开坍塌的国道和高速公路，绕道山间小路，一路颠簸风尘仆仆地赶来和我们汇合。

这是我第一次和网友见面。

她们两人是此刻天涯社团里极具人气的实力派写手，各有美文独立出版或结集出版，不但文才出众，而且貌美如花；而我却是年长貌丑，文笔粗鄙，她们和我在一起堪称现实版的“美女与野兽”。可是我们却像久别重逢的老朋友，无拘无束，一起聊天，嬉戏。

知道我生日将近，焱阳和雨巷又特意进城买了生日蛋糕，提前庆生。因为我在一篇文章中曾写到过，我是“克死”亲生父亲的遗腹子，所以从来不被提起生日，也从来没吃过蛋糕。

秦雨巷，虽然我对生日蛋糕念念不忘，没想到你比我更念念不忘。

快乐总是短暂，欢笑转瞬即逝。在分别的那一刻，三人彼此眼中的那一抹不舍和忧伤，一览无遗。

蚂蚁来电话，知道雨巷他们走了，和我一起陷入一种莫名的失落，聊了没几句就收了线，这两天蚂蚁、清绘、椰子、仙手、东京等众好友一直来电话参与我们聚会、分享我的快乐。

焱阳在路上给我电话，让我看她留在电脑里的信。

这两个电脑前，她和我形影不离。只有今天下午吃生日蛋糕之后的片刻空暇，她独自留在电脑前，想来这封信便是她那一刻留下的。

放下电话，电脑也进入了桌面。我没有立即打开我的文档，而是将阳阳今天早晨安装的 MP3 打开，然后在流淌而出的音乐里，打开了那封信——

亲爱的竹子：多的话不想说了，我只想告诉你：一定要好好的，一定要好好地努力地坚持下去。

哪怕只为了这个世界上，有一个叫做焱阳的女孩子，这么的这么的喜欢你，这么的这么的希望你好好的生活!

我要走了，那么巧，正好在听龙宽九段的歌，《我听这种音乐的时候最爱你》。蛋糕好吃，音乐好听，这世上还有很多很多歌舞升平要和你一同分享。

阳阳　2005 年 7 月 3 日，星期日

我的鼻子忽然就酸酸的。

“一家四口都是重度残疾，母子三人因患进行性肌营养不良症完全丧失生活自理能力，一家的生活重担全靠六级伤残、本身也需要人照料的继父来承担。”无论是这样不幸家庭的成员之一，还是直面这样惨淡家庭的朋友，又怎么能真正做到无动于衷?

在相聚的时光里，我们彼此都在克制情感的另一面。我不想让我的痛苦影响她们，她们也不想让她们的伤悲触痛我的心。我们珍惜这得之不易的相聚，竭力把欢笑和快乐，凝固成永远的美好回忆。

在网上，我一直隐瞒自己的状况。残疾人特有的敏感，极度自卑而又非常自傲，使我背负着重壳，与家庭之外的世界保持着距离，避免伤害。

是的，伤害。对我来说，现实生活中，伤害无处不在。有心的无意的，一个眼神一个动作，都可能使我血流加速，寒毛倒竖，使我时时刻刻不敢忘记，自己的与众不同。

而在虚拟的网络世界，我可以潜形隐迹，收起所有的戒心，肆无忌惮地嬉

笑怒骂，甚至促狭地搞些恶作剧捉弄人，开心大笑。

可是细心的秦雨巷却从我的文章中捕捉到我生活的不幸，开始对我持之以恒的关注和帮助。

当初来到“榕树下”文学网站，一来是希望借涂鸦打发无聊的时间，二来是想通过锻炼，尝试着在写作方面寻找出路。可是当我看到树下写手藏龙卧虎，文采比我出众者比比皆是时，我放弃了自己的痴心妄想，消极地沉湎于游戏之中。

在我灰心倦怠的时候，是秦雨巷第一个伸出手，和此刻天涯的朋友们不断地给我鼓励，拉我参加各种活动，在节日和我生日的时候，赠书和贺卡，给予我精神的食粮……是她们无私的帮助，调动我的写作热情，才使得我的文字功底有了较大的进步，才能在参加电子校对考核时脱颖而出，成为图书工作室文字校对的一员，才能坐在轮椅上做些力所能及的事，改善生活，愉悦精神。

而她们的帮助并没有就此止步。

当秦雨巷和焱阳发现真相的残酷远远超出她们的想象时，她们再也沉不住气了，觉得必须为我、为我家再做些什么，否则良知难安。

她们满腔热血地开始了行动。怕伤及我的自尊，她们没有在公开场合大张旗鼓，而是将我家的真实情况通过鸡毛信向社团内的朋友广为传发，同时请社团 CEO 禾页青青出来主持，在社团内部展开捐款，为我的疾病的治疗和生活的改善筹集资金。

此刻天涯社团的朋友，有的工作小有成就经济条件相对较好，他们说，“至于经费，我想不用惊动社团的那些小孩们，我们少上次牌桌、少去几次酒吧。”有的做一份工作赚取微薄的薪水养家糊口，可是她说，“按标准我是 500 的，但是，我还是 1000 吧。不然我会不安。”有的无业在家做全职的家庭主妇没有经济收入，可是她说“我虽然已辞了工作当了居家太太，不过老公也想表示一点绵薄心意，作为给竹子的一点支持吧。”有的工作不稳定居无定所，可是他们说“刚毕业，没多少钱，尽点小力吧，我们都祝竹子好。”有的还是学生，经济尚不能独立，他们却说“有钱出钱有力出力，有什么要帮忙的，一定要算上我一个。”

当活动随着参与人数的增加，慢慢地不受控制，由地下转到地上时，社团的朋友开始担忧了，她们怕由此逾越我一直以来固守的雷池，会对我造成伤害。她们不断地和禾页青青联系，表达她们的忧虑，并希望能尽快地寻找到最佳的解决方案。“但愿竹子不会觉得被打扰，不会破坏了好不容易才建立起来的平静，而会因为这么多的关爱，在尚存的日子，感到温暖，如此最好。”“有些关怀，用情很深，却看似淡淡的，让接受的人不会感到有负担。”

我一遍又一遍地看着禾页青青转来的这些鸡毛信，泪流满面直到眼睛生疼。

我生性木讷，面对突如其来的帮助时，显得不知所措。我的自尊心开始抗拒，怕被人误会以为我在利用苦难向人乞求——尽管我连乞讨的能力也丧失殆尽。

我没有想到，我的顾虑她们也一一料到。她们认真地做着这一切，并不是简单地当做一种居高临下的施舍和怜悯，而是把帮助他人作为自己的人生职责。

秦雨巷笑嘻嘻地说，你老就高抬贵手，给我们一个做好事的机会吧。

阳光玫瑰说，不是你要感谢他们，是他们要感谢你。施比受有福。你的接受是帮他们积累功德。

禾页青青说，这是“人以类聚”的机会，大家因为“心中有爱”而彼此靠近和相认，你就不用客气了。

有友如此，夫复何求？

他们的举动感动了树下其他社团的朋友，安桐、楚惜刀、画上眉儿、蓝梦碎蝶等等，一个个陌生的ID，传递着一样感人肺腑的温馨。

大学毕业正在找工作的孤峰皓月，也加入到帮助的队伍中来，他四处奔走，在各个论坛网站为我寻医问药。正是他的努力，我的故事才引起了山东卫视的关注，我们一家相濡以沫的故事，才走出偏僻的山区……

在现实生活中一路跋山涉水却始终看不到风景，而在虚拟的网络却博得了掌声和鲜花，这一切始料未及，让我如今想来仍恍如在梦中。

不管经历了什么，这一些都是为了此刻让我明白爱是人类最大的财富，无论得到或给予，都是无上荣耀。如果说，每个人的人生都是一次学习过程，我上到了最好的一课。

阅读，我心中的绿洲

残疾人受自身条件的限制，无论在学习、工作还是生活上，遭遇的坎坷必然比健全人多。但风雨过后有彩虹，当度过一个个艰辛后，蓦然回首发现，那一段心路历程，也是人生别样的财富。

这样的例子不胜枚举。

史蒂芬·霍金，身体不能动，思想却能穿越时间和空间，在茫茫宇宙里遨游，探索黑洞的秘密；路德维希·凡·贝多芬，耳朵失聪，手下流淌的却是万世传诵的乐章；海伦·凯勒，听不见也看不到，却靠着双手的触摸博览群书；张海迪，胸部以下全部瘫痪，躺在床上却放飞梦想……当然，如果他们没有丰厚的学识积累，这一切皆无可能。

好书是陶冶性情的根源，阅读是通往心灵的桥梁。登高望远，踩在巨人的肩膀上，你就是巨人。

遗憾的是，这样浅显的道理，我却是在失去行动自由之后才渐渐领悟。

当年，因为进行性肌营养不良症，我犹如一头困兽，对未来感到绝望，看不到生命的意义，在长吁短叹中蹉跎岁月。

后来我想，还是找点适合自己做的事吧，于是，沉下心来开始阅读。随着阅读的深入，我渐渐发现了阅读的乐趣。阅读像夜航的灯塔，将我从自怨自艾的迷茫中引导出来；阅读像春天里撒播的种子，将我原本荒芜的精神世界改造成绿洲一片。阅读成了我生活中必不可少的良伴。

我的阅读是从网络开始的。在网络上，我结交了许多喜爱文学的朋友，在他们的热心引导和帮助下，我终于明白，想要在自己期望的写作道路上有所突破，就应当去阅读那些名家名作，博采众长必然会有所收获。

于是，我的阅读开始转向。

同样的是名家名作，我更喜欢那些语言风格独特的作品。比如余华的冷峻，让人有置身其中感同身受欲罢不能的苦痛；王朔的不拘一格，让人在如蹦豆儿般诙谐的京腔快韵里看到现实生活的无奈；亦舒的简洁，像一朵朵幽谷百合，散发着淡淡的忧伤却充满了令人奋进的香味。书海浩瀚，我想每个人都可以在其中找到自己感兴趣的作品。

在我看来，阅读的重点应当是把握细节是如何影响文章的布局、左右读者的思想和情绪的。细节是偶然的，也正是这一个个看似不经意的偶然带领我们的阅读悄然奔向文章的主题。如果在阅读中忽略细节的匠心独运，仅仅只注意有趣的事，那就好比买椟还珠，舍本逐末，掩卷之后仍是知其然，不知其所以然，脑中一片空白。

阅读除了求知消遣，也会激发人的创作欲望。然而阅读是愉快的，写作却是痛苦的，有时搜肠刮肚也找不到一点写作的灵感，有时灵光四射却又不能找到合适的词语直抒胸臆，让人心灰意冷只想放弃认输。幸而每每此时，朋友们便会鼓励我。让我明白唯有不断练习，持之以恒，才能形成自己的写作风格。

感谢我的朋友们，是他们的坚持不懈，才使我在文学的道路上慢慢成长，渐渐成为一名受人喜爱的网络写手。当阅读和写作成为生活的一部分，我足不出户独守屏幕，却从此与世界零距离，从此不再孤单，虽然依旧贫苦，却内心充满喜悦，以感恩之心，认真过好每一天。

海迪大姐来电话

题记——

问：你有崇拜的偶像吗？为什么崇拜他（她）？

答：海伦、海迪是我崇拜的偶像。只有切身经历苦难，你才会明白，她们的成功是多么的不容易。

海迪大姐来电话了。

当那一把温和的声音自报家门时，我几乎不敢相信自己的耳朵，于是不由自主地脱口而出：呀，是你呀！我还以为你早已经把我忘记掉了！（口不择言兼狂妄自大，严重鄙视自己一下。）

电话那头传来爽朗而歉意的笑声，她说，本来早两天就要打了，但因为事忙，身体又有些不适，因此拖了下来。

她的话证实了我的隐忧。同为被禁锢了自由的残疾人，我明白高位截瘫的她长时间坐着会有什么样的不良反应，看着她通宵达旦地在博客上，怎么不令人为她捏一把汗。

接着她开始和我闲聊起来。

聊我的家庭，聊我母子的疾病，聊我可敬的父亲……她像个大姐姐一样，声音略显沉重而专注。她希望我们一家能继续努力，相扶持共患难；让我们树立信心，相信生活会越来越好的；她说有什么困难不要忘记找她帮忙。

聊博客时，她像是与相识已久的朋友一般，与我笑谈博客的利与弊。我一直很诧异她为什么总是在半夜三更才爬上来打理博客，聊了才明白，作为名人，她白天的时间基本都被安排得满满的，她只恨自己不是千手观音，恨自己一天的时间不是48小时，恨自己不能为更多的残疾朋友做些事。听到她的感慨和无奈，我的心有点酸痛。论名，她已经有，写博，也无利可言，她那么辛苦写博，不是为她自己，而是基于她对社会的责任感，她是想将鲜活的生命化作迎风飘扬的旗帜，在鱼龙混杂的虚拟世界，在眼花缭乱的博客群里，用她积极健康的态度，乐观向上的精神，去鼓舞和指引更多的残疾朋友走向自强自立之路，去引导容易误入歧途的青少年走出花花绿绿的物质世界的诱惑，在坦荡和煦的阳光下走向美好人生。衷心希望海迪大姐多保重身体，让充满爱心的旌旗飘扬得更高更远。

也聊到她的工作。作为政协委员，即将参加两会，她正在准备提案，争取为残疾人朋友们争取到更多的福利。谈到目前残疾人的生活状态时，她的忧心溢于言表。她说作为残疾人的代表，她为残疾人做得还不够。而我明白，在目前的国情下，残疾人事业能取得如今的成就，不知凝聚了她们多少汗水的努力。

时间在谈话中不知不觉地过了半个小时，我知道海迪姐事务繁忙，我不应该耽误她那么多时间，但是我却沦陷在她那温和而富有感染力话语里不能自拔，只希望时间能过得慢一点、再慢一点……

网络真的是很神奇的东西，海迪姐和我一个在山东，一个在福建，南北相隔几千里，一个是大名鼎鼎的社会公众人物，一个是籍籍无名的草根流民，却因为博客，成了可以对话的朋友。

新浪的博客是茉莉帮我弄的，博客的名字也是她帮我起的，开始用的是“隐忍的日子”，后来改成“轮椅上的梦”，借用海迪姐书名的初衷，她是要我以海迪姐为榜样，身残志坚，带着对生活的美好信念，坚强面对人生，而不是傍名人。

但我和茉莉并没有想到，海迪姐会在数以百万计的博客里发现并关注我，还认真阅读我的博客内容并给我留言鼓励。还特意要去我的地址，寄来了两本她写的书《轮椅上的梦》和《绝机》，激励我与生活的逆境作斗争，并将我们家的情况反映到福建省残疾人联合会，希望他们能帮助解决我们生活中遇到的实际困难。

当她知道我父亲参加“感动福建”人物的评选时，不但自己投了票，还在她的博客上介绍了我父亲的事迹，并呼吁更多的人参与，为我父亲的拉票，她说“我们是兄弟、我们是姐妹、我们是亲人。”

海迪姐曾说她会打电话给我，我以为只是一句戏言，她的工作已够繁重，需要关心的人也很多，没想到她真的把这当成一种约定。

有一种人胸怀大爱，力尽所能地发出自己光和热去温暖他人。

以前，曾被问到谁是偶像。我答，海伦、海迪是我崇拜的偶像。因为只有切身经历苦难，你才会明白，她们的成功是多么的不容易。

与美女们一起工作

到底是春天了，连早晨的太阳都让人觉得欣喜，上午接到校对稿子了，这是春节后的第一本书稿，投入工作的充实真令人愉快。

四个和我打交道的编辑都是美女。牧和萍性格比较活泼，所以有的时候我敢和她们开开玩笑。

记得有一次我这里停电，萍在线上找不到我，于是她打电话过来，告诉我稿子发到我信箱了，让我有空收一下。以前都是“手语”，听到她真声，还颇有些意外。她的声音千娇百媚，很有诱惑力，是那种让人听了可以勇敢地向悬崖外迈步的级别。我调笑她，她得意洋洋，说她们这一班美女编辑，个个声音都甜得可以让人发疯。

真受不了。知道男人都贱，也不用这样引诱我吧。

而莉和蔡两位，性格则比较内敛，因此除了稿件往来，几乎不敢和她们说话，生怕我口不择言的让她们反感。

四个人的共同特点就是每次收发稿子的时候都要说谢谢啦、辛苦啦之类的话，一点也不嫌烦，害得我也拼命鞠躬说不用客气，应该的。

一比四，累得我呀，郁闷。

几个美女对我都挺体贴的，她们不嫌烦的悉心指点，让我从一个校对的门外汉，渐渐成为比较合格的校对。

牧说，这份工作很累，钱又不多，我做了，又做得这么好，所以她们觉得是我在帮她们的忙。

说的是哪里话，是她们在帮我忙才对。现在社会竞争压力那么大，正常人找工作也不容易，更何况我，要找个足不出户的工作不知有多难，因此有事做我已经很开心了。虽然钱不多，但起码是自己赚的，意义上不一样。

因为珍惜，所以做得好不敢说，但做得最认真应该算得上。

另外我这人生性懒散，没有紧迫感不会认真看书，也正好借着校对，强迫自己多看点。正如老虎所说，做校对可以先睹为快。

有校对费可收、有样书可一睹为快、又时时得到美女们的体贴，这样一举三得的好事，何乐而不为。

美女们给了我这个工作机会，但工作不是慈善，一旦投入也必须有过硬职场素质。有时候出版任务繁重，也会忙得昏天黑地，几位美女编辑直担心竹子这小体格会吃不消，没想到我每次都保质保量按时交稿，美女编辑们常目瞪口呆，将本竹惊为超人。

这不是本竹第一次让人觉得吃惊了。

记得刚参加工作那会儿，恰逢单位重组，由原来的厂变为车间，我毛遂自荐去当车间统计员，车间主任根本瞧不上眼，说，我们有比你更合适的人选。他的合适人选是原来厂里的出纳。但她做了一个月，却因为无法适应统计的繁琐，哭着跑去车间做杂工了；又换了几个人，结果都是一团糟。三个月后，主任找到我说，经过研究，让你接手。当时许多人也认为我是兔子的尾巴长不了，准备看我笑话，谁想到接手后，不但游刃有余，还将五金材料库、半成品库和钢材库一并接管，甚至还帮着主任制订了生产控制、质量控制和材料消耗控制体系，使产品的质量上了台阶，同时大大降低了生产成本，让人刮目相看。

第二次让人觉得不可思议是参加自学考试，当时家里添了两台编织机，一台哥哥做，一台我做。除了编织，我还得将哥哥和我编织下来的衣片用缝纫机缝合成衣，还得采购绒线，还得上班，在这种情形下，我还报名参加了自学考试，没有参加什么补习班辅导班，所有的疑难问题都要自己摸索解决，学习时间真的只能是争分夺秒了。那时常常晚上一两点睡觉，早上六点半起床，睡眠少，人累得比现在还要形销骨立，走在路上像在飘。却也只用了三年半的时间完成了自学考试，总平均分还在70以上。让自考办的老师和参加自考的同学咋舌，谁也想不到这个生得像有智力障碍的人居然能那么快拿到毕业证书。

其实人的潜能是无限的，只要心中执著，精神会凌驾于肉体之上，让人变成超人，去完成那一个个不可能完成的任务。

别看竹子细胳膊细腿的，却也是一汉子吧，有此和美女们一起工作的“艳福”，当然会好好表现一番，也不负美女们争相另眼相待。

下午又收到一份校对稿，是童话故事。真希望我们每个人最终的结局能像童话故事那样美好而浪漫，有宫殿、有美女、鲜花遍地。

接受采访

上午九点左右，接到市委报道组小芳的电话，说要带福建日报集团的记者要来我家做访问。

我嘴上说欢迎光临，心里却叫苦不迭，有点手忙脚乱。

父亲自从去年最后一天，血管爆裂流血过多，身体一直没有恢复过来，时常会觉得疲劳。为了尽量减少他的负担，我们母子三人已经有半个月没有洗澡了，实在是脏得没法见人。身上脏，裹在衣服里人看不见，头发却是皮屑飞舞，黏稠得像乞丐。

我寻思着洗个脑袋，免得把人吓跑了。

父亲已经上街买菜，幸好有一个教友这两天在家帮忙做家务，于是请她帮忙，把我拖出到厨房，烧点水洗个脑袋。

九点半左右，市委报道组的小琴和小芳，陪同《福建日报》的主任记者敏松到我家。听小芳说，敏松是到市里做采访的，昨天听说我家的事后，被父亲的精神所感动，因此决定做个采访。

事情是由网络而起，当然也少不了要拍我怎么上网怎么写字的镜头。对于我一个手指能如此迅速敲击键盘他们都感到有点不可思议。其实这有什么呢，熟能生巧而已。现在天冷，衣服穿得多，打字速度也会受影响，如若是夏天，速度还会更快一点，但会因为长期架在桌沿的缘故，靠桌沿的那一面手臂会变成紫色的。冬天夏天各有千秋，我更喜欢夏天，起码不会那么脏，也不会冻得瑟瑟发抖。

敏松问我平时有没有看书，怎么看书，要拍些看书的镜头。我说平时看书，有时是坐，有时是站。他们觉得很奇怪，怎么可以站着看书？这得益于我良好的生活习惯，坐两个小时左右老爸就会抱我起来活动一下筋骨。我的活动多半是倚着柜子（免得不小心摔倒）做些力所能及的运动，然后就微微屈膝站在及胸高的柜子前翻翻书。

柜子上有三本书，一本是楚惜刀的《酥糖公子》（这是第二次替刀刀做宣传，嗯，明天记得找某刀要宣传费去），一本是王渡的《随缘自在》，另一本是《文学随笔集》。后两本是安安从台湾回上海过春节时送我的，安安的春节礼物有吃的、喝的、用的、玩的、看的（十八本书），还有抽的（香烟）。

拍了看书的镜头后拍了些家庭生活照，然后坐在客厅里开始问答。采访持续到十一点结束。

有人问，你这样频频接受采访有什么意义，或者你想达到一个什么目的。我说目的是很明确的，希望社会知道有我们这样的人的存在，知道我们求生的不易，希望社会对“渐冰人”多一些关怀，把特别的爱，给特别的我们，在就业和生活诸多方面，对我们大开绿灯，让我们痛苦的生活，少一些阴霾，多一些阳光。

自从山东卫视《天下父母》栏目把我家推向荧屏后，按朋友们的话说，我的家庭一夜成名。

是“名人”就有名人效应，首先是电话多了起来。有的是向我父亲表示敬意，感谢他几十年如一日不辞辛苦地照顾我们母子，祝愿我们的未来越来越美好；有的是有意向为父亲的伤脚治疗，但一来因为家庭的牵绊，父亲不放心远走千里独自长期在外，二来现在游医满天下，信息的真假难辨，我们上当已经上怕了，不敢轻易相信包治的神话；有的是要账户和地址，表示愿意为我们解决生活困难尽点心意，多的一千元，少的五十元，至今陆续接收到十九笔共计4730元，虽然有的有留名，有的没有留名，但他们的爱一样在冰冷的冬天给我们春天的温暖。

其次，作为一个网络文学爱好者的我，也因此获得了更多网络朋友的帮助，他们纷纷伸出援手，多方联系，准备为我出一本书，以便让社会上更多的人了解“渐冻人”的生活。他们希望能通过自己的行动唤醒世人渐渐麻木的爱心，以点带面，为我家、为社会上的弱势群体争取更多的关爱。作为一个网络写手，能有机会让自己码出来的字变成铅字，这是件值得庆贺的事，只是在出版越来越市场化的今天，要出版这样一本书，难度显而易见，当然我拙劣的文笔也为他们的努力增加了不小的负担。不管最终结果如何，我都要感谢他们。

另外，我家的情况引起了地方的注意。长期以来我们有问题尽量自己克服解决，避免给地方政府、企业和他人添加麻烦。我们过着默默无闻与世隔绝的生活，使得邻居都几乎忽略了我们的存在。当《天下父母》栏目将我家的真实情况做了报导后，人们被我父亲平凡而伟大的精神感动了，樵川论坛的网友、市教育局、街道办事处先后上门对我们表示了慰问，市、地两级电视台也对我们自强不息笑对苦难的精神做了新闻追踪报道。煤矿领导从电视上了解了我们的现状后大为震惊，他们没有想到我们的生活困顿到了如此地步，他们对我们未来的生活深表忧虑，他们决定由企业出面对我父亲的伤脚进行彻底的治疗，以解决我家的生活负担。

其实，一开始我并不知道接受各种采访会对我的实际生活带来多大的改变，也需要克服心理上的畏惧不断把自己的苦难和丑陋面目呈现在众人面前，但是，我想我还是应该珍惜。

正如海迪姐所说，即使我们这一代没有办法过上残疾人理想的生活，也要用我们的生命对别人留下有益的体验。

苦恼人的微笑

春天气温变化大，竹妈、竹爸、竹子挨个儿生了一场病。

竹妈和竹子是感冒。同样感冒，竹妈一星期，竹子呢，一个月。

比较奇怪，竹子太温室效应了，但凡感冒咳嗽，都要一个月才能痊愈。虚弱的竹子，在春暖花开的时刻，穿得比三九天还多：二件毛衣，一件拉毛袄外加一件羽绒服，腿上还盖着电热毯。别担心，死不了，有道是祸害遗千年呢。

竹爸怎么说呢，那天突然就难受得不行，头晕，天旋地转，趴在那儿不敢动弹。打电话到医院叫了救护车。煤业公司、街道办事处、市文明办和医院都很重视，送邵武 CT 检查，回来后住院，过了两天又做了全面体检，一堆老年病：脑动脉供血不足、颈椎病、动脉硬化、脑萎缩、老年心脏病等等，九样毛病，住了十天的院。医生说，幸好没有高血压，不然危险，以后遇到这样情况，保持平躺姿势比较好。

还没等竹爸恢复过来，竹妈却在一次洗澡时，在卫生间连摔两跤导致右腿骨折。由于体质问题，煤矿医院没有把握手术时麻醉药的控制量，因此安排转送到邵武市立医院。母亲说反正本来就是瘫子，何必那么麻烦，不如回家等待自愈；医生说骨头已经错位，如果不矫正，自愈后也会疼痛不堪。母亲坚持己见，医生征求家属意见。

人哪有不怕疼的，母亲揪心的不过钱罢了。老公孩子自顾不暇，她住院只有请护理代为照顾，一天一百四十元，再加上医药费等等，两三个月下来……事情已经发生，再心疼，钱应该花的还得花。父亲听从医生的意见，同意转院。邵武市立医院毕竟是甲三级，求诊患者众多，床位已满，目前母亲只能住在走廊。

得知母亲摔倒，街道办事处领导、煤业公司领导、市文明办领导以及基督教牧师，先后到医院探望表示慰问。在医院领导的关心下，母亲住进了病房；在做牵引时，母亲感觉左腿也疼痛得很，于是请护理叫来主治医生，再次对左腿X光，结果发现，左腿也骨折了……医院专家进行会诊后确认无法手术，一来年纪大，心脏有问题，不好控制麻醉；二来因为瘫太久，骨头酥如烂柴，肌肉也成了死肉，都丧失再生功能，因此建议只做索引回家静养。

得知竹妈患难，舅舅姨姨都很担心，舅舅有事脱不开身，两个姨姨远道而来接手照顾竹妈。姨姨还从网上订了张家用护理床，护理床有便空，有摇柄，还可以帮助患者左右翻身。真佩服发明者。

老妈虽说已无大碍，却彻夜难眠，连带照料的人也辛苦不堪，现在夜里也只呼唤一两次帮忙翻身。大姨小姨精心服侍了一个多月，直到情况基本稳定才各自回家。

说实在，每当这个时候心里难免充满无尽的悲哀，处于一种极度抑郁的境地。

当年，丽芳和敏松合作在《福建日报》推出竹爸事迹之前，丽芳征询过我的意见。她说，竹爸的事和竹子的事都是值得报道的，她问我，以谁为主。我说，当然是以竹爸为主了，竹爸辛苦一辈子，我们没能力报答他，现在有机会，当然得让他“出名”，能让他得到一些荣誉，心理上多少得到点安慰，也算是一点补偿。

丽芳说的一句话让我一辈子也忘不了。她说，竹爸是苦，你也苦；竹爸的苦更多的是肉体上的，你的苦是心里面，心苦更苦。我一听，当时眼泪就滚滚而下，什么话也说不出了。

我的抑郁，是对明天不可预知的悲哀，正因为如此，我更应该有危机感受，应该积极努力，虽然我常常有力不从心的感觉。每天睡觉的时候，我都会希望，最好能一睡不醒，可是祸害遗千年，第二天早上我却会精神抖擞地醒来，真是让人无奈呀。我只好老老实实地坐在电脑前。

悲哀也好，抑郁也好，日子总要过下去的。这不，现在感冒好了，精神也开始恢复了，吃嘛嘛香了。

图书公司这两个月的任务又比较重，二月没一本稿子，到了三月，稿子一本接一本，到今天才把手上的积压稿子处理完毕。

值得高兴的是图书公司走精品路线，稿子不是纽约时报畅销书排行，就是中国台湾畅销书排行，或者大陆著名作家作品，稿子质量好，可看性高。比较郁闷的是，校对费标准依然停留在三年前水平，不知什么时候能涨点，让我们出版界的农民工待遇也有所提高才是。

又接到山东卫视《天下父母》栏目吕导和徐章练先生电话，询问老爸和家里的最近情况。很感谢他们，那么忙还记得我们的事。

吕导对我写书一事一直很关注，和青姐茉莉等人一样，也期待我能完成一部有影响力的作品。可是去年完成的自传，现在连我自己看了都觉得面目可憎，更别说出版社方面了，居然还拿得出手让人受累，实在是汗颜。现在的稿子，是彻底的推翻重写，已经完成了五万字了，个人觉得还可以吧。当然仅限于目前，过段时间估计我又会觉得不满意了。人总是在进步的嘛。

现在这本书里，我已经从主角沦为了配角，所以不算是自传了。抛开这一层，用的又是自己相对拿手的小说写法，大胆地发挥一下想象力，杜撰了一些人物和情节，所以应该会比较让人看得下去。

呵，自吹自擂一下，权当是打广告。

这本书也算是历经波折了吧，前后三次易稿。

第一稿，因为是第一次写长篇，心里没谱，又是自传，怕把自己粉饰得太高大了让人看了后捉了去活劈，因此战战兢兢，不知从何下手。写了一半，自知不行，于是放弃。

后来上了电视，朋友说可以借此机会重写，于是把原稿推翻重写，年初脱稿后，多数人看了提了些建议，大约是怕伤了我的自尊，说得很委婉，我又没头脑，不明白其实是要修改的意思，所以茫然不觉。如今大约是朋友送的书看得多了，校对做久了，再回头看，就觉得很有必要重新来过。

不过事不过三，这是我最后一次修改这本稿子了，因为另外还有一个故事已经有了概要在等我呢。

想着还有很多事要做，心头又开始明亮起来，既然苦恼的事由不得我做主，那么我只好尽量干点微笑的事了。其实，在我扭曲的脸上苦恼和微笑已分不出，这样也好，下次有谁若“不幸”目睹我哭笑不得的样子，都可以把它看做是竹子的微笑。

意外之喜

父亲被评选为第二届全国道德模范，国庆前夕再次去北京参加颁奖晚会，这是全国性的重大奖项，央视一套还进行了晚会现场直播。我在电视里看到中宣部部长刘云山在和父亲握手后，还例外地竖起了大拇指。

想起来真像做梦一样，2005 年 11 月我和父亲上京录制山东卫视节目，那是我们第一次去北京，也是第一次上电视节目，本以为这可能是此生唯一的一次机会。可短短两年时间内，竹爸已是数次上北京，四处参加活动，屡屡上台领奖，经常出入演播厅，算起来也是“资深”领奖者了。

那些不可能发生的事真的发生了，而且还在不断地发生着，想起来真让人感慨万分。

组委会本来还打算邀请竹爸参加国庆庆典，但考虑到庆典持续的时间较长，竹爸的身体可能难以维持，只好作罢。

国庆庆典每十年一次，不是谁都有机会参加的，这一生一次的机会就这样失之交臂，还真是觉得蛮可惜。

竹爸这次上的是中央一套，影响力很大，很多人都看到了，晚会结束就接到了好几个电话，有问询、有祝贺、有惊讶。在厦门工作的老邻居信东，得到确定答案后不禁慨然，说叔叔真不容易，能得奖也算是好人有好报。

当然，很多人也看到竹爸被奖励了一块“金牌”，沉典典地挂在脖子上。竹爸人还没到家，就有不少消息到竹家：他家现在发财了，那么大一块金牌，没有一斤也有八两，现在黄金那么贵。

我说，拜托，那叫奖牌不叫金牌，就算是金牌也不是金做的呀。你乱讲，国家发的，不可能不是金的……倒好像我是欲盖弥彰了。

是不是金的好办，老爸回来以后就知道了，金质软，牙口好的咬一下会有印子。竹爸到家了，果然有两三个人接了奖牌咬上一口……

等热闹的人群散去，屋内只剩下我们一家四口，当然要问问他在北京的见闻了。老爸很神气地说，有人送东西给你。

给我？谁？我眼睛瞪得铜铃样大。竹爸此次北京行，我事先没有和北京的网友通气，我也不知老爸下榻的宾馆，怎么会有人给我礼物？

老爸得意地拿出一个新颖精美的布质文件包说，自己看。

看着鼓鼓的书包四四方方，我想应该是书籍类。于是怀着好奇将包放在床上，嘶啦一声打开粘连布，将门帘样大块的布掀起，探手摸出的第一个是盒子，是个ＭＰ３。

再接着摸出的是两本书，一本笔记本。一本是《秘密》，塑料封还没有撕开，数次听朋友说起过这本充满正能量的书，说是会有许多启发，倒还真没看过。还有一本是刘墉先生的《成长成功》。

小心翼翼地打开那本精美的笔记本，心漏跳半拍，惊叫一声，怎么可能！？

空白扉页上已题上了字，字体饱满儒雅——

小弟：写文章也许爸爸读不懂，但继续写更多的好文章，就是对爸爸最大的回报。

2009，9 白岩松

白岩松？难道就是那个在电视里滔滔不绝、仗义执言、引经据典，为全中国人所熟悉的智慧名嘴？居然会给我送礼物？还特意给我题字鼓励？

可全中国难道还有第二个白岩松？

真是做梦也没有想到啊。呃，还没容我喘一口气，平复下心跳，老爸接着说，还有。这件衣服也是。

说话间，老爸摸出一件烟灰色的T恤衫，淡雅的黑白横条子，还是李宁牌的。

我赶忙问老爸是怎么一回事。老爸说在颁奖晚会前期的特别采访时，白岩松大哥说他看到资料片心里很难过，所以送东西鼓励鼓励竹子，加油！

我问老爸，名片呢？老爸想了想，去包里翻腾了老半天，拿出好几张名片。

咦，祝敏松，你见到他了？老爸说，嗯，我就觉得他很面熟，但想不起来在哪见过。崩溃！作为《福建日报》的记者，敏松三番五次地报道竹爸的事迹，还亲自把竹爸的事告诉红十字会，都可以算是恩人了，老爸居然……

算了，年纪大了，原谅他。这又是谁？河北星光集团董事长郑淑琴？

哦，这是在飞机上时认识的，老爸说，我们上飞机以后，飞机前面没人坐，乘务员就叫我们到前面去坐（真相是航班知道是道德模范凯旋，特意留了头等舱出来，还送了飞机模型），我正好坐她身边，她正在看报纸，报纸上正好有我，所以她看到我就马上拿了一万块出来给我，我当时都没有反应过来，她说她一定要帮我……

真是没话说了，坐个飞机也能遇上好心人。如果不是航空公司的善意安排，如果郑董事长没有看到报纸……看似一个个巧合，却让人感觉到冥冥之中似有只看不见的手在左右一切。

老爸摸出一叠钱，另外还有一个信封，打开信封一看，是两千元。这又是怎么一回事？

哦，这是北京的时候，电视台那些工作人凑给我的。感恩的话也就不多说了。

找来找去，没有白岩松的名片。那就是他没有给我了。老爸理直气壮地说。

谢谢岩松大哥，写出好文章对竹子来说可就难了，但我会努力写出更多的文章。

走到今天，竹子一家受到的帮助和礼遇已罄竹难书，有默默无闻却充满友爱和慈悲的平常百姓，也有像白岩松大哥、海迪姐、净空法师等赫赫有名的公众人物，身为公众人物他们看似高高在上、遥不可及，其实有着比常人更为繁重的责任和担负，却肯把目光投下社会底层，做着点点滴滴不为人知的实事。

其实，年龄上白岩松并不比我大，但他的一句“小弟”让我十分的温暖，我打心底愿意把他当成一位可敬可爱的大哥哥，这是来自一位大哥哥诚挚的祝愿和期望。

爱

爱你只如初见

文 / 焱阳

一

你知道的，这世上愿意容忍你干蠢事的人，不多的。

数年前一个阴霾天儿，钢蓝色暮霭黄昏，我趴在江苏路一间写字楼的办公桌上。

手边百合将谢，散发出奇香和奇臭的混合气味来。

打电话给他，“我不想活了呢。”

“为什么呀？”他说。

“很累，每天工作 12 小时；男朋友完全不明白我的心；还有，我就快缴不出房租了。”

他呵呵笑，“你这就活不下去了？”

“嗯。”

“我能帮忙吗？”

“嫁给你，好吗？”

“好。如果我健康。”

二

我不知道我的笔是不是能够写出那种感受——特别是我现在这种心情下——获知他已离去——也许认识他的人会看到鼻酸——不认识的朋友会觉得我无病呻吟了些吧——我到底要用多少个破折号——

好吧，简练些。

他叫朱邵华，笔名竹子，是我父母以外，第一个愿意容忍我说蠢话、干蠢事的人。

那会子我刚开始猛写中长篇小说，在榕树下投稿。起初是投着玩，没想到居然有人喜欢我的文字。嗯，我也有那所谓的虚荣心。看人家留言讨论我笔下的人物，是很有趣、很满足虚荣心的事情。

发表《逍遥游》这一篇时，突然有一个读者，这样评价，“没细看，太啰嗦。”

突然又有一个编辑，这样回复。“楼下你有认真看全文吗？这是我难得一见的好文，文字简练故事精彩一气呵成。我们当为现如今还有焱阳这样会讲故事的作家而庆幸。”

这个编辑，就是竹子。

这是他第一次，像溺爱妹妹的哥哥一样，为任何细枝末节、不由分说地为我挡去污泥或是批评。

对于一个写了十多年、从未出版过、以及从未被人正面如此肯定的女生来说——漫漫长夜的笔耕不辍，都不及这一句维护——即便不合理——更能让我鼻酸。

我们就这样认识了。

我们开始在网上聊天。

偶尔聊起音乐，我说，“《龙宽九段》的音乐不错哦。”

他顿一顿，说，“嗯，我没法听。”

我说，“你可以给电脑装一个音箱啊。”

他答，“懒。”

又有一天，我们共同的朋友唐挺（白江）和我聊起他，告诉我，“你知道竹子身患绝症么？”

我……

各种不可置信啊！

赶紧上网找他。

“你不能走路？！”

“啊，你知道了？我甚至不能坐呢。”

“那你怎么打字？！”

“绑在椅子上，就这样，对着电脑，一个键一个键地敲。你老嫌我慢嘛。”

“那你怎么从不说起？！”

“说这个干什么呢。”

“……好吧……”

关掉看似平静的对话框我却没法子平静啊。拜托！鬼才能平静啊！

我一定要去见他，不然怎么能够安然无恙？！

三

“亲爱的乘客，我们的飞机马上就要抵达武夷山机场。预计抵达时间早上7点55分，现在的地面温度是30摄氏度。Ladies and gentlemen……”

和很多人相反，我把保险带系得更紧了，让自己整个人陷落到椅背里，等待着飞机轮亲吻跑道的那一下轻微而幸福的撞击。

上飞机前的晚上才临时决定要来，所以，只来得及告诉雨巷。对竹子是撒了小谎的，倒不是希望给他一个惊喜（我估计是惊大过喜来着），而是担心又像上次那样，临时出问题来不了，搞得人家小心肝扑通扑通。

刚下飞机，还没分清楚东南西北，一个男人上来问，“小姐要车吗？桑塔纳。”

我记得竹子之前帮我查过从武夷山机场到他家，如果包车的话需要200块钱左右，便试探性地回答，“去晒口。不过，我身上可没有什么钱。”

比较巧合的是，我穿了一条“淑女屋”的黑色裙子，脸上又挂了一个很无辜的笑容。所以司机大哥大概突然想到了他多年未见在外打工的小妹妹，叹口气，“算了，反正这两天还没到旺季，我闲着也是闲着，只收你油费，好吧？180块。”

我二话没说，拎着行李就上车。出门得见这么爽气的贵人，还还什么价？再说天热得紧，再讨价还价我要中暑了。

一路过去，两个人渐渐聊开来。原来司机姓周，也在上海做过生意。提起上海，口气十分唏嘘，“上海滩，好地方，土地矜贵，是武夷山的10倍……”

我说，“周大哥(嘴甜吧)，等一下你要空车放回去，真不好意思。”

他说，“没事。”笑一笑，黑黑的脸容很坦诚。

真好。如果一个男人懂得赚钱之余，又懂得什么叫做无所谓，至少可以得到一半以上女性的芳心。

渐渐的山路开始崎岖，但是满眼翠绿，倒叫我惊喜了一把。沿路经过一个个小镇，远远看着，都在崇山峻岭环抱之中。

实在忐忑，打个电话到竹子家揭穿谜底。

“竹子？起床了么？吃早点没？”

“阳阳？巧了，今天我起得特别早，6点多就爬起来了。”

我心想还真是心有灵犀呢。不过我比竹子更早，为了赶早班飞机，5点钟就努力睁大惺忪睡眼刷牙洗脸。

“早点都吃什么啦呀？”

“稀饭，哦，泡饭。”

“有没有剩？”

竹子笑得十分阴险(哼叫你阴险，5秒钟后保证你哭都哭不出来)，“连冰箱都洗了，你说有没有剩？”

“啊，那我吃什么呀，我还没吃早点，饿着呢。”

“那怎么办？我空运早点给你？”

“不用空运，我过来吃。”

竹子的笑声戛然而止(我却终于忍不住开始哈哈大笑)，忽然非常惊恐的样子，“你现在在哪里？”

我看看窗外，很迷茫地问周大哥，“大哥我们在哪里？”

周大哥也确认一下，“离晒口还有半小时吧。”

于是我回答，“哦，竹子，30分钟以后到你家。”

30分钟以后，我先见到的是竹子的爸爸，老人家怕我找不到，满脸笑容的出来迎接我。

甫进门，又听见的是竹子妈妈满盛笑意的声音，“是阳阳吗？”

真是好人家呀，每一个都笑得这么暖人心。

然后，我终于见到了竹子。

和我想象中一样，清瘦着，简单着，只是脸部表情还未从刚刚的惊恐中恢复过来。

没想到他问我的第一句话居然是，“阳阳，有没有吓一跳？”

神经病。千里相会这么激动人心的时刻，心里还挂着这种微不足道的事情。我大力白他一眼，又拍他一下。幸好打过电话，不然按比例测算，如果我真的突然出现在他面前，竹子会直接昏死过去。

接下来，阿，接下来真是幸福甜蜜。我坐在竹子身边，两个人坏坏的欺负着清绘，搞得好似雌雄双煞。坦白讲，我曾不止一次的想象过竹子会怎样打字，听电话，真正看到了，心里还是好震荡。亲爱的竹子，从这一刻开始，我变了你知道么?

上飞机前的阳阳，是那么别扭那么骄矜的一个人，为了多吃一顿鱼翅而处心积虑，为了买到 Burberries 贵得离谱的裙子而千金一掷，为了男朋友没在那时那刻给我电话而号啕大哭，为了很多很多小事，耗费无数心力。现在想想，真真无地自容。

整个星期六，我和竹子都在电脑前形影不离。聊天涯的每一个人，聊天涯的每一件事。写帖子，写博客，当然，也毫不掩饰的聊起他的病况。哪怕我只有一点绵薄之力，也希望可以帮到忙。

竹子带我看花园里的花，那么多那么美，他一个一个地介绍，“这个是玫瑰，那个是月季，还有一串红，过去一点花已经谢了但是叶子还在的是芍药，旁边是菖蒲……”

我想起我家里的花。朱顶红，娇贵么娇贵得要死，动不动就歇菜，我都不知换了多少盆了。白白写了《如意》。人啊，为什么不去爱那些简单但是美丽的事物?

竹爸爸很健谈，很爽朗，笑起来声音很大，呵呵呵呵，笑声穿透屋前屋后。我们几个人对景小酌，此情此景，真希望时间就此停顿。

饭后竹子和我说起他的经历，说起那么多那么多的生病与康复。看似轻描淡写的一个个名词从他嘴里迸出来，我也装作处之泰然。实际上心里的泰山早已崩塌。

亦舒曾说，那样辛苦，也安然下来，亦即意味着你是存心来这世上做人的。

竹子竹子，同样的话送给你。

晚上雨巷终于联系上我，说是要坐晚上的车赶过来。要命，如果我早知道她是那种不把别人卖了别人还要烧香拜佛的高手，我才不担心她勒。

可是整个晚上我和竹子真的担心死了。尤其是竹子，坚持要等雨丫头的消息到凌晨。我的天，荷在网上"勒令"我们休息，我看看时间也不对，便对竹子说，"没关系，以丫头的智商，她应该晓得即便午夜两点赶到你家，最多只能像个倩女幽魂，没啥好折腾的了。肯定明天才来。你休息，我回招待所。"

竹子这才瞪着大眼睛，半信半疑地应了。

哎。这雨丫头。

第二天一早，我终于帮竹子把音箱装上。气死了，发了那么多好听的歌给他，原来他一直装聋作哑。奶奶的。蚂蚁，现在可以发你唱的歌给他听了，我在这里代他赔不是。他不是不想听，是真的没有装音箱。懒虫！

就在我们 high 到一半的时候，丫头的短信又来了。

"阳，我已过顺昌，2 个小时后到晒口。告诉我怎么走。"

"你到桥头下车。对了，蛋糕买了吗？"

"没。要不我先到邵武，买了蛋糕再返回来？"

我看看表，娘西皮，已经 11 点，等她折腾完，我也要赶飞机去了。

于是，"这样，我现在去邵武买回来，你到我住的地方等我，然后我们一起来。"

竹子吵着要看我的手机，我躲开。

"又在玩什么阴谋？"他很心惊肉跳的样子。

哼，小样。我站起身，"我回趟住处，洗个澡换衣服。"

他瞪着我，"你早上还说不换衣服了，怎么又要换？"

我晕。管得还真多。"女人换衣服天经地义，走了。"

然后我以亚光速把蛋糕买回来，见到丫头的时候气喘如狗。

因为雨巷的到来，公公准备了更多的好菜好饭。

我拼命做事情，帮着收拾碗筷，帮着倒酒，帮着搬凳子，帮着夹菜。丫头笑说我好贤惠，我也笑。真实情况是，每次面对离别我就变得好狼狈，只能拼命找事情做来打发离愁。

下午时间一点一点过去，我装作不要去在意时间的样子，其实频频看钟。要走了，要走了，要走了，我不舍得，我不舍得，我不舍得。

吃蛋糕的时候，我溜开了一会儿，在电脑上留了一封信给竹子。

亲爱的竹子：多的话不想说了，我只想告诉你：一定要好好的，一定要好好地努力地坚持下去。哪怕只为了这个世界上，有一个叫做焱阳的女孩子，这么的这么的喜欢你，这么的这么的希望你好好的生活！我要走了，那么巧，正好在听龙宽九段的歌，《我听这种音乐的时候最爱你》。蛋糕好吃，音乐好听，这世上还有很多很多歌舞升平要和你一同分享。——阳阳 2005 年 7 月 3 日星期日

不知道该写什么，不知道该说什么。胡乱写，胡乱在心里祝福着亲爱的竹子，什么祝福都用上，只希望好人一生平安。

临走我抱了一下竹子，他很紧张。奶奶的，抱一下还紧张，那就不亲了，怕他一下子害羞到休克。

这样抱一下，希望可以把热力从我身上传递过去，希望可以把此刻天涯社团每个人的祝福送到，希望可以把这美好的世界给他。同样，也希望他那颗天使一样美丽的心灵感染到我。

走了，但我会再来的。

为了武夷山的青山秀水。

为了涤荡自己的心浮气躁。

为了分享竹子身上生生不息的坚强。

为了一切一切美好的愿望。为了天涯共此时。

四

发上面那篇文章的时候，他说：看哭了呢。

发那篇文章的时候，我没有说的是：他不是懒得装音箱，妈妈哥哥和他罹患同一病症无法行动，父亲伤残，全家根本没有人能够完成哪怕只是装上音箱这么小的事情。

发那篇文章的时候，我刚知道那个父亲，也就是竹爸爸，并非竹子生父，只是为了要照顾他们一家子，勇敢担起重任。

发那篇文章的时候，我没有想到这会像导火索一样点燃社会对竹子关注的火。如果我有福报，相信这必是苍天感念我的微末功德。

发那篇文章的时候，他还在，我仍能假装轻松快乐。

现在他走了，我不用装了。我悲伤满溢。

几天前我还在一个离他很近的地方，对师兄说，“这里离竹子很近呢。如果时间够的话，我们去看看他吧。”

可是，我食言了，我没有再去——现在时间，再多也不够了。

算算日子，那天是1月2日，我赶回上海，竹子被送进医院。真的是擦肩而过啊。

竹子终因并发症，离开了这个世界。

曾经我也天真地认为，绝症已经忘记他了。

那么巧，又是唐挺告诉我他的死讯。

我抓住听筒，一片茫然。

再打给竹爸时，惭愧，我没有忍住我的眼泪。

反而是竹爸安慰我，“没事啦。也别过来了，竹子的遗体已经按照他生前愿望，捐献给红十字会了。”

是，连走都走得这么光明磊落。

更反衬出我的狷介、拖沓、凉薄与幼稚。

如果悲伤可以用任何一种方式表达，那我就不会这么难过了。

他的故事，一篇文章说不完。我对他的感情，很复杂，首先当然是挚友，其次，我爱他如长兄，再次，我尊敬他，还有，我乐意在他面前撒娇、说丧气话以及骂娘。

这样一个人，世上，少了一个。

再也听不到他笑笑地说“阳阳”了……

再也听不到他笑笑地说“没关系的”了……

再也听不到他笑笑地说“你知道我上厕所很漫长啊，要先挪过去，再挪回来”了……

再也听不到他笑笑地说“你的、地、得用得一塌糊涂啊！改死我了！眼睛都快盲了啊”了……

走好我亲爱的。

如有来世，一定要健康。一定记得还要相逢。一定记得还要相爱。

焱阳：作家黄焱焱，已出版作品《九阶》《一转千山》。

爱是永不止息

文/秦雨巷

一滴水，到不了大海；一条河流，才可以。

——题记

一

（2005年10月20日，第三次到竹子家）

“你家老头说阳阳又来了。”一位花白头发的奶奶拎着菜移进了门，大声地说，“他让我帮他把菜先拎回来。”

“没有啊，是珊珊。”深秋明媚的阳光透过窗棂柔情地映照着缝纫机上的《圣经》，还有那虔诚翻阅圣经的干枯的双手。双手的主人，那个端坐着的一样花白头发的老妇，回答说。

“啊，是珊珊啊。”进门的老奶奶把菜一搁，笑了起来，“你家老头说是阳阳。”

“是珊珊。”那老妇亦笑了起来，“他刚进门时，让他猜还马上说是珊珊，怎么一转身就忘了。”

“是啊，我还问他珊珊呢。他说不知道。”老奶奶笑着重复了一遍，“他说不知道。”

竹子、东京、我听至此，在另一间卧房里相视一笑。

客厅里坐着的老妇是竹子的妈妈，进门的老奶奶是一位热心的邻居，他们口中的老头，就是竹子的父亲，而竹子的哥哥大竹，此时坐在另外一间卧室里看电视。

这是我第三次来至邵武这个四口之家，竹子的家。

家门口大片的土地上，竹子爸爸精心播种的各色不知名的鲜花嫣然绽放，在阳光下，在这简朴的二室一厅，弥漫着他们一家特有的坦然和宁静，舒畅了我的周身。

或许你不知道，这是四口皆重残的一家，三个不能自理，一家人的生活全赖竹子年近七旬的老父拖着一条伤残的病腿操劳。从天明到夜幕，从春夏到秋冬，日日复日日，年年又年年。

是的，他所做的，统统，不过是琐碎的吃喝拉撒，洗衣、做饭、扫地……每一个人都会。

也不过是，就如此。虽然步履维艰，虽然平淡至极，少为人知，可三十多年，也已晃眼而过。

二

（2005 年 7 月 2 日，第一次到竹子家）

我已经记不清第一次相见的确切的日子了，只记得是七月的某一天。邵武的天很蓝，阳光很灿烂，还有白云朵朵，悠闲地飘飞。

但这并不妨碍我对那一天所有细节的镌刻描摹，并在以后的日子里，一再地回味、品咽。

那酿了一年多的厚实的醇味把感动化了丝丝缕缕的细流，在我的心田缓缓潺动，永不止息。我想，我终于学会了不再流泪。

而我也不记得那个初遇竹子的真实的日期了，只隐约记得是五月的某一天，因了他那一句：知道吗，我再也站不起来了，相信吗，我用两根指头打字。正在甬城繁华的街道上的我，抑不住地泪流满面。

“……艾滋和癌症，困扰现代医学的两大顽症，世人皆知，而与其并称为三大免疫系统绝症的进行性肌营养不良症，却可谓知者寥寥……是的，他们的消亡是与世无关的安静、凄凉——肌力在不知不觉中一点点地丧失，最后心肌衰竭面色灰暗悄悄地远离人世，即便是偶尔的几声有病呻吟，也显得力不从心的无可奈何。

医学书上说，患有这种疾病的人，一般地，活不过20，最多到35岁便‘寿终正寝’……”

这是在他大量幽默、开朗、大气的文字中仅有的一篇里提及的片段，无意中瞄到后，惊讶了一番，出于好奇，我开始了我一向擅长的穷追猛打，直至他招架不住，发过来描述他一家的概略。

我从不知道，苦难会一重接一重，直至深沉到见不得底，直至绝望到只能坐以待毙，我更不知道那样的幽默开朗大气竟然可以在那样浓厚的黑暗中灼灼开放，直至闪耀了很多很多人。

那要有多少的勇于直面惨淡的人生？要有多少的锲而不舍跌倒了再爬起？

我不懂如何计算，更不知如何安慰。

我全身冰冷，手足无措，只能任凭惶惑不安上下游走，窒息我所有的思考。

我一直有一种消极的宿命观，我总以为我们必得为我们的所知付出一定的代价。

我们懂得了忧伤，于是我们便开始忧伤；我们知道了孤独，于是我们便开始孤独，我们理解了苦难，于是我们便开始承受苦难。

无论是自己的，抑或是他人的，不得回避。

一种孤苦的寂寞深入我的骨髓，他说，不要和别人说。

而我只是一个太过平凡的人，无力力挽狂澜，哪怕稍尽我微薄之力，甚至唯一能够表意的廉价泪水也极为有限，不久便是干涸。

三

（2005年10月13日，第二次到竹子家）

第二次赶赴竹子家是为了接待《天下父母》栏目的吕导进行实地考察和相关拍摄，他从北京千里迢迢而来。

其实我一向是个闲事上调皮捣蛋绝对有余，正事上却是木讷迟钝不知如何反应之人，幸而吕导一个人便可应付所有大小事，我只要在旁拎拎包装装样子即成。

我们从竹子父亲一天的行程开始拍摄：帮助竹子母子三人起床洗漱、买菜、扫地、做饭、洗衣……

“父亲的一天是从早上五点半开始的，起床后父亲先解开伤口的绷带……六点半左右是母亲的起床时间，父亲将左手伸在母亲的颈下右手抱着母亲的双脚然后双手同时用力便将母亲扶起来移到床沿坐好，父亲将自己受伤的左脚斜斜地伸出去，身体的重心集中在右脚上蹲下把母亲的脚挨个拎起来放进裤管内，将裤腰拉到母亲的膝盖住，把鞋子套上母亲的双脚后父亲撑着床架站起来把衣服放在母亲的身后，将母亲的左手放进左袖后轻轻地把左衣领拎到肩膀位置，右边如法炮制，替母亲穿好衣服扣上扣子后父亲双臂穿过母亲的腋下把母亲抱起来，然后侧转身左手依然扶着母亲的背预防意外的发生同时腾出右手将母亲的双手逐一搁在桌子上，等到母亲扶着桌子站稳后父亲弯下腰替她把裤子拎上来穿好……”

竹子所描述的一切那样真实地显现在我们面前，而其中的艰难，在这个拖着病腿的年近七旬的老父操劳下，即便倾尽了所有的语言，又如何形容得出一二？

而你可知道，就是这样一个老头子，他和竹子一家没有任何的血缘关系，他根本就非竹子的生身父亲。

竹子的生父在竹子还蜷缩在他母亲的子宫里便已撒手人寰。竹子用他特有的宽厚和幽默形容说“……也许是被冥冥之中感应到的日后生活惨状所惊骇，原本应该主角演出的他，就这样将肩上的重担轻轻地撂下，从一个局内人转为局外人……”

而为他接下这副重担的便是这个可敬可爱的老头！

竹妈妈摇着头对我叹息“……只是苦了他了，当初我怎么也没想到会把他拖累到这样，若不是老头子这样开朗的性格，我们和别人肯定相处不来，他都能这样任劳任怨了，我们还有什么话好说……”

我别过头去不知如何接话，借机踱到厨房的门外听吕导对竹爸爸的单独采访。

“后悔？你说后悔？没有，没有。”竹爸爸用他感染过很多人的洪亮爽朗的嗓音大声说，“苦不苦？不，不去想，有的时候脚实在太痛了就叫一下（竹爸爸上世纪八十年代由于车祸伤到腿，动过很多次手术，后来蔓延成骨髓炎，每天必须用药）……忘了，忘了，都忘了，这个腿用药太多，有副作用，我什么都忘得快，对，很健忘……啊？当初为什么会进这个家，呵呵，我不知道，我说不来……”

“……你说护送他们去上海？没有，没有送……”听至此，我大吃一惊，竹子曾说过，他出生才三四天，便开始了“文革”大武斗，父亲护送他和母亲开始了大逃亡。

我忙拉了竹子来验证，却好笑地听他已经在描述说，“……那次去上海啊，在鹰潭转车……”

突然又有些抑制不住地想流泪，忽然有些领悟，或许对于单纯的老人来说，活着便是活着，只要我们简单地坚守住活着的信念，无论多少困苦挫折，也要用尽全力活下去，她不需要哲人们所追问的崇高意义，也不需要文人们所讴歌的美好希冀，她给予什么，我们便承受什么，永不怨天尤人，永不轻言放弃。

这位不懂得多少大道理的老人蹒跚着用自身的行动告诉我们：对生命、生活最本质的爱，便是承受、珍惜，且永不止息。

四

（2013年1月20日，第四次到竹子家。）

我定了定神，伸手拉开门。

“珊珊来啦！”侧对着门坐着的老妇说，“老头子，珊珊来了。”

竹妈妈依然坐在那条长背椅上，两只脚用皮带绷住，她穿戴得齐齐整整，头发梳得一丝不苟，全部拢进一顶线帽子里。

“珊珊来啦。”厨房里传来依然洪亮的声音，是竹爸爸。

“是的，我来了。”我不禁弯起眼角笑着回答，一脚踏了进去。

冬日的阳光铺洒在离竹妈妈不远的地砖上，整洁、温暖、清澈、舒适。

我浑然不觉，离上次踏进来，其间已经隔了非常非常悠长的时间，三年？五年？七年？甚至更久？

仿佛不曾远离，一切都如初见。

但愿是一切！

多么希望是一切！

有股热泪涌上眼角，我急忙压住了。进门的刹那，我发现左手边多盖了一间房，而房门紧闭着。

是竹子的房间，前几年，家里装修，新盖了他的房间，和一间有抽水马桶的卫生间，可没用多久，他就走了。

“他不会享福。”竹妈妈叹了口气说，“现在日子开始好过了，他就走了。”

“先是感冒。他这个人就是会忍，就怕麻烦别人，实在忍不住了，自己打120叫了车来。”

“到了医院，还是忍着，每天那么多盐水挂下去，他身子那么弱，受不了，也不说，护理的阿姨去看他，还是忍，实在忍不住了，也只会说我难受。”

“前几年去福州，晚上上厕所，老头子一个人，没办法，只能把他拖到卫生间，再拖回床上，脚上的皮全磨破了，也忍着，不说，回来后，烂了好几个月都好不了。”

“他肯定忍得很痛苦，我那儿子太老实了。”

“老头子也是个老实人，刚开始儿子走了也不肯说，听护工说，当时就剩他一个人了，抱着儿子，大哭。”

……

我时不时地帮竹妈妈扶正身体，擦拭她眼角一滴一滴滚下来的泪。

“我的身体就是这样，都没力了，坐着坐着就会歪倒，眼泪也是控制不了的。就这皮肤还好，你看，还和前几年差不多吧，一直紧绷着，都没怎么变样。”

我极力地压抑住快要喷涌而出的泪水，点头应是的。“喝点水吧，你的嘴唇都很干了。”

“我一般都不喝水，我这样子上厕所太麻烦人家了。”竹妈妈说。

我差点没忍住泪水，我知道，竹妈妈、大竹、竹子都是最怕麻烦别人的人，他们用最大的毅力克制住自己的所有欲望，哪怕是身为一个人，最基本的需求——吃、喝、拉、撒；用最大的忍耐抵抗住所有疼痛，哪怕锥心刺骨，也不吭声。

就像吃饭时，我发现大竹的一只手明显异常，肿胀着，颜色发紫，我一直地追问，他却一直地支吾着说没事，没事。

其实竹爸爸也是这样，拖着一条脊髓炎的病腿几十年也不叫苦，单是换药时那撕心裂肺的痛，就非常人所能承受；后来截肢了，每一条神经，每一个血管，都还记得那痛，总是忘了病灶已经被截断，一直地痛。

就算如此，就是这样四口全部重残的家，却每一个角落都收拾得干干净净，每一个人都穿戴得整整齐齐，随时进到他们家，都明亮、温暖，一家人相濡以沫，相互扶持，完全不同于矿区那特有的黑黢黢、灰扑扑。

向死而生，哪怕低到尘埃里，也要开出花来。

这才是对生命，对生活最本质、最透彻的爱和尊重。

“还是喝点水吧，今天话说得比较多，你听，声音都有些哑了。”我打来水，劝竹妈妈喝了一些，怕她一直说，一直想，太伤身子，就让她休息一会儿。

走进厨房看竹爸爸。

“你怎么抽烟啦。”看见他手里的烟，我诧异地问。

“现在开始抽上了，烟是好东西啊，别人给的。”他突然压低声音，神神秘秘地打开一个柜子，说“你看，我都藏在这里。还有酒，你喝什么酒，我这里可有好酒。”

他坐到餐桌前说，“不要说，不要说，说什么呀，喝酒，喝酒。”

可是，我的胸口越堵越慌乱，胃也一直翻滚，我忙借口说出去走走，就急步走了出去。

五

我胡乱地急走着，也不知到了哪里，再也忍不住，忙找了路边的一块石头坐了下来，哇的一声，全吐了出来，将竹爸爸特意为我包的荠菜饺子吐得干干净净，眼泪也终于找到了出口，肆意地宣泄而出。

我弓起膝盖，圈起双臂，把头埋了进去。

我多么希望再次抬起头的时候，一切都还是初见时的模样。

竹爸爸买来各种各样的卤料，把桌子堆得满满的；竹妈妈开着录音机，安静地听《圣经》；大竹不爱说话，在他自己的房间。

而竹子呢，他会说“丫头，来啦，没被我的样子吓到吧。”他的声音里有浓浓的笑意，可是脸上却面无表情，因为进行性肌营养不良症的关系，他已经无法牵动他的笑肌了。

他给我和阳阳表演他的二指禅功——他只有两根手指头能动，他所有的字都是用两根手指头一点一点地敲打出来的，哦，对了，后来，他说只有一根手指头能动了。

还有他接电话的样子，和他所说的一模一样，先把身子靠到桌子上，尽量把头低下来，用手勾住话筒，猛地一甩，把话筒甩到肩上，再把头尽量地斜过来，夹住了，仔细地听。他说，所以我接电话的速度很慢，可要耐心地等。

那时，邵武的天很蓝，阳光很灿烂，还有白云朵朵，悠闲地飘飞。

不知过了多久，我坐直了起来，晃了晃头，猛然发现左侧是一家医院，心又紧了一下，竹妈妈说竹子是在矿里的医院走的，我想就是这里了。

竹妈妈告诉我，他走的第二天，就在红十字的见证下，被转送到了福建中医药大学，原来早些年，竹子就签了遗体捐赠协议。

没有祭祀，没有哀乐，自此别去，无处凭吊。

竹妈妈说，“两个儿子都说把遗体捐赠了，可以用于医学解剖研究，我们四个人，就全签了字，他们有文化，听他们的总没错，虽然我们信教。”

全家进行遗体捐赠，我想在全国乃至全世界也是不得多见的吧，这才是真正的大爱，不是为了某个人，某个家，某个民族，甚至某个国家，是为了全人类，而奉献。

竹子，其实我们应该祝福你的，祝福你彻底地脱离了残弱之躯的桎梏，你美好而纯净的灵魂自此可以翱翔九天，无拘无束，无牵无挂。

我抬起头来，邵武的天果然很蓝，阳光很灿烂，还有白云朵朵，悠闲地飘飞。

大竹说，邵武前些天都下雪了，阴冷得很，这两天是难得的好天气，暖和了好多。

哦，我想起来了，今天是农历十二月二十八，腊八节，过了腊八就是年，一切都会好起来的。

六

时间过得真快，转眼 2013 年又即将过完。

我看青青发来的，竹子记的爱心大事记。

在他的记录中，我才知道 2005 年 10 月 29 日，是我最后一次见他，和很多人一起陪他去北京录制《天下父母》节目，距今竟然已经整整八年。

这八年间，我低头过自己的日子，甚少联系他们，更不用说为他们出力了。

记得当年我想把竹子的事进一步公诸于世时，曾有很多一直默默关心着他的人害怕因此而打扰到他，或者带来太多的负面效应，而劝我要三思而后行。

可是，我被那些狂热的想法冲击了所有感官，不管不顾，甚至不计较任何因此而可能对竹子的伤害，逞着一时之勇，一吐而后快。

幸而青青及时调节，索性组织了一个爱心捐款活动，并预定以后每年都要举行这个活动，以保证竹子一家的生活开支。

而更出乎我们意料的却是一个 ID 为“孤峰皓月”的网友，把我们发给他的有关竹子的故事转帖到新青年，进而联系那里的负责人，为竹子专门开辟了一个“情系天涯”的栏目，从而引来了一大批为竹子奔走的人，江南茉莉、肥姐、大师兄、柳如丝……还有很多很多我叫不出名字的、不知情的人，他们一步一步地终于引来了山东卫视《天下父母》栏目吕导的注意，从而决定拍摄，展开轰轰烈烈的“救救竹子”行动。

我曾对吕导语无伦次地说，这次活动我最大的收获便是您。

那时我以为，这已经是最高的荣耀，其实何止于此。

看看这八年来：

邵武市教育局来了；

福建日报来了；

福建省红十字会来了；

福建省电视台来了；

张海迪来了；

白岩松来了；

易中天来了

……

一个个组织来了，一个个个人来了，还有很多很多。

甚至还有根据他们故事改编的《为爱而来》的电影。

竹爸爸也一次次地站在了领奖台上，是全国同时入选“感动中国”十大人物和全国道德模范的唯一一位。

竹子曾在2006年8月29日的博文里说“……我希望有生之年至少能出两本书……”

现在我们正在为他的这个愿望而努力，希望将来的一天，这本《为爱而来》会静静地躺在你的手中，与你做一场最美的相遇。

大竹的“爱心大事记”还在整理中，那个名单必会越来越长，直至永远。

曾几何时，为了自己的无能为力我是那样的孤独无助，那排山倒海的揪心至今仍有记忆。

可是如今，有那么多有爱的组织、个人走到一起，汇集成浩浩荡荡的爱之河，一起奔赴最终的大海。

或许，在爱之河一起的流淌中，我无力汇至最后的海洋，可我永远庆幸并骄傲我是此刻天涯海角的赶赴中的一滴水，虽然微弱而苍白。

星星之火，可以燎原，涓涓细流，可以成海。

爱在此刻天涯，爱是永不止息。

秦雨巷：本名余珊珊，女，现居福建漳州，供职于漳州卫生职业学院，发表有网文百余篇，数十万字，并有多篇文章选编或刊载于文集、杂志等。

后　记

经过一番波折后，在家人等待和期盼中的，在众多朋友们支持下弟弟竹子的遗作终于出版了。

弟弟生前一直希望有一天能够拥有一部自己作品作为此生之行的见证。2003年底，在网友们的鼓励下，竹子开始了他艰难的创作历程。这时候正值数九严寒，尽管在家里穿着厚厚的衣服，可依然难于抵挡那如魔蚀骨的寒气绵绵不绝地侵入身子里。每天一早就坐在电脑桌前，用他那被网友戏称的一阳指（打字时只能用左手食指）艰难而笨拙地点击冰冷的键盘，这一坐就是十几个小时。一年365天除写博客用去一部分时间之外，其中大多数时间都用在写作上了。冬天，手上生满了冻疮，冻疮发作时又痒又痛、肿胀难忍；夏天，如火炎烤的酷热中暑腹泻导致头痛体虚的事时常发生。即使这样他一刻也不愿意停下，一门心思地希望作品尽早问世。

这本以继父生活经历为背景而进行创作的纪实体小说，如何写好一个普通小人物的故事，让竹子费了很多心思和精力。因为这种题材不太好写，既不能太过于夸张而失去真实；也不能太过平淡而乏味。竹子性格里有凡事都要追求完美的倾向，为了写好这部作品，他废寝忘食，殚精竭虑、几易其稿。文学创作本身就是一个备受煎熬的过程，对于一个身体严重残疾人更是双重煎熬。不到四十原是满头黑发的他已折磨得两鬓星点斑斓，孱弱的身体更加消瘦了。

几番辛勤耕作之后，终于有了收获，这本名为《只想做一个好人》有10多万字的书在2005年底完成。平心而论，这不是名家名著，也不是一部为商业而写的书，市场销路不会太大，因此就注定了这本书的命运是不会一风顺。为了这本书的顺利出版，很多朋友多方奔走，他们当中有多位原本素不相识或素未谋面朋友，所有的朋友完全是出于一片爱心，他们不计报酬无私奉献。经朋友们努力联系到了一些出版社，可是都要求自费才肯出版。我们家无力负担这笔数目不小的费用，这让竹子情绪低落了一段时间。最后，带着对作品出版无限渴望的竹子突发疾病去世。

竹子不幸离开人世后，除了当地领导和亲朋好友来慰问外，很多在网上认识的朋友或发表文章悼念或在博客上留言或来电慰问。网友雨巷代表网友来我们家看望我们，她的到来总会给正我们带来一种奇异的亮色，这亮色是网友们的爱心，这爱心能驱走寒冬迎来百花绽放是春天里温暖的阳光。十年前她和阳阳也是在我们家最艰难的时候，代表网友来看望我们，从此之后竹子与众多网友结下不解之缘，因得到网友们的极大的支持和帮助，我们家的情况得以被一家接着一家的媒体广泛报道而被引进众多人的关注。我们家现在情况看过此书的朋友都知道了，这种变化就源于那次行动，就如同亚马逊森林里那只美丽蝴蝶轻轻地扇动一下翅膀，它所引发的一连串反应，已远远超出了我们和所有人的想象，到今天我们家仍旧还能感受到爱心的波涛在荡漾着。知晓竹子作品出版受阻的状况后，青青和老虎、白江、炎阳等决定再次联合关心竹子的朋友，一起推出这本书。

竹子的书最终得于面世，满足了竹子生前出书的愿望；也了结了我们家的一桩心事，可以告慰竹子的在天之灵。这本书现在不仅属于竹子属于我们家，同时属于所有为此书奉献过时间、金钱和精力的朋友们。它是爱心的结晶，它的出世是爱心的见证。从竹子创作此书开始，就已刻下朋友们爱心的深深烙印，这烙印就是为爱而来，就像这本竹子文集《为爱而来》的书一样，书里书外都演绎着是爱心的传奇故事。这本书如怀胎十月的婴儿一样，在众多人爱心殷勤照料下，虽有周折最终顺利面世了。这本书的出版圆了竹子的梦，这个梦是伴随着无数人的爱心一起飞翔。

我们为爱而来，爱与被爱都是我们无上的荣耀。

在此，我代竹子和家人向所有关心、支持和帮助我们家的朋友们，致以我们最真诚的谢意。也向购买和阅读此书的读者致以深深谢意。

顾忠华